언터처블 내 인생

김동혁 소설집

언터처블
내 인생

곰곰나루

고도의 변두리를 찾아가 묵묵히

이런저런 지면에 발표한 후 꽤나 긴 시간 동안 묵혀 두었던 소설들을 이제야 한 곳에 모아 첫 소설집을 묶었다. 여기에 수록된 소설들 중 거의 절반은 발표한 지 육칠년을 훨씬 넘긴 것들이다. 소설집을 출간하기로 결심하고 출판사에서 교정본으로 보내온 원고를 다시 읽으며 나는 '그 시절' 생각에 빠지곤 했다.

돌이켜보면 그 시절의 나는 자신에게 그리 친절하지 못했고, 또 내 삶이 초라하다는 생각을 많이 했던 것 같다. 그래서인지, 되도록 나를 둘러싼 일상적 공간 속에서 벌어지는 서글픈 단상에 집중하려는 자장(磁場)을 벼려두고 있었고, 고도(故都)의 변두리를 자주 찾아가 묵묵히 시간을 보내다가 돌아오는 일을 반복했던 것 같다. 그런 시간들이었다.

그런 시간들이 내게 소설을 남겨주었다. 부족한 능력이었지만 만성질환자가 생명을 유지하기 위해 챙기는 약처럼 꼬박꼬박 나는 소설을 썼다. 그때의 나는 소설 때문에 힘들었지만 소설을 쓰고 있다는 자존심으로 버틸 수 있었다.

다른 이들의 출근길에 맞춰 소설을 쓰려고 나서는 아침의 발걸음은 무거웠다. 어딘가에 소속되어 무언가 지정된 일을 해보고도 싶었다. 하지만 다른 이들의 퇴근길에 맞춰 하루치의 원고를 다 쓰고 돌아오는 나의 발걸음은 생각보다 가벼웠고 밤의 공기는 상쾌했다. 나는 소설 덕분에 저녁이 즐거운 호사스러운 한 세상을 보낸 것이다. 앞으로도 삶과 창작은 그리 녹록치 않겠지만 나는 소설을 계속 쓸 작정이다. 그리고 가벼운 발걸음으로 귀가하겠다.

여전히 나는 소설과 여러 사람들에게 기대어 살고 있습니다.
먼저 사반세기의 시간 동안 저의 스승이 되어 주시고 이 책이 나올 수 있도록 노력해 주신 박덕규 교수님께 감사의 인사를 전합니다.
우리 가족들은 친가, 처가 할 것 없이 대구를 남북으로 가로지르는 신천변에 옹기종기 모여 삽니다. 조금만 길을 나서도 가족들이 살고 있는 집에 이를 수 있습니다. 나이가 들고 보니 가족이 모여 사는 것이 얼마나 따스하고 든든한 일인지 자주 깨닫습니다. 큰 병환을 이겨낸 빙모 김명혜 님의 건강과 평안을 기원합니다. 푸근하고 인자한 미소가 오래도록 계속되었으면 좋겠습니다.
부족한 자식들을 그늘 아래 두고 있어 아직도 큰살림을 살아야 하는 어머니와 아버지께는 늘 죄송스럽지만, 덕분에 지금의 나와 내 식솔의 삶이 평온하다는 것을 늘 가슴깊이 새기고 있습니다. 감사한 마음을 항상 잊지 않고 열심히 살겠습니다.
마지막으로 제 책을 읽는 모든 분들의 행복을 기원합니다.

2023년 2월
김동혁

차례

언터처블 내 인생

누구라도 그러하듯이

엘리자베스 2세 여왕의 아흔한 번째 생일날 밤, 나는 템스 강변의 회전 관람차 '런던 아이(London Eye)' 안에서 한 인도 여자가 우는 모습을 보았다. 그날 한 시간 사십 분을 기다린 끝에 탑승한 관람차에서 혼자인 사람은 그녀와 나뿐이었다. 객차를 가득 채운 스무 명 남짓한 가족과 연인들의 무리 틈에 그녀와 나는 나란히 서 있었고, 그녀는 유리창 난간을 꼭 잡은 채 강변을 바라보며 눈물을 흘리고 있었다. 나는 유리창에 비친 그녀의 얼굴을 몰래 훔쳐보았다. 여왕의 생일을 축하하기 위해 템스 강변에서 쏘아올리는 불꽃이 그녀의 까만 얼굴에서 반들댔다.

내가 일면식도 없는 이국 여자의 얼굴을 훔쳐본 이유는 사실 그녀가 부르고 있는 노래 때문이었다. 한 바퀴를 돌아 내려오는 데

삼십 분 정도 걸리는 런던 아이 안에서 그녀는 탑승한 지 채 오 분도 지나지 않아 한국노래 '누구라도 그러하듯이'를 부르기 시작했다. 물론 그녀의 노랫소리는 허밍을 하듯 아주 작았지만 우리는 어깨가 맞닿을 만큼 가까운 곳에 서 있었기 때문에 분명히 그 노래를 알아들을 수 있었다. 그녀는 1절이 채 끝나기도 전에 눈물을 흘리기 시작했다. 어쨌거나 2017년 4월, 런던의 템스 강변에서 이국 여자가 눈물을 흘리며 부르고 있는 '누구라도 그러하듯이'는 내 관심을 끌기에 충분했다.

관람차가 지상으로 내려왔을 때, 그녀는 내 앞에 서서 하차를 기다렸다. 어느 새 눈물은 그쳐 있었지만 여전히 그녀는 슬픈 얼굴을 하고 있었다. 나는 몇 번을 망설이다 용기를 내어 괜찮으냐고 영어로 물었다. 그녀는 검고 큰 눈을 껌벅이며 가볍게 미소를 지었다. 그녀가 미소를 짓던 순간 문득 '오늘이 런던에서의 마지막 밤'이라는 사실을 상기했고 나는 다시 한번 용기를 내기로 했다.

우리는 빅벤이 바라보이는 강변의 벤치에 앉아 있었다.
"'누구라도 그러하듯이'는 어떻게 알게 되었나요?"
내가 물었다. 그녀는 어깨를 으쓱거리며 옅은 미소를 지어보였다.
"'누큐라토 그러하뚜쉬'는 한국어인가요? 그게 무슨 뜻이죠?"
나는 아까 런던 아이 안에서 당신이 흥얼거리던 노래의 제목이라고 말하며 그녀의 발음을 교정해 주었다. '누,구,라,도 그,러,하,

듯,이’ 두어 번 내 입 모양을 따라 소리를 흉내 내던 그녀는 검지를 세워 좌우로 흔들었다.

“힘들군요. 근데 제가 알기로 그 노래는 프랑스의 남자가수 알랭 바리에의 ‘시인’이라는 노래예요.”

나 역시 약간 장난기가 섞인 표정으로 그녀를 흉내 내며 검지를 좌우로 흔들었다.

“코리언 싱어, 배인숙. ‘누,구,라,도 그,러,하,듯,이’. 오케이?”

그녀는 답답하다는 듯 허공에 다리를 동동거렸다. 나는 그녀에게 다시 그 노래를 불러줄 수 있겠냐고 물었다. 조금 부끄러운데요, 라고 말하며 그녀는 웃었다. 나는 지지 않고 그녀에게 노래를 부탁을 했고 결국 가볍게 심호흡을 한 그녀는 조금 작은 소리로 노래를 부르기 시작했다. 정말 그녀는 프랑스어로 노래를 부르고 있었다.

인도의 북동부 알라하바드 출신이라고 자신을 소개한 그녀의 이름은 파르마 간디였다. 그녀는 알라하바드가 인도 초대 총리인 자와할랄 네루와 그의 딸이면서 인도 최초의 여성 총리가 된 인디라 간디를 배출한 곳이라고 자신의 고향을 소개했다. 미안하지만 나는 인도에는 가본 적이 없다고 말하며 고개를 끄덕여주었다. 그리고 그 두 사람에 대해서도 자세히는 알지 못한다고 말했다.

“인도에는 간디가 참 많은가 봐요, 하하.”

나는 내가 익히 알고 있던 그 간디와 거의 같은 모습을 한 내 정수리를 쓸어올리며 말했다. '아, 마하트마' 하고 말하며 그녀가 크게 웃기 시작했다. 그녀의 까만 얼굴에 흰 치아가 활짝 드러나 보였다. 나는 '웃는 모습이 너무 아름다워요'라고 말하려다가 반질반질한 내 정수리를 탁탁 소리 나게 치며 익살을 부리고 말았다. 파르마는 더 크고 환하게 웃었다. 그 순간 빅벤에서 수십 발의 폭죽이 한번에 쏘아올려졌다. 수천 개의 유성이 동시에 런던의 시가지를 향해 떨어지는 것 같았다. 순간 웃음을 멈춘 파르마가 고양이처럼 어깨를 움츠리고 하늘을 올려다보고 있었다. 그러고는 유성이 다 타버리기 전에 소원을 빌지 못한 소녀 같은 표정을 지었다. 유서 깊은 '퀸즈버스데이'의 불꽃놀이는 생각보다 빨리 끝났다.

딱 부러지게 말하지 않기

인천공항 활주로로 착륙하는 비행기 안에서 나는 '탑승객'의 반대말을 생각하고 있었다. 열세 시간이 넘는 비행 동안 아무리 궁리를 해도 그 말이 떠오르지 않았다. 비행 중이어서일까, 엉뚱하게도 '추락'이라는 단어가 자꾸 머릿속에 맴돌아 몇 올 남지 않은 머리칼이 쭈뼛해지기도 했다.

비행기가 멈추기 직전, 기압차에 적응하지 못한 고막이 찌르르 아파왔다. 그 통증은 마치 이제 여행이 끝났으니 어서 준비하라는 경종처럼 짧고 강하게 그리고 여러 번 반복됐다. 창밖에는 비가 세차게 퍼붓고 있었다. 4월 하순이었다. 비행기 안의 사람들은 하나같이 쏟아지는 비를 걱정하며 자리에서 일어나 짐을 챙겼다. 나는 서두르지 않고 그대로 자리에 앉아 그들의 모습을 물끄러미 바라보았다. 분주하게 좌석 벨트를 매고 신문을 펼쳐들고 핸드폰의 전원을 끄는 이들을 지칭하는 단어가 있으므로 그 반대 상황에 직면한 이들을 이르는 말도 세상 그 어딘가에는 있을 것이다. 나는 그냥 그렇게 믿기로 했다. 그리고 그 믿음을 만날 때까지 탑승객의 반대말은 '내리는 사람'이라 부르기로 했다. 대머리의 반대말을 '머리숱이 많은 사람'이라고 불러야 하는 것처럼.

나는 이년 반 동안 모은 수술비 700만원을 영국 여행에 써버렸다. 한푼도 남기지 않을 각오를 하고 떠난 여행이었다. 내 형편에 비춰볼 때 이번 여행은 호사스러웠다. 비싼 물가와 교통지옥으로 악명 높은 런던에서 '블랙캡'이라 불리는 택시를 타고 시내를 돌아다니기도 했다. 꼽아보니 우리 돈으로 80만원을 택시비에 써버렸다. 나는 어젯밤 공항으로 갈 여비만 남겨둔 채 마지막 여정으로 '런던 아이'에 올랐다.

의사는 암으로 말하자면 3기 수준이라고 엄포를 놨다. "왜 이제야 오신 겁니까. 늦어도 한참 늦은 겁니다." 그는 성능이 좋아 보이는 커다란 카메라를 들고 내 두피의 이곳저곳을 찍어댔다. 그리고는 상담실 벽에 붙은 대형 모니터에 사진들을 띄웠다. 나는 내 뒤에 서 있는 젊은 간호사가 웃지나 않을까 걱정이 됐다. 레이저 포인터를 이용해 두피 이곳저곳을 지적하는 의사의 딱 부러지는 설명에 나는 그만 주눅이 들어버렸다.

"지금 환자분 상황은요, 약물치료로 지켜볼 시기가 아닙니다. 수술에 쓰일 뒷머리 모근까지 이미 많이 약해졌어요. 환자께서 빨리 결정을 해서 하루라도 빨리 모근을 옮겨심는 게 최선이죠. 물론 정상으로 돌아올 수는 없고, 내가 확답을 드릴 수 있는 건 20대 초반 머리숱에 4분의 1 정도, 딱 그 정도는 약속드릴 수 있겠네요."

사진 속 고개를 숙이고 있는 나는 정말이지 초라한 3기의 '환자'였다. 나는 내 20대 머리숱의 4분의 1이 어느 정도인지 가늠해 보려고 했지만 도무지 떠오르지가 않았다. 마치 사춘기 시절 음모가 처음 표피를 뚫고 나왔을 때 그것이 몇 가닥이었는지를 기억해야 하는 것만큼이나 아득했다.

"수술 일정과 비용에 대한 문의는 상담실에서 간호사와 상의하시면 됩니다."

의사는 사뭇 진지하게 내 정수리께를 다시 훑었다.

상담실로 향하는 길, 나는 간호사의 시선이 너무나 극적이라는 것을 알고 있었다. 그녀는 너무 티 나게 내 머리 쪽으로 시선을 두지 않았다. 차라리 그녀는 애쓰고 있는 듯 보였다. 책상을 마주하고 상담실 의자에 앉아 그녀가 의연한 목소리로 입을 열었다.

"비용은 650에서 700 정도. 수술 당일에 결정되겠지만 환자분 같은 경우에 탈모 진행이 매우 심하신 편이라 50 정도 추가 비용이 나올 수도 있답니다. 카드 하시면 전액 다 주셔야 하고 현금이면 저희가 20까지는 빼드릴 수 있는데.”

간호사는 ‘모(毛)마니탈모클리닉’이라고 인쇄된 메모지에 비용과 가능한 일정, 수술 당일의 준비사항 등을 적어서 내 앞에 밀어놓았다. 나는 메모지를 주머니에 쑤셔넣고는 잰걸음으로 병원 로비를 빠져나오고 있었다. 그때, 급하게 뛰어나온 간호사가 큰 소리로 나를 불러세웠다.

“저기, 환자분, 나이가 서른다섯 맞으시죠?”

병원 로비에 앉아 있던 예닐곱 명의 시선이 고스란히 내 정수리로 향했다. 부주의한 누군가가 ‘설마’하는 소리를 내기도 했다. 손가락 세 개를 펴들고 ‘서른셋’이라고 대답하는 나는 정말이지 3기의 환자 같았다.

병원에서 집으로 돌아온 나는 ‘모마니탈모클리닉’의 홈페이지를 검색했다. 간호사는 병원 홈페이지에 실제 수술의 동영상이 게시되어 있으니 ‘참고’하라고 말했다. 화면 속에는 단두대에서 칼을 기다리는 자세로 엎드린 환자의 정수리가 조명에 반짝반짝 빛나고 있었다. 의사의 수술 시작을 알리는 통보가 있자 그는 몹시 긴장한 듯 수술대의 양 손잡이를 꼭 잡았다. 마취제가 두피의 이곳저곳에 주사됐다. 잠시 시간이 흐르고 의사는 메스의 날 끝을 이용해 환자의 두피를 콕콕 찌르기 시작했다.

“아프세요?”

“아뇨.”

"여기는 아프세요?"

"아뇨."

카메라가 의사의 얼굴을 비췄다.

"자, 마취가 끝났습니다. 이제 절개를 시작하겠습니다. 간호사, 제모하세요."

간호사는 작은 제모용 칼을 들고 환자의 뒤통수를 싹싹 면도하듯이 밀어버렸다. 칼이 닿자 환자의 어깨가 움찔하고 움직이는 것이 보였다.

"움직이지 마세요. 긴장 푸시고, 아픈 거 아닙니다."

간호사는 차분하지만 단호한 목소리로 환자를 제지했다. 30대 중반으로 보이는 남자는 거의 꽉 막힌 소리로 '네'라고 대답하고는 다시 자세를 바로 잡았다. 옆에서 그 장면을 지켜보고 있던 의사에게로 화면이 옮겨갔다. 의사는 카메라를 향해 자신의 양손 엄지와 검지로 반원을 만들고는 그것을 서로 맞대었다. 가로로 긴 타원이 만들어졌다.

"보통 이 정도 크기로 두피를 뜯어냅니다. 이 정도 크기에는 약 4000모가 심어져 있습니다. 두께는 두개골 바로 위 피하지방층까지입니다. 잠시 후 절개가 시작되면 하얀 층이 보일 겁니다. 그게 피하지방입니다. 우리가 생각하는 표피층을 걷어낸다고 생각하면 됩니다. 자, 이제 절개를 시작하겠습니다."

의사는 절개 따위가 뭐 대수냐는 듯 작고 반짝이는 매스를 거침 없이 들이댔다. 모자이크 처리가 되기는 했지만 잘린 면에서 엄청난 양의 피가 배어나오고 있었다. 간호사는 의사의 칼질이 용이하도록 연신 거즈를 이용해 흘러나오는 피를 눌러 닦았다. 이윽고 절개를 마친 의사는 다시 카메라를 향해 돌아섰다. 그리고 조금 더 큰 메스를 집어들었다. 칼날을 비스듬히 잡고는 포를 뜨듯 환자의 두피를 걷어내고 있었다. 조용한 수술실 안에 묘한 파열음이 울렸다. 흡사 오래된 벽지를 한번에 뜯어낼 때와 비슷한 소리였다. 환자는 몹시 긴장한 듯 '끙' 하고 신음소리를 냈다. 의사는 완전히 분리된 환자의 두피를 간호사에게 전달했다. 그러고는 벌어진 두피를 실로 맞당겨 봉합했다. 봉합 부위를 이리저리 살피던 의사가 입을 열었다.

"이제 절개과정은 끝났습니다. 환자분은 회복실로 가서 잠시 쉬시면 됩니다."

간호사의 부축을 받으며 남자가 수술대에서 일어났다. 얼굴에 피범벅을 한 채 휘청휘청 카메라 저편으로 사라지고 있었다. 의사는 마스크를 벗고 다시 설명을 이어갔다.

"한 시간 정도의 휴식시간 후에 본격적인 이식수술이 시작됩니다. 방금 간호사에게 전달한 두피에서 4000개의 모낭을 채집합니다. 분리한 모낭은 이식침에 주입되고 그 침을 환자의 탈모 부위에 모두 주사하면 수술은 끝납니다. 소요시간은 네 시간 정도입니다. 수술의 가장 중요한 포인트는 두피에서 모낭을 채집하는 것입니다. 숙달된 기술이 없으면 이 과정에서 많은 모낭을 괴사시키게 되지요. 저희 병원의 간호사들은 최소 오년 이상의 경력을 가진 전문가로서 환자분의 소중한 모낭을 단 하나도 낭비하지 않고…."

나는 동영상을 뒤로 돌려 의사가 두피를 완전히 떼어내는 순간을 다시 보았다. 의사에게 한쪽 끝을 잡힌 두피가 갓 잡혀올라온 가자미 모양으로 달랑달랑 흔들리고 있었다.

나는 컴퓨터를 끄고 잠시 산책을 나갔다. 뭔가 지나친 장면을 목격한 순간처럼 자꾸만 한숨을 몰아쉬었다. 이를테면 다운로드 받은 동영상이 가벼운 포르노 정도라고 생각하고 불두덩을 주무르고 있었는데 갑자기 성애 중이던 상대를 잔인하게 살해해 버리는 장면을 목격한 심정이라고 할까?

산책을 마치고 돌아와 나는 결국 런던 행을 결심했다. 왜 런던인지는 모르겠다. 그건 수술 대신 가방을 택한 이에게 왜 가방이냐고 묻는 것과 같은 것이니까. 그냥 영국이고, 그냥 운명이다.

그렇다. 탈모는 운명이다. 탈모는 그리 길지 않은 시간 동안 내 모든 것을 잠식해 갔고 결국 모든 것이 되고 말았다. 탈모가 나의 모든 화두가 되어버린 후, 나는 단 한번도 여자와 연애를 하지 못했고, 주위로부터 외모에 관한 칭찬을 받은 일도 없으며, 어머니의 수다스러운 친구들로부터 맞선을 주선 받지도, 그 어떤 회사의 면접도 통과하지 못했다. 나는 서울의 중상위권이라 평가받는 대학을 우수한 성적으로 졸업하고, 세 나라의 언어를 제법 능통하게 구사하고, 사진을 잘 찍으며, 수영과 축구도 수준급이고, 좀체 감기에 걸리지도 않고 여드름 자국이 없는 말끔한 피부를 가지고 있지만 머리숱이 너무 없다. 그래도 긍정적인 마인드를 가지고, 늘 웃는 얼굴로, 항상 솔선수범하며, 깍듯하게 예의를 지켰지만 사람들은 대머리를, 내 머리를 싫어했다.

빅벤이 마주보이는 강가 벤치에서 나는 파르마에게 '대,머,리'라고 또박또박 발음해 주었다. 그녀는 대학에서 국제언어학을 전공하였고 현재는 영국의 대학원에 유학 중이었다. 나는 인도에 존재하는 언어의 수가 1652개라는 믿어지지 않는 사실을 그녀를 통해 알게 되었다. 그 중 가장 많이 사용되고 정부에 의해 공용어로 지정된 언어는 힌디어인데 약 4억 명 정도가 쓰고 있다고 그녀는 말했다.

"공용어가 있기는 하지만 인도가 워낙 넓고 인구도 많아 지역에 따라선 전혀 알아듣지 못하는 경우도 많아요. 그래서 영어를 부공용어로 쓰고 있죠. 인도에선 가난한 사람들일수록 영어를 많이 쓰고 또 자식들에게 많이 가르치려고 노력해요."

나는 한국에서는 그 반대인 것 같다고 말하며 조금 웃었다. 그녀는 국제언어를 전공한 사람답게 한글의 우수성에 대해서도 매우 잘 알고 있었다.

"한글은 부러운 문자예요. 한글을 이길 수 있는 글자가 없기 때문에 '국제문자올림픽'이 없어졌다는 사실을 알고 있나요?"

나는 신문에서 얼핏 본 적이 있다고 말하며 한글에 대해 묻는 그녀에게 이것저것을 설명했다. 그녀는 불과 몇 년 만에 문자를 만들고 그것을 만든 사람을 기억하는 민족은 한국뿐일 것이라며 엄지를 추켜세웠다.

내가 파르마에게 대머리라는 단어를 가르쳐준 이유는 간디에 관한 이야기를 나누면서였다. 그녀는 인도인이 생각하는 간디에 관해 여러 이야기를 들려주었다. 그리고 그 이야기 끝에 그녀는 이렇게 말했다.

"어쩌면 간디는 당시 인도인들의 삶을 답답하게 생각했을 수도 있어요."

내가 왜 그렇게 생각하느냐고 묻자 그녀는 한숨처럼 이렇게 대답했다.

"다 그 빌어먹을 운명 때문이죠, 뭐."

나는 그녀의 얼굴을 똑바로 쳐다보다가 자리에서 일어나 강변으로 걸어갔다. 그러고는 그녀가 했던 말을 큰 소리로 따라 외쳤다. 빌어먹을 운명, 날 건드리지 말라고(What a fucking destiny. Don't touch me)!

나는 몇 해 전 한국 코미디 프로그램에서 간디 분장을 한 개그우먼이 인기를 끈 적이 있었다는 이야기를 들려주며 벗어진 내 이마를 쓱쓱 문질렀다. 그리고 힌디어로 대머리가 뭔지 물었다. 그녀는 친절하게 내 발음을 교정해 주었지만 '구짜 아드미'라고 말하는 그녀의 억양을 따라할 수가 없었다. 나 역시 그녀에게 '퇴모오리'가 아니라 대머리라고 또박또박 일렀지만 그녀는 힘들다는 듯 고개를 저었다. 무언가 의미심장한 표정을 지은 파르마가 이렇게 말했다.

"대머리를 지칭하는 두 언어에는 무척 큰 차이가 있군요."

나는 그것이 무엇인지 물었다.

"힌디어에서는 간디나 당신 같은 머리를 칭하는 딱 부러진 한 단어가 없어요. '구짜 아드미'는 두 단어, 말하자면 구(句)죠. '구짜'는 '털이 적은'이라는 뜻, 그리고 '아드미'는 '사람'이에요. 이해가 되나요?"

나는 '머리숱이 적은 사람'이라고 한국어로 발음해 보았다. 그렇게 발음하니 빌어먹을 운명의 대머리는 어느새 힌디어의 구를 거쳐 한국어의 절(節)이 되어 있었다.

"역시 한글은 우수한 글자군요. 매우 경제적이에요."

파르마가 딱 부러지게 말했다. 나는 경제적인 것이 꼭 우수한 것은 아니라고 몇 개의 절을 이용해 비경제적으로 말하며 한숨을 내쉬었다.

우리는 한동안 흐르는 강물을 바라보며 말없이 앉아 있었다. 나는 '머리숱이 많은 사람'을 칭하는 한 단어를 떠올려보았지만 그런 단어가 있을 리 없었다. 그건 그냥 '사람'이었다. 역시 생각에 잠긴 듯 큰 눈을 껌벅이던 파르마가 이렇게 물었다.

"런던 아이에서 내가 울었던 이유를 왜 묻지 않죠?"

나는 무척 궁금했지만 물어볼 기회를 잡지 못했다고 궁색하게 말했다. 사실은 그녀와 이야기를 나누는 중에 그 기억을 그만 까맣게 잊고 있었다. 파르마는 런던 아이에서처럼 다시 슬픈 표정을 짓고 있었다.

"여왕의 운명과 하리잔의 운명을 생각하다가 그만 눈물이 쏟아지고 말았어요."

나는 '하리잔'이 뭐냐고 물었다. 그녀는 It's me. I'm the 언터처블스, 라고 대답했다.

21세기 불가촉천민

남성형탈모, 즉 대머리의 경우 부모 모두로부터 유전자를 물려받았다고 해도 자식이 대머리가 될 확률은 50퍼센트이다. 이 말은 결국 대머리가 복불복이라는 것인데, 나는 참 불행하게도 아주 일찍 그리고 매우 심하게 탈모가 진행되고야 말았다. 어머니는 아들의 벗어진 머리를 미안해했다. 외할아버지와 외삼촌 모두가 외가의 고향마을에서 넓고 번쩍이는 이마로 일찍이 이름을 드높인 사람들이었다. 친가 쪽은…, 말해 뭐하겠는가.

"대통령 해 먹은 놈도 있어. 까짓 머리 좀 까졌다고 남자 구실 못한다면 세상 불알 찬 놈들 삼분지일은 다 굶어죽어야 하는 거 아닌감."

대청에 앉아 발톱을 깎던 아버지가 또 새된 소리를 시작했다. 아버지의 잘린 새끼발톱이 딱 소리를 내며 마루 어딘가로 튀었다.

"원래 대머리들 손발톱이 멀리 튄다는구먼. 머리로 갈 양분이 전부 저리로 가서 그렇다네."

어머니는 무슨 말인가를 더 하려다가 날아간 발톱을 주워와 깔아놓은 신문지 위에 던져놓았다.

"에고, 요즘 세상이 어디 옛날이랑 같은가. 구식 영감탱이 같으니…."

어머니는 푸념처럼 한마디를 덧붙이고는 무릎을 끌어안으며 마당 쪽으로 돌아앉았다. 아버지의 번쩍이는 이마에 골이 깊어지고 있었다. 이쯤하면 나는 그만 슬그머니 빠져주는 것이 상책이다. 오랜만에 고향에 와도 여전히 화두는 대머리였다. 친척 동생의 취업 소식, 동네 후배의 결혼식 이야기가 오가다가 결국은 대화가 제자리를 맴돌았다. 억지 기지개를 켜며 자리를 피하려는 찰라 기어이 어머니가 벼려오던 말을 꺼내고야 만다.

"얘, 네가 모르는 척하고 미장원으로 진숙이를 한번 더 찾아가 봐라. 아, 살이야 같이 살면서 빼면 되는 거지."

"아, 좀 그만하세요. 나, 돈 모아뒀어. 수술할 거야. 수술만 하면…."

서른이 넘어도 부모 앞은 어쩔 수가 없는 것인지 그만 목이 메어왔다. 화들짝 자리에서 일어나 슬리퍼를 꿰차고 마당으로 내려서는데 아버지까지 한마디를 더 보탰다.

"그 수술할 돈 있거든, 월남처자 소개해 주는 데나 가 봐. 머리털 빠지는 게 무슨 병이냐, 돈지랄을 하게. 미친놈."

내친걸음이라고 이제 더 참을 것도 없었다.

"요즘 세상에 대머리는 병이에요, 병. 그것도 중병이라고요. 진숙이한테 가서 한번 물어보세요.”

나는 결국 대문을 박차고 나와버렸다. 밤하늘에 별이 반짝, 내 이마처럼 빛나고 있었다. 나는 대문 앞 평상에 엉덩이를 걸치고 하늘을 올려다보았다. 담장 너머에서 요즘은 물 건너가서 색시 데려오는 게 흉도 아니라는 둥, 그래도 한국 며느리를 봐야 한다는 둥, 아 그래도 진숙이년은 글쎄 살이 너무 쪄서 도저히 안 된다는 둥…, 와장창 주전자 엎어지는 소리가 들리더니 사위가 잠잠해졌다. ‘잘 알지도 못하면서…’,

진숙이는 정말, 세상에서 대머리가 제일 싫다고 했다.

나는 언터처블(Untouchable)의 의미를 잘 알고 있었다. 사전에는 역시 우리말답게 딱 부러진 한마디로 ‘불가촉천민(不可觸賤民)’이라고 명시되어 있다. 불가촉천민은 인도의 카스트제도에서 계층 외 인간을 말한다. 인도에서 이들은 몸은 인간이되 정신은 인간이 아닌 것으로 취급한다. 특히 승려 브라만이나 귀족 크샤트리아는 하리잔을 만질 수 없다. 그들은 하리잔을 만지면 천한 기운이 자신의 몸에 전염되어 불행해진다고 믿고 있다. 나는 파르마에게 ‘아직도?’라고 물었고 그녀는 믿을 수 없겠지만 아직도 인도에서는 카스트가 국가 존립의 근간이 되는 중요한 제도 중 하나라고 말했다.

“법적으로 카스트는 없어졌어요. 이제 나 같은 하리잔도 공부나 취직을 할 수 있어요. 하지만 그건 정말 드문 경우죠. 대부분은 빨

래를 하거나 하수구 청소를 해요. 그리고 어린 여자아이들의 경우
엔…, 대부분이 팔려가요."

나는 어린 여자애들이 팔려가는 것과 국가 존립의 근간이 무슨
상관이 있는지 알 수 없었지만 파르마가 여왕의 생일을 축하하는
불꽃놀이를 보며 눈물을 흘린 이유는 대강 짐작할 수 있었다.

파르마의 가족은 알라하바드 외곽에서 변소를 치우는 일로 생
계를 유지했다. 파르마는 여덟 살이 되던 해 고향 인근의 수도원
에 팔려갔다.

"아침에 눈을 뜨면서부터 해가 질 때까지 물을 긷고 빨래를 하
고 변소를 치웠어요. 일이 서툴면 모질게 매를 쳤죠. 먼저 팔려온
언니들은 채 열두 살도 되지 않아 혼례를 올리는 경우도 있었어
요. 그건 정말…, 너무나 끔찍한 일이었어요. 그 아이들은 겨우 열
두 살이었다고요."

파르마는 아홉 살이 되던 해의 어느 봄날, 물을 길으러 나갔다
가 양동이를 팽개치고 그 길로 도망을 쳤다. 전날 같은 방을 쓰
던 열두 살짜리 언니가 수도원에서 양을 기르는 한 남자의 아내
가 되었다. 그 남자의 방에서 밤을 보내고 다음날 아침 일터로 돌
아온 그 언니는 넋이 나간 표정으로 밭고랑에 앉아 있었다. 언니
는 하염없이 눈물을 흘렸고 걸음조차 제대로 걷지 못했다. 파르마
는 외진 산길로 꼬박 하루를 걸어 집에 당도했다. 천만다행으로
그날 집에는 허리를 다쳐 일을 나가지 못한 어머니가 누워 있었는
데 그녀는 딸의 몸에 든 모진 상처를 보고 집안에 있는 모든 돈을

털었다. 파르마는 어머니가 시키는 대로 알라하바드 시내에 위치한 '인디라 인권보호센터'로 피신을 했다. 파르마가 자신의 고향을 소개하면서 말했던 '인디라 간디 재단'에서 운영하는 천민계급의 인권보호소였다.

한편 사건의 전말을 알게 된 수도원에서는 파르마의 집으로 사람을 보내 집안을 쑥대밭으로 만들어놓고 딸을 도피시킨 대가로 마을 사람들이 보는 앞에서 어머니의 손목을 절단해 버렸다. 그들은 즉시 파르마를 잡아오지 않으면 아버지와 오빠들까지 악어 밥으로 만들어버리겠다고 엄포를 놓았다. 고향 마을에도 경찰이 있기는 했지만 그런 사태에 아무런 관심도 가지지 않았다. 어머니가 잘린 손목에 붕대를 감고 경찰서를 찾았지만 하리잔에게는 어떤 권리도 존재하지 않는다며 그녀를 내쫓아버렸다고 한다. 하는 수 없이 파르마의 아버지와 오빠들은 보호소에 숨어 있던 그녀를 잡으러 왔다.

"만약 세상에 신이 존재한다면 오빠의 손에 잡혀 끌려가던 그날, 딱 그 하루만큼은 꼭 내 편이었나 봐요."

그녀의 말대로 그날은 신이 잊고 있던 자신의 소임을 다하기 위해 가엾은 하리잔 소녀에게 눈길을 돌린 날이었는지도 모른다. 그날 칼을 들고 보호소로 난입한 파르마의 아버지와 오빠들은 직원들과의 몸싸움 끝에 그녀를 건물 밖으로 끌어냈고 수많은 사람들이 보는 앞에서 아홉 살의 소녀는 매를 맞으며 집으로 끌려가고 있었다. 그때 한 벽안의 중년여자가 경찰을 데리고 나타나 파르마와 가족들을 경찰서로 연행했다. 그녀는 영국 국적의 유엔소속 여성인권 담당관이었는데 인도의 미성년 인권실태를 조사하기 위해 인디라 인권보호센터를 방문하려던 참이었다. 경찰에서 파르마의 사연을 모두 듣게 된 담당관은 일단 파르마를 더 안전한 장소로 피신시키고 여러 방법을 통해 파르마의 가족에게 해가 가지 않도록 원만히 사건을 해결해 주었다. 이런 사연이 인도의 인권단체를 통해 몇몇 언론에 소개되었고 파르마는 한 독지가의 도움으로 고향마을에서 수천km나 떨어진 다른 도시의 보호소에서 생활하게 되었다. 이것이 꼭 이십년 전 일이라고 했다.

"오늘 아침 인도의 오빠로부터 연락이 왔어요. 어머니가 어젯밤에 돌아가셨대요."

긴 사연을 들려주던 내내 애써 담담한 목소리를 유지하던 그녀가 결국 울음을 터트리고 말았다. 그녀는 두 손으로 얼굴을 감싸고는 소리 내어 울었다. 나는 템스 강변을 향해 한번 더 빌어먹을 운명이라고 소리를 지르고 싶었지만 파르마가 여전히 눈물을 흘리고 있었기 때문에 가만히 그녀 옆을 지켜줄 수밖에 없었다.

노자(老子)의 빵

우유통 속에 빠진 생쥐가 괜찮은 결과를 만들 수밖에 없었듯 따지고 보면 세상의 모든 궁여지책은 최선책일 수밖에 없다. 나는 런던에서 돌아와 딱 일주일을 칩거했다. 거창한 미래의 청사진을

구상한 것은 아니지만 되도록 무가치한 상념을 지우려고 노력을
했다.

칩거 마지막 날 아침, 평소보다 이르게 잠에서 깬 나는 깊은 숨
을 몰아쉬었다. 제법 잘 잔 것 같은 기분 때문이었는지 어깨가 무
척 가벼워져 있음을 느꼈다. 뜨거운 물에 충분히 수염을 불리고
면도를 했다. 일주일 동안 한번도 깎지 않은 수염이 깨끗하게 밀
려나갔다. 수염 속에 얼굴은 제법 해맑아져 있었다. 거뭇한 수염
가루가 숙주를 잃어버린 그림자처럼 세면대에 들러붙어 있었다.
나는 그것들을 샤워기로 헹궈내고 다시 물을 받았다. 그리고 머리
를 감았다. 정성스레 옷을 고르고 구두까지 닦은 다음에야 나는
집을 나섰다. 모자도 가발도 쓰지 않았다. 이틀 전 인터넷으로 등
록한 제빵학원으로 향하는 길이다.

"자, 앞에 놓인 봉지를 뜯어서 밀가루를 조리대 위에 부어보세
요. 그리고 천천히 감촉을 느껴보세요."

희고 긴 모자를 쓰고 흰색 가운을 받쳐 입은 강사는 40대 중반
으로 보이는 여자였다. 나는 조심스럽게 봉지를 열고 밀가루를 부
었다. 500그램짜리 밀가루가 소리도 없이 솔솔 쏟아져나와 동긋
한 봉우리를 만들었다. 나는 오른손가락 끝을 조심스럽게 봉우리
의 가장자리에 밀어넣었다.

"어떠세요? 생각보다 무척 차갑죠? 곧 여러분들의 손끝에서 이
밀가루가 따뜻한 빵으로 바뀌는 날이 올 겁니다. 그때까지 열심히
노력하세요."

첫 수업시간을 마치고 나는 휴대폰의 카메라로 조리대 위에 쌓아놓은 밀가루를 찍었다. 파르마에게 이메일로 보낼 작정이다.

우리는 런던의 지독한 새벽 스모그 속에 앉아 있었다. 온몸이 눅눅하게 젖었지만 그리 불쾌한 지경은 아니었다. 연락처와 이메일 주소를 주고받은 후 우리는 오랜 친구처럼 사진을 한 장 찍었다.

"난 고향에 가지 못할 거예요."

그녀의 얼굴에 잠시 쓸쓸한 빛이 감돌았다.

"어머니도 이해할 거예요. 어쩌면 당신은 딸이 그곳에 오지 않기를 바라고 있을지도 모르죠."

그녀는 벤치에서 일어나 강가로 걸어갔다. 그러고는 다시 '시인'을 부르기 시작했다. 그녀는 자신의 유창한 영국식 영어 발음과는 전혀 다른 톤으로 천천히 노래를 부르고 있었다. 한없이 느리고 슬픈 톤으로, 영원히 끝나지 않을 것처럼. 나는 파르마의 뒷모습을 바라보며 '누구라도 그러하듯이'를 따라 불렀다.

어디선가 나를 부르는 아름다운 사랑의 노래. 지평선을 바라보며 나는 이제 떠나련다. 저 푸른 하늘 너머로 우우우.

어디선가 몰려든 비둘기와 참새들이 강변의 잔디를 쪼고 있었다. 우리는 헤어져야 하는 시간이 왔다는 것을 알았다. 잠깐 동안 어색한 침묵이 강물처럼 흐르고 있었다. 아쉬움 때문이었을까, 나는 머릿속이 하얘져 아무 말도 하지 못하고 대가리를 동동거리며 다가오는 애꿏은 비둘기떼만 쫓고 있었다. 먼저 입을 연 것은 파르마였다.

"헤어지기 전, 어젯밤 간디에 대해 했던 말 중 이것 하나는 취소해야겠어요."

그녀는 지난 밤 퀸즈버스데이의 불꽃놀이가 너무 화려해 잠시 감정이 격앙되었노라고 말하며 이야기를 시작했다.

"언젠가 간디는 스스로 물레를 돌려 만든 누더기 옷을 입고 이곳 런던을 방문한 적이 있어요. 인도를 대표해 국제회의에 참석하기 위해서였죠. 물론 회의 결과는 참담했어요. 회의를 마친 후 당시 영국 국왕이던 조지6세는 간디를 버킹엄 궁전으로 초대했어요. 간디는 흔쾌히 초대에 응했지만 문제는 옷이었죠. 사람들이 새 옷을 가져와 갈아입어 달라고 말했지만 간디는 들은 척도 하지 않았죠. 결국 앙상하게 마른 상체를 드러낸 채 궁전으로 들어갔어요. 아마 영국 역사상 그런 옷차림을 하고 버킹엄에 들어간 이는 간디 한 사람뿐일 거예요. 난 간디가 제국주의를 향한 시위를 목적으로 고집을 피운 것은 아니라고 봐요. 운명 이상의 것을 바라지 않는 삶, 아픈 운명을 돌보며 다독이는 삶의 현명함, 그런 그의 믿음이 조국을 해방시킬 것이라고 그는 믿고 있었을 거예요. 어젯밤 당신과 이야기를 나누는 내내 그런 생각을 했어요. 간디는 결코 동포들을 답답하게 생각하지 않았을 겁니다. 그런 의미에서…, 당신의 머리는 아름다워요. 진심으로."

우리는 웨스트민스터역 앞에서 악수를 나누었다. 기회가 된다면 서로가 살고 있는 곳을 꼭 방문하기로 약속했다. 나는 잡았던 손을 놓으며 파르마의 어깨를 가볍게 안고 싶었지만, '안녕히 계세요'라고 한국어로 인사를 했다. 그녀도 합장한 두 손을 이마에 대며 인도어로 인사했다. 아름답고 고마운 인사였다. '나마스카르', 그녀는 그 말의 의미를 영어로 설명해 주었다.

"당신 안의 모든 것을 위해 기도합니다."

지저분한 런던의 지하철을 타고 공항으로 가는 내내 간밤, 파르마와의 우연한 만남을 곱씹었다. 십년이라도 지난 듯 아득하고 먹먹한 기분이었다. 금세 눈물이 솟을 것 같아 고개를 숙이고 이를 앙다물었다. 몇 번이나 격정을 가라앉히려고 애썼다. 한숨을 몰아쉬며 '이제 돌아가면 초라해 하지 말자'라고 중얼거리다가 그만 눈물이 터지고야 말았다. 객차 안 누구도 머리가 벗겨진 동양인 남자의 울음에 신경 쓰지 않았다. 신경 쓴다고 해도 어쩔 수 없다. 나는 오래 울었다.

히드로국제공항에서 나는 가장 값싼 끼니를 구하기 위해 청사의 이곳저곳을 기웃대고 있었다. 탑승까지는 아직 세 시간이나 남아 있었다. 결국 나는 공항 유니폼을 입고 있는 한 흑인 남자에게 말을 걸었다.

"간단하게 요기할 수 있는 가게가 있나요? 이 공항에서 가장 싸다면 더 좋겠군요."

남자는 청사 이층에 있는 한 빵 가게를 가르쳐주며 그곳 빵 맛이 최고라고 엄지를 세웠다. 에스컬레이터를 타고 이층으로 향하며 분주한 청사의 모습을 내려다보았다. 이것으로 나의 여행은 끝나는구나. 집으로 돌아가는 것이 비로소 실감났다. '안녕 언터처블' 하고 조용히 되뇌어봤다.

청사 이층으로 올라서자 과연 알록달록한 짧은 차양을 두른 작은 빵집 하나가 모퉁이에 자리 잡고 있었다. 나는 미닫이를 열고 빵집으로 들어갔다. 문에 달린 작은 종이 딸랑하고 소리를 냈다. 가게 안에는 아무도 없었다. 가게 중앙에 놓은 테이블에는 오늘 아침 구운 것으로 보이는 몇 종류의 빵이 먹음직스럽게 쌓여 있었다.

"실례합니다."

"오, 쏘리."

가게 한 구석에서 남자의 목소리가 들려왔다. 제빵실로 보이는 작은 방에서 백인 노인이 걸어나왔다. 그는 멋지게 기른 구레나룻을 가지고 있었고 기다랗고 흰 모자를 쓰고 있었다. 모자 때문인지 그의 키는 엄청나게 커보였다. 손에 묻은 밀가루 반죽을 수건으로 닦으며 그는 빵을 골라보라고 했다. 나는 동그랗게 생긴 호밀빵 두 개를 골랐다.

"이게 제일 싸군요."

나는 바지주머니를 툭툭 치며 말했다.

"싸기는 하지만 우리 빵집에서 제일 유명한 빵이에요. 믿기 어렵겠지만 그 빵은 대서양 건너 '뉴욕타임즈'에까지 실린 적이 있답니다. 우리 가게에 처음 오셨다면 제대로 고르신 겁니다. 굿."

그는 좁은 카운터 안으로 들어가기 위해 긴 모자를 벗었다. 흰

하게 벗어진 그의 이마가 드러났다. 허리를 잔뜩 구부려 카운터 안으로 들어간 그가 내 시선을 의식했던지 빙긋 웃으며 말했다.

"우린 같은 유전자를 가졌군요. 하하. 그렇죠?"

그가 자신의 이마를 쓱 문질렀다. 나도 그를 따라 웃었다.

"하지만 내겐 이 긴 모자가 있어요. 이거 보세요. 감쪽같죠."

그는 묘기를 부리듯 능숙하게 모자를 빙글빙글 돌려 자신의 머리 위에 얹었다.

"그렇군요. 당신의 머리는 정말 멋지군요."

나는 파르마의 말투처럼 대답했다.

빵은 정말 눈물이 날 만큼 맛있었다. 한번도 경험하지 못한 맛이었다. 만약 주변의 누군가가 히드로공항에 가게 된다면 이 빵집의 이름을 꼭 기억하라고 말하고 싶을 정도였다. 'The Old man Bread', 나는 청사 안을 걸으며 늙은이의 빵을 천천히 씹었다. 이제 돌아가야 한다. 돌아가기 위해 떠났으니 소기의 목적은 달성한 셈이다. 그리고 덤으로 내 손에 소박한 빵 한 덩어리가 남아 있다.

아화
阿火

1

내가 마지막으로 소설을 썼던 것이 스물아홉 살이었으니 꼽아
보면 벌써 십년 전 일이다. 스물아홉 살의 마지막 날, 나는 경주국
립박물관의 영상 자료실에 혼자 앉아 달랑 한 장 남은 다이어리에
'미안하다, 인생아. 친절하게 대해주지 못해서'라는 유치하기 짝
이 없는 문구를 적어놓고 꽤 오랫동안 흐느꼈던 것 같다. 오십 명
정도가 앉을 만한 소규모 자료실에서는 불국사와 석굴암에 관한
15분짜리 홍보영상을 반복해서 틀고 있었다. 나는 이따금 그때의
기억을 되살려보다가 그날 이후 절필한 것은 좋은 판단이었다는
생각을 하곤 한다.

경우에 따라 십년의 세월은 짧은 것이라서, 나는 텅 빈 오후의
박물관을 걸어나오며 이어폰을 통해 들었던 노래의 제목을 분명

히 기억한다. 폴 매카트니의 '더 롱 앤드 와인딩 로드'. 그 노래의 전주는 제목과는 다르게 매끈한 색소폰 솔로로 이루어져 있는데, 박물관 마당에 이리저리 세워져 있던 오래된 석불과 그들의 등 뒤에 내리깔리는 어스름에 묘하게 어우러져 정문으로 향하는 발걸음을 몇 번이나 멈추게 만들었다. 폐장을 앞둔 박물관의 쓸쓸한 분위기 때문만은 아니었다. 그 순간 나를 감싸고 돌던 감정은 막연한 상념이 아니라 분명한 형상을 가지고 뇌수에 고여 있었지만 경험한 적이 없어서 도무지 언어화할 수 없는 생경한 것들이었다. 박물관 담장 너머 보이는 반월성터의 소나무가 겨울바람에 천천히 흔들리고 있었고, 어느 결엔가 '더 롱 앤드 와인딩 로드'는 끝나 있었다. 나는 사막처럼 말라 있던 황룡사 옛터를 향해 걸어갔다. 경우에 따라 십년의 시간은 지독히 아득한 것이어서, 나는 그날 어디까지 걸었는지 도무지 기억할 수가 없다. 혹은 왜 그날 그토록 오래도록 걸었는지 설명할 수 없다. 십년이 지난 지금의 생각이지만, 어쩌면 그날, 나는 달라져버린 내 삶의 **궤적** 같은 것을 느꼈는지도 모른다. 물론 이마저도 불명확하기는 마찬가지다.

나는 지금 경주역에서 12시 5분에 출발하는 건천행 무궁화호 열차를 기다린다.

"아화역에는 이제 어떤 기차도 서질 않습니다. 아마 2004년부터였던가…, 한 십수년은 됐죠. 하여간 아화는 기차보다 좌석버스가 훨씬 빠릅니다."

50대 중반으로 보이는 매표소 직원이 고개를 갸우뚱거리며 말했다. 경주역에서 건천역까지는 기차로 20분 거리, 건천역에 내려 아화까지는 시내버스를 타야 한다. 경주역 광장에서 300번 좌석버스를 타면 곧장 아화로 갈 수 있다고 매표소 직원이 덧붙였지만, 나는 굳이 건천행 열차표를 끊었다. 직원은 발권된 표를 건네는 순간까지도 여전히 이해하기 힘들다는 표정을 짓고 있었다. 시간을 버리면서까지 가끔은 **돌아가고 싶은 길**이 있다는 것을 설명하기란 참으로 어려운 일이다.

잿빛 하늘 아래로 은행나무가 노란 잎사귀를 날리는 플랫폼에 서서 나는 경주의 서쪽 초입에 서 있을 한 폐역(廢驛)의 잔영과 이유를 설명할 수 없는 여정들에 관해 생각했다. 어느새 기차는 천천히 플랫폼으로 들어오고 있었다. 그러고는 서북쪽으로 향하는 레일에 궤도를 맞춰 경주역을 벗어났다. 기차는 형산강 철교를 건너 이내 김유신장군묘와 무열왕릉의 봉분을 차례로 끼고 돌았다. 누렇게 익은 옛 무덤의 잔디 위에서 알록달록한 등산복을 입은 사람들이 사진을 찍고 있었다.

2

"김유민씨 전화인가요? 여기 아화, 그러니까…, 오봉다실(五峰茶室)인데요, 마담 언니, 그러니까…, 최정숙씨가 오늘 돌아가셨어요. 일이 생기면 언니가 이쪽으로 기별을 넣으라고 해서."

어젯밤 최마담의 부고를 전한 것은 그녀의 다방에서 일하던 레지였다.

"최정숙씨가 그렇게 말했단 말입니까?"

"네."

"빈소를 어디에 차렸나요?" 내가 물었다.

"아화, 그러니까…, 오봉다실이요, 마땅히 차릴 곳이 없어 동네 사람들이 여기다가 마련을 했네요."

건천역에 내려 아화행 시내버스를 기다리고 있던 차에 부슬부슬 가을비가 내리기 시작했다. 나는 잠시 허둥거리며 하늘을 올려다보았다. 잘게 바스러진 **재** 같은 물방울들이 먼지처럼 이리저리 흩날렸다. 건천역 앞 작은 골목에는 '여근곡(女根谷), 옥문지(玉門池) 3KM'라고 적힌 이정표의 꼭짓점이 서북쪽을 향해 비스듬히 서 있었다. 나는 꼭짓점이 가리키는 막연한 서북의 허공을 응시하며 버스를 기다렸다.

언젠가 나는 팔공산 부인사에서 선덕여왕의 어진(御眞)을 전각의 열린 문틈으로 들여다본 적이 있었다. 여왕은 화려한 금관을 쓰고 붉은 색 비단 도포를 입은 채 서 있었다. 그때도 나는 예의 여근곡의 전설을 곱씹었던 것 같다. 나에게 그 전설은 오봉산의 한 기슭만큼이나 거대한 음부를 드러낸 여왕의 나신(裸身)으로 형상화되었고, 옥문지에 고개를 박은 채 쓰러진 백제 병사들의 허망한 주검과 마당의 수돗가에서 아무렇지도 않게 뒷물을 하던 최마담의 검은 가랑이 사이가 겹쳐져 어둡고 낯선 구도를 이루고 있었다.

아버지가 세상을 떠난 후 최마담과 나는 집이 화마(火魔)에 휩싸이는 날까지 삼년간을 한 지붕 아래에서 단둘이 살았다. 그때 나는 고등학교 2학년이었다. 거처가 없어진 최마담은 오봉다실(五峰茶室)의 쪽방으로 잠자리를 옮겼고, 나는 학기 중에 부랴부랴 기숙사로 들어갈 수밖에 없었다. 어찌 보면 새로 장만한 이불보따리를 들고 아화역에서 통일호 열차를 기다리던 그날이 나와 아화의 **인연**이 끊긴 날이었다. 나를 포함해 4대가 걸쳐 살아왔던 집이 불타버린 것에 대한 비감조차 느끼지 않고, 불탄 집터 한번 휘돌아보지 않은 채 아화를 떠날 수 있었던 것은 최마담과 둘만 남게 되었던 그 삼년의 세월 동안, 내 속에서 끝을 벼리고 서 있던 위험한 촉수들에게 스스로가 지쳐 있었던 탓이라고 나는 훗날 생각했다.

나는 어린 시절부터 어쩔 수 없는 일에 대해 절망하지 않는 방법을 터득하며 살았다. 그것은 일종의 태생적인 측면이 있다. 나는 생모에 대한 기억이 전혀 없다. '어머니가 없다'라는 결핍에 대한 인정은 나와 같은 처지에 놓였던 수많은 꼬맹이들의 통과의례일 것이다. 나와 그들은 깊은 밤, 이불에 오줌을 지리거나 가위에 눌렸다가 깨어난 후 운명 비슷한 것에 관해 생각하게 되고, 부조리한 삶의 단면을 파악하고, 절망하지 않는 방법을 터득하게 된다. 엄마가 없다는 그 한 가지 생각은 이토록 많은 것을 깨우치게 했다. 우리가 되도록 '나는 왜 엄마가 없냐'고 묻지 않았던 것은 대여섯 살배기 아이에게 들어버린 서글픈 철딱서니이며 주위 사람들을 당혹스럽게 하지 않겠다는 속 깊은 배려였다.

'원초적인 결핍, 가장 먼저 깨닫게 되는 어쩔 수 없는 일', 사춘기의 나는 노트에 이렇게 쓰고 그것을 박박 찢어버렸다. 나는 그 맘때쯤 제법 많은 글을 써서 모았던 것 같다. 개중에는 어지간한 장편소설 분량의 글도 몇 편인가 있었다. 물론 그것은 소설이라고 부를 수 없는 조악한 잡문이었다. 언젠가 그런 잡문 몇 장을 아버지가 우연찮게 읽은 적이 있었다. 중학교 2학년 여름방학이 시작될 무렵이었다. 아버지는 농사일에 젬병이었지만 수확을 앞둔 포도밭에서 매일 코를 박은 채 굵은 땀방울을 흘리고 있었다. 어딘가에서 장마가 끝나가고 있다는 소식이 무색하게 아화에는 한 달 보름째 한 방울의 비도 내리지 않았다. 그날따라 때 이르게 돌아와 물에 만 밥으로 저녁을 해치운 아버지는 낚싯대와 화첩을 챙겨 들고 아화 들판의 서쪽을 장막처럼 둘러친 오봉산 기슭 저수지로 나를 앞세워 걸었다. 건천과 아화 인근에서 가장 수심이 깊다던 그 저수지도 오랜 가뭄으로 가장자리가 허옇게 말라 있었다.

"이 저수지도 그리 오래된 것이 아니다. 동네 이름에서도 알 수 있듯이 건천이나 아화나 예로부터 물이 부족한 곳이었다. 인근 저수지는 대부분 왜정 때 농수에 쓸 목적으로 판 것이다."

아버지는 부러진 나뭇가지 하나를 주워 마른 저수지바닥에 阿火라고 썼다. 아버지는 저 멀리 내려다보이는 들판을 향해 탄식처럼 '불붙은 언덕…'이라고 읊조렸다.

"글 같은 거 되도록 쓰지 말고 살아라. 보이지 않는 것들에 대해 생각이 너무 많으면 삶이 힘들어지는 법이다."

3

소읍을 경유하는 버스들이 그렇듯 내가 올라탄 아화행 버스도 한산했다. 드문드문 자리를 잡은 노인들이 고개를 돌려 검은색 상복을 입은 나를 물끄러미 올려다보았다. 나는 구석진 곳에 자리를 잡고 앉아 되도록 의자 깊숙이 몸을 묻은 채 창밖을 응시했다. 건천읍의 동편 외곽을 가로질러 형산강으로 흘러가는 건천천(乾川川)이 이름 그대로 바닥을 내보이고 있었다. 그 동안 꽤 긴 가을 가뭄이 계속되고 있었던 모양이다. 차창 밖에는 안개처럼 미세한 물방울이 흩날리고 있었지만 강바닥에 자갈들은 어림없다는 듯 단단히 메말라 있었다. 내 기억에도 아화에 비다운 비가 내리는 경우는 드물었던 것 같다. 불과 20km 거리인 경주 시내에 제법 굵은 빗줄기가 쏟아지고 있어도 경계를 넘어 건천으로 접어들면 빗방울은 가랑비로 바뀌어 흩날리기가 일쑤였고 그마저도 아화에 다다르면 들판에 늘어진 안개만이 가득 고여 있을 뿐이었다.

내가 중학교에 입학하던 어느 봄날, 마당까지 안개가 들어차 있던 날이었다. 녹색의 작은 포도알갱이들이 가지마다 몽글몽글 붙어 있던 그 무렵, 최마담은 우리 집으로 왔다. 앞장서서 대문으로 들어서던 아버지의 손에는 배가 터질 듯 우겨넣어진 연분홍색 보따리 두 개가 들려 있었고, 따라 들어온 최마담의 어깨에는 낡은 가죽 가방 하나가 매여져 있었다. 가끔 들러 집안일을 거들던 먼 친척 아주머니가 씰룩 입술을 비틀고는 엉덩짝에 손을 비비며 대문을 나가버렸다. "인사하거라." 아버지는 보따리를 들고 대청으로 주섬주섬 올라섰고, 마당에 남겨진 최마담과 나는 서로를 향해 고정되지 못하는 시선만 몇 차례 주고받을 뿐이었다. 그러나 한마디 전언도 없이 우리 집 마당으로 들어선 여인을 나는 결코 경계하지 않았고, '이 여자'가 누군지도 묻지 않았다. 그런 질문은 내 태생에 대한 쓸데없는 반기이며, 주변 이들을 당혹스럽게 하거나 혹은 가슴 아프게 할 것이란 걸 이미 잘 알고 있었다. 그리고 어쩌면, 마당에 늘어진 안개 속으로 흩어지던 그녀의 애처로운 시선에 어린 나는 일순 미안한 감을 가져버렸는지도 모른다. 그때 최마담은 안개처럼 뽀얀 종아리를 드러낸 주름 스커트를 입고 있었다.

내 기억에 아버지는 나의 생모에 관해 딱 한번 입을 열었다. 내가 물었던 것은 아니고 스스로 혼잣말을 하듯 내뱉은 것이 전부였다. 아버지는 어려서부터 그림에 소질이 있어 서울에 있는 미대를 진학했다. 아화 일대에서 가장 넓은 포도밭을 부치던 할아버지가 제법 든든하게 후원을 했다. 졸업 후에는 꽤나 규모가 있는 화방을 열어 몇 번인가 아화로 큰돈을 부친 적도 있었단다. 하지만 그림을 그리는 것 외에는 금방 싫증을 내는 성정 탓에 장사를 오래 붙들고 있지는 못했다. 다시 할아버지의 도움으로 풍광 좋은 곳에 작업실을 얻어 몇 번인가 전시회를 열기는 했지만 화단의 반응은 시큰둥했다.

"타고난 능력이 부족하여 화공(畵工)으로서의 내 꿈은 다 이루지 못했다. 실패를 거듭하던 무렵 네 할아버지가 폐암 선고를 받으신 게다. 자식 된 도리로 결혼이라도 서둘러야 했고 결혼 후 호구가 막막하던 나는 결국 아화로 들어와 살 수밖에 없었다. 살다 보면 때가 닿지 않아 설명할 수 없는 어려운 사정이 있다. 언젠가 너도 알게 될 것이라고 믿는다. 분명히 어미와 너의 인연이 네 가까이에 있을 것이라고 믿는다. 그러니 지금 네게 해줄 수 있는 말은, 하늘 아래 네 어미가 살아있다는 사실뿐이다. '없는 것'과 '모르는 것'은 구분하고 살아야 한다. 너는 어려서부터 심성이 얌전하고 삐뚠 짓을 하지 않았던 아이가 아니냐. 그러니 분명 그런 인연이 올 것이라고…, 나는 믿는다. 그리고 아비로서 네 서글픈 운명에 관여한 죄는 훗날 반드시 달게 받도록 하마."

아버지는 저수지 마른 바닥에 새겼던 阿火를 발로 쓱 문질러 지우고는 아직 물이 남아 있는 우묵한 곳을 향해 위태롭게 걸어가 버렸다. 그날 아버지는 낚싯대를 나에게 맡긴 채 해가 지는 오봉산의 풍광을 오랫동안 그렸다. 나는 몇 발짝 떨어진 곳에서 요동치는 가슴을 들키지 않기 위해 미동도 하지 않는 찌를 똑바로 노려보고 있었다. 인연이라는 말이 입 속에서 소용돌이치다가 되삼켜지곤 했다. 랜턴 불에 의지해 물감을 찍어대던 아버지는 자정에 가까워서야 자리에서 일어나 허리를 뒤로 젖혔다.

"썩 마음에 드는 것은 아니다만, 이 그림은 너를 주마."

아버지는 그림의 왼쪽 하단에 흰색 물감으로 적어놓은 내 이름을 손가락으로 가리켰다.

"그만 내려가도록 하자. 오늘 밤도 무척 덥구나."

화첩을 챙기는 아버지의 모습은 무척 지쳐보였다. 저수지 물에

붓을 부시는 손가락이 유난히 창백했다. 붓에서 씻겨나온 물감들은 수면에 비치는 달빛과 한데 엉겨 잿빛으로 서서히 가라앉고 있었다. 우리는 한 마디 말도 없이 밤길을 걸어 집으로 돌아왔다. 퍼렇게 고개를 세운 무논의 벼들만 스륵스륵 소리를 내고 있었다. 그리고 다음날 저녁 무렵, 아버지는 찜통 같은 포도밭에 쓰러진 채 주검으로 발견되었다.

4

내가 마지막으로 아화를 찾았던 것은 2003년의 마지막날이었다. 나는 그날 포항역에서 영천을 경유하는 경북내륙선을 타고 아화역에 도착했다. 매서운 겨울바람이 쉴 새 없이 몰아치던 정오 무렵이었다. 그때 나는 며칠째 밤마다 퍼마신 술로 만신창이가 된 상태였다. 전날까지도 구룡포항의 어느 술집에서 밤늦도록 혼자 술을 마셨다. 아화로 가야겠다고 결심한 것은 새벽에야 기어든 술집 인근의 어느 모텔방에서였다. 지독한 두통에 시달리다가 나는 문득 아화행을 결심했다. 어쩌면 그날의 결심은 어쩔 수 없는 일들, 혹은 운명이라고 불러야 하는 그런 부조리에 관한 내 최초의 항거일지도 모른다.

버스는 아화역으로 꺾어드는 골목 초입에서 멈췄다. 아니나 다를까, 건천에서는 흩날리기라도 하던 물기가 이곳에서는 흔적도 없이 메말라 있었다. 나는 한적한 이차선 도로를 건너면서부터 아화역의 쐐기형의 지붕을 올려다보고 있었다. 오봉다실은 아화역 정문에서 오른쪽으로 뻗은 작은 골목을 따라가야 한다. 그곳은 골목의 막다른 곳에 위치하고 있었다. 골목의 양쪽에는 탱자나무 담장이 얽혀 있다. 아화역 앞 전봇대에 매달린 조등(弔燈)이 조금씩 바람에 흔들렸다. 조등이라도 매달려 있지 않았다면 십년 전 그때와 달라진 것은 하나도 없어 보이는 풍광이었다. 매표소 직원의 말대로 아화역은 하늘색 페인트가 칠해진 낡은 나무문으로 굳게 닫혀 있었다. 무슨 영문에선지 창문에까지 합판을 덧대놔서 내부를 들여다볼 수도 없었다. 군데군데 칠이 벗겨진 벽에는 붉은색으로 인쇄된 '열차취급정지안내'라는 공고문 하나가 반쯤 찢어진 채 나붙어 있었다. 나는 공고문을 훑으며 담배 한 개비를 꺼내 물었다. '젠장, 내친걸음이다.' 나도 모르게 새된 소리가 불쑥 튀어나왔다.

오봉다실의 출입문은 활짝 열려져 있었고 내부는 불도 켜지 않은 채 텅 비어 있었다. 나는 입구 근처 벽에 붙은 스위치를 눌렀다. 누렇게 변색된 형광등 서너 개가 힘겨운 예열을 마치고서야 겨우 밝혀졌다. 인기척에 쪽방 미닫이가 열리고 40대 초반으로 보이는 여자가 고개를 내밀었다. 여자는 잠이라도 자고 있었던 것인지 푸석한 얼굴로 누구냐고 물었다.

"김유민이라고 합니다만."

여자는 그제야 머리새를 매만지며 천천히 자리에서 일어났다.

"늦으셨네요."

"네?"

여자가 슬리퍼를 꿰차며 객장으로 내려섰다. 그러고는 가장 가까운 테이블에 자리를 잡고 앉았다. 몸살이라도 난 것처럼 여자는 작은 움직임에도 앓는 소리를 흘렸다. 아담한 체구였지만 콧방울에서 시작된 양 갈래의 깊은 주름 때문인지 고집 센 인상을 풍기는 여자였다.

"언니는 오늘 아침에 병원 영안실로 옮겨갔어요. 어제 밤늦게 언니의 가족들이 소식을 듣고 찾아왔거든요."

나는 가족이라는 말에 적잖이 당황해서 되물었다.

"고인에게 가족이 있다는 소리는 처음 듣는군요."

여자는 손가락으로 빗질을 하며 느릿느릿 대답했다.

"뭐, 자세한 내막을 알 수는 없지만 가족이라고 하니 그런 줄로 알아야죠. 없는 척 여기고 살아도 가족은 가족이니까. 여긴 장례식장이 딸린 병원이 하나뿐이에요. 면사무소 바로 뒤편에 있어요."

나는 알겠다는 듯 고개를 끄덕였다.

"혹시, 어제 전화하신 분이신가요?"

내가 물었다. 여자가 무표정하게 대꾸했다.

"네, 제가 걸었죠. 근데 언니랑은 어떻게 아는 분이세요."

나는 잠시 당황했지만 최마담과 나의 관계에 관한 가장 적절한 사실 하나를 생각해 냈다.

"제가 어릴 적에 한 집에 살았습니다."

"그럼 언니랑 그동안 쭉 연락을 해온 사이인가요?"

"아뇨, 그렇지는 않습니다."

여자는 테이블 위에 올려져 있던 담배 한 개비를 꺼내 불을 붙였다. 그녀는 연기를 무척 짧게 들이마시고는 가늘게 내뿜으며 고개를 주억거렸다. 뭔가 꼭 하고 싶은 이야기가 있다는 투였다.

"그럼 언니가 어떻게 죽었는지도 모르겠군요?"

"네, 잘 모릅니다."

나는 그녀가 나를 책망하고 있거나 혹은 이미 많은 것을 알고 있으면서 시치미를 떼고 있다는 인상을 받았다.

"어젯밤에 그쪽에게 전화를 하고 나서 그런 생각을 했어요. 왜 죽었는지 묻지도 않고 빈소만 물어온 사람은 그쪽밖에 없었거든요. 꼭 심하게 불편한 소식을 전해들은 사람처럼⋯."

환풍기를 돌리지 않은 다방 안에는 금세 담배 연기가 고이고 있었다. 나는 묵묵히 자리에 서서 그녀를 지켜보고만 있었다. 나는 그녀가 '어떻게'와 '왜'를 구분하지 못하고 있다는 생각을 했다. 하지만 그 차이가 죽음 앞에서는 아무런 의미가 없다는 것을 곧 깨달았다.

"자궁암 말기였어요. 아는 게 병이라고, 검진 받기 전에는 멀쩡하게 배달까지 다니던 사람이 병원에 다녀오고 나서는 하루아침에 운신도 못하게 돼버리니⋯."

아는 게 병이라, 나는 조용히 그 말을 곱씹었다. 여자는 카운터

쪽 벽면을 손가락으로 가리켰다.

"혹시 저 그림, 그쪽이 그린 건가요?"

나는 고개를 돌려 그녀가 가리키는 곳을 올려다보았다. 그곳에는 가로로 길게 세워진 사절지 크기의 나무 액자 하나가 뿌연 먼지를 뒤집어쓴 채 매달려 있었다.

"내가 그린 것은 아니지만…, 내 이름이 적혀 있으니 맞긴 하군요."

한창 소설 습작에 매달리고 있던 시절이었다. 머리라도 식힐 겸 나선 길이었을 것이다. 나는 팔공산 부인사의 경내를 산책하다가 조그마한 전각에 모셔진 선덕여왕의 어진을 오랫동안 들여다보았다. 내가 그 초상 앞에서 걸음을 멈췄던 이유는 바로 아버지가 마지막으로 남긴 그림 속에도 여왕의 모습이 담겨 있었다는 사실을 기억해 냈기 때문이다. 아버지는 평소 자신이 그린 그림을 마당의 창고 속에 보관하고 자물쇠를 걸어두었다. 저수지에서 돌아온 날 밤, 나는 곧장 내 방으로 들어가 잠을 청했기에 그 그림이 창고로 들어가는 것을 보지는 못했다. 하지만 아버지는 예의 그렇게 했을 것이다. 그것으로 그만이었다. 아버지는 다음날 세상을 떠났고 나는 그 그림의 존재에 대해 까맣게 잊고 살았다. 더군다나 그로부터 삼년 후, 집은 별다른 발화의 원인도 없이 불타 주저앉았고 나는 곧 아화를 떠났다.

물론 그날, 부인사에서 만난 여왕의 어진은 아버지가 오봉산 아래 저수지에서 그린 그 모습과 너무나 다른 것이었다. 아버지는 금관을 쓴 여왕을 오봉산만큼이나 큰 거인의 형상으로 표현했다. 그것도 실낱 하나 걸치지 않은 나신이었다. 그림 속 여왕의 음부에서는 엄청난 양의 물줄기가 쏟아져나오고 있었는데 그것은 오봉산 아래 건천과 아화 들판으로 흩뿌려졌다. 들판은 포도밭이었고 군데군데 불이 붙어 있었다. 그 들판의 한가운데에는 가슴에 불이 붙은 한 남자가 누워 있었고 그 옆으로 바랑을 짊어진 가녀린 비구니가 산을 향해 걷고 있었다. 물론 뒷모습만 그려진 그 불자(佛者)의 성별을 명확히 알 수는 없었다. 둥글고 가녀린 어깨와 작은 몸집 그리고 고개를 숙인 채 산으로 향하는 얌전한 모습이 비구니를 연상케 했다. 나는 그제야 아버지의 그림이 선덕여왕을 향한 이룰 수 없는 사랑에 괴로워하다가 화신(火神)이 되었다는 일석(一石)이라는 한 청년의 전설을 형상화했다는 것을 깨달았다. 하지만 산으로 걸어가는 비구니의 존재는 아무리 궁리해 보아도 오리무중이었다.

그날 늦게야 집으로 돌아온 나는 새로운 소설 한 편을 쓰기 시작했다. 여러 번의 퇴고 끝에 그해 겨울 모 일간지 신춘문예에 그것을 보냈고 그로부터 보름 뒤 당선통지를 받았다. 그 소설은 아버지가 세상을 떠난 후 삼년간 아화의 집에서 벌어진 내 사춘기의 위험한 기억이었다. 나는 소설을 쓰는 내내 기억이 편집되고 윤색되는 원리에 관해 생각했다. 기억 속에는 소리가 없었다. 적어도 내 경우는 그랬다. 어릴 적 저수지에 빠져죽은 같은 반 여자아이에 관한 기억은 넋이 나간 아이 엄마가 달려오던 여름 오솔길이, 지나치게 환하던 정오 무렵의 태양이, 아이의 깨끗한 발목에 찰랑찰랑 와 부딪던 저수지의 반짝이던 물이, 마치 적절하게 조합된 하나의 장면으로 떠올랐다. 재생의 순서 하나하나까지 언제나 똑같았다. 일부러 바꾸려고 해도 그것은 여간해서는 뒤집어지지 않았다. 또한 기억은 철저히 내 편에 서서 윤색되어 있었다. 특히 이 문제는 창작 과정 속의 나를 고통스럽게 만들었지만 나의 내면 깊숙한 곳, 그 어느 한 부분을 가볍게도 해 주었다. 나는 가끔 내 편에 서 있지 않은 기억의 흔적을 만날 때마다 모성이라는 단어를 무기로 그들을 포섭했다.

5

다방의 열린 출입문으로 서늘한 바람이 몰려 들어오는가 싶더니 후드득 비가 떨어지기 시작했다. 바람에 쓸려들어온 은행잎 몇 장이 다방 바닥에서 맴을 돌았다. 시작부터 굵은 빗방울이었다. 출입구 차양막에서 떨어지는 물방울이 시멘트 바닥에서 요란하게 부서졌다. 아화역으로 향하는 좁은 골목길은 비에 젖은 수묵화처럼 부옇게 흐려졌고 목재 쐐기형 지붕이 검게 변하는가 싶더니 곧 원근이 쉽게 잡히지 않았다. 골목길을 응시하고 있던 그녀는 뭔가 어색한 장면을 목격한 사람처럼 인상을 찌푸렸다.

"아무짝에도 쓸모없는 가을 소나기군요. 잠시 앉으세요. 우산도 없는 것 같은데."

그녀는 재떨이에 담배를 비벼 끄고는 주방으로 가 물을 끓이기
시작했다.

"가뭄이 꽤 오래 계속되었나 보죠? 오는 길에 보니 건천천이 온
통 자갈밭이더군요."

"오래됐죠. 가뭄이 잦은 동네라 언제 비가 왔는지 기억도 나질
않아요. 이 정도 비는 아주 오랜만이네요."

나는 골목으로 시선을 돌리며 고개를 끄덕였다.

"아화에서 십수년을 살았지만 어릴 적 기억 중에 비에 관한 것
은 없어요."

포트는 이내 소리를 내면서 수증기를 내뿜고 있었다. 그녀는 찬
장에서 흰색 잔 두 개를 꺼내 능숙한 솜씨로 커피를 탔다. 그녀가
물었다.

"그럼 그쪽에게는 어떤 추억이 남아 있나요."

그녀는 쟁반에 커피를 담아 내 앞으로 걸어오고 있었다. 나는
선뜻 대답을 하지 못했다. 다만 그녀가 말한 추억이라는 단어가
유달리 도드라져 귓전에 맴돌았다. 커피잔이 달그락 소리를 내며
테이블에 내려졌고 크림을 푼 갈색의 커피는 잔의 가장자리로 파
장을 일으켰다. 나는 애써 추억이라는 어휘를 피했다.

"글쎄요. 기억이라고 할 게 별로 없군요. 꼭 집어 한 순간을 헤
집으면 떠오르겠지만…, 아버지가 그린 저 그림처럼."

여자는 찬 손을 녹이기라도 하려는 듯 두 손으로 커피잔을 꼭

쥐고 있었다. 그러고는 물끄러미 그림을 올려다보았다.

"가끔 손님이 없거나 파장 후에 혼자 여기 앉아 다리라도 주무를 때면 저 그림을 들여다볼 때가 있어요. 아버지가 그렸다니 이런 말을 해도 될지 모르겠지만 솔직히 좀 묘하게 나쁜 느낌을 주는 그림이라는 생각을 했어요. 후후…. 언제였더라? 언니가 물끄러미 그림을 올려다보다가 '그냥 중이나 되어버릴까'라고 중얼거리고는 눈물을 흘린 적이 있었죠. 갑자기 터진 울음치고는 너무 길어서 당황했던 기억이 나네요."

우리는 말없이 커피 몇 모금씩을 마셨다. 나는 가끔 고개를 돌려 비가 내리고 있는 골목길을 바라보았고, 그녀는 여전히 두 손으로 커피잔을 잡고 있었다. 그런 모습은 그녀의 오랜 습관인 듯 매우 자연스러워 보였다. 골목에서 몰려들어온 습기가 다방 안의 공기를 제법 축축하게 만들고 있었다. 담배 연기와 커피 냄새 그리고 습기가 뒤섞인 탓인지 그녀와 나는 그리 어색하지 않게 자리를 유지했다.

"언니는 저 방에서 죽었어요. 평소보다 심하게 앓아서 119라도 부르자고 했지만 손사래를 치더군요. 죽을 때를 알았던 것인지, 도리어 나를 쫓아내더니 문을 걸어 잠갔어요. 걱정이 돼서 밤새 문 앞에서 말을 붙였는데 아침녘에 '휴' 하고 몇 번 큰 숨을 쉬더니 이내 잠잠하더라구요."

나는 자리에서 일어나 쪽방 쪽으로 천천히 걸어갔다.

"잠시 볼 수 있을까요?"

그녀는 말없이 고개를 끄덕였다.

　아버지가 세상을 떠난 뒤 반년쯤 뒤, 최마담은 예전 자전거포로 쓰던 낡은 가게 하나를 얻어 오봉다실의 간판을 올렸다. 말하자면 최마담이라는 호칭은 그때부터 붙은 것이다. 나는 그 전에 최마담을 무엇이라고 불렀는지 정확하게 기억하지 못한다. 그녀가 우리 집으로 오면서부터 내가 아화를 떠나기까지 우리는 명쾌한 호칭 하나 없이 그 오랜 시간을 한 집에서 살았다. 다방을 시작하면서 집안에는 언제나 달콤한 화장수의 냄새가 고여 있었다. 그리고 아버지가 떠난 좁은 아화 바닥에도 최마담의 과거와 현재에 관한 이러저러한 소문이 흘러다니기 시작했다. 나는 그 무렵 아화역을 통해 경주로 통학을 했다. 개찰구를 빠져나와 집으로 향하는 길, 나는 버릇처럼 오른쪽으로 고개를 돌려 오봉다실의 출입문을 바라보았다. 잔잔한 바람이 부는 날이면 골목 저 안쪽으로부터 야릇한 탱자 향이 풍겨왔다. 나는 가끔 그 향기에 가슴이 먹먹해지는 것을 느꼈다. 야간학습을 마치고 늦게 돌아오는 날이면 술 취한 최마담과 남자들의 노랫소리가 아화역 입구까지 들려올 때도 있었다. 그리고 또 어떤 날에는 삼삼오오 짝을 지어 다방으로 몰려온 동네 여자들이 최마담의 뒤로 말아올린 머리털을 쥐어뜯고 커피 잔과 집기들을 골목으로 내던지는 일도 있었다.
　나는 집으로 돌아오면 순례를 하듯 최마담의 방으로 기어 들어갔다. 언제, 어떤 계기로 빠져들게 되었는지 알 수 없는 중독의 늪처럼 나는 으레 그런 짓을 몇 년째 계속하고 있었다. 미닫이를 열었을 때 풍겨오는 포근한 냄새와 오후의 부드럽고 따뜻한 온기, 나는 오랫동안 그 방에 틀어박혀 있다가 해가 지고서야 내 방으로 돌아왔다. 가끔은 그녀가 개키지 않고 나간 이불 속에 들어가 불두덩을 주물럭거리다가 사정을 하고 깊은 잠에 빠지기도 했다.

그날도 나는 그녀의 이불 속에서 잠을 잤다. 눈을 떴을 때 사위는 이미 깜깜해져 있어 나는 불에 댄 듯 자리를 털고 일어나 내 방으로 돌아왔다. 유달리 심장이 터질 듯 뛰는 날이었다. 얼마나 시간이 지났을까, 저녁도 거른 채 나는 옅은 잠에 빠져 있었다. 어딘가에서 기척이 들렸고 혼몽한 상태에서 그 소리들을 따라가고 있었다. 잠시 후 마당에서는 물소리가 들려왔다. 나는 포복을 하듯 방문 쪽으로 기어가 익숙한 솜씨로 여닫이의 틈 사이에 손가락을 끼웠다. 문은 아주 조금 소리 없이 열렸다. 마당의 수돗가에 최마담이 앉아 있었다. 사랑해선 안 될 사람을 사랑하는 죄이라서 말 못하는 이 가슴은 이 밤도 울어야 하나…. 그녀는 술에 취해 흥얼흥얼 노래를 부르며 대야에 물을 받고 있었다. 달빛은 마치 그려놓은 듯 적당한 조도로 마당을 비췄다. 이윽고 그녀는 여러 번 거품을 내 얼굴과 아래를 씻어냈다.

"휴…."

최마담은 하늘을 보고 있었다. 입술을 동그랗게 오므리고는 여러 번 허공에 대고 한숨을 내뿜었다. 그러고는 일순, 양손으로 얼굴을 감싼 채 무릎 사이로 허물어졌다. 어깨가 몇 번인가 심하게 요동을 쳤고, 그녀의 검은 머리가 우수수 아래로 흘러내려 올올이 달빛에 반사됐다. 가끔 격정을 이기지 못해 비집고 나온 '읍 읍'하는 소리가 수돗가 어딘가에 뿌려졌다. 꽤나 긴 울음이었다.

"휴…."

그녀는 이제 그만 됐다는 듯 다시 허공에 한숨을 내뿜었다. 세숫대야의 물을 마당 한편으로 쏟아부은 그녀가 헐렁한 월남치마 안으로 수건을 넣어 아래를 닦았다. 그녀는 천천히 마루로 올라섰고 이내 방문을 여닫는 소리가 들려왔다.

그리고 또 얼마의 시간이 흘렀다. 자정이 지날 무렵이었지만 나는 멀뚱히 깨어 있었다. 방문을 열고 마루로 나섰다. 달빛이 여전히 수돗가를 비추고 있었는지 아니면 어느새 구름에 가려졌는지, 오래된 마룻바닥이 삐걱대는 소리를 냈는지 아니면 도둑고양이 한 마리가 장독대에 올라가 늘어지게 하품을 하고 있었는지, 아무것도 기억할 수 없다. 나는 어느새 그녀의 방문을 조용히 밀고 있었다.

다방 쪽방의 방문을 열자 오늘 아침까지 피웠던 향냄새가 아직 희미하게 남아 있었다. 나는 그 냄새에 진저리를 쳤다.

"어릴 적 한 집에 살았다는 말은 무슨 뜻이죠? 설마 언니가 주인집 아들에게 꼭 기별을 넣어달라고 그렇게까지 당부할 리는 없을 테고…."

구역질이 치밀려는 찰라 그녀가 그렇게 물어온 것이다. 힘겹게 다시 문을 닫았다. 허방이라도 짚은 듯 다리가 휘청거렸다. 이곳을 나가야 했다. 십 년 전 그날처럼 나는 다리를 후들거리며 다방을 나서고 있었다. 뒤에서, 이봐요 어쩌고 하는 소리가 들리는 것 같기도 했다.

다방을 나서자마자 다른 세상에라도 온 듯 세찬 빗방울이 얼굴로 들이쳤다. 이곳을 벗어나야 한다. 처음부터 여기 올 것이 아니었다. 모든 것은 나의 착각이었다. 최마담이 원한 것은 자신의 죽음에 대한 기별이었을 뿐이었다. 아버지의 말처럼 '없는 것'과 '모르는 것'은 전혀 다른 차원이니까. '빈소를 찾을 생각을 하다니….' 아화역 앞을 지날 무렵 비에 젖은 조등과 '열차취급중단안내' 공고문이 심하게 바람에 나부끼고 있는 것을 나는 애써 외면했다. 걸음을 옮길 때마다 검은색 상복이 척척 몸에 들러붙고 있었다.

'글 같은 거 되도록 쓰지 말고 살아라. 보이지 않는 것들에 대해 생각이 너무 많으면 삶이 싫어지는 법이다.' 어쩌면 아버지의 이 말은 하나의 엄한 기율(紀律)이었는지도 모른다. 나는 열여덟 살, 그날 밤 기억의 얼개를 수백 번이나 뒤집었다. 물론 소설을 쓰기 위함이었다. 기억은 마당에 켜켜이 쌓이던 안개 같은 순진함으로 포장되었고, 화장수의 냄새가 풍겨오던 오후의 나른함으로 미화되었다. 이렇게 가공된 기억의 고리를 연결하는 도구는 나의 서글픈 결핍, 바로 모성이었다. 모든 것은 사실이기도 했고 또 거짓이기도 했다. 사실인 것을 거짓으로 바꾸기 위해, 거짓을 사실인 척하기 위해 나는 혼신의 노력을 기울였다. 막 단풍이 든 부인사 경내를 산책하고 돌아온 날부터 평년에 비해 며칠 늦은 첫눈이 오기까지였다.

문제는 내게 보이지 않았던 어느 한 부분을 해결하기 위해 '너무 많은 생각'을 하면서 벌어지고야 말았다. 바로 '불'이었다. 나는 소설을 쓰는 동안 기역자 기와집을 단숨에 잿더미로 만들어버린 불에 대해 참으로 오래 생각했다. 내 기억이 소설로 바뀌는 과정에서 그 불은 반드시 의미를 담아야 하는 사건이었다. 내 소설 속 인물은 그 화재를 계기로 아화를 떠나야 했고 뒷날 그 화재의 이면을 알기 위해 그곳으로 돌아와야 했다. 나는 그렇게 쓰고 싶었다. 화재는 그토록 중요한 사건이었다. 그러므로 절대 '우연'이라는 단서를 붙일 수는 없었다. 반드시 인과의 고리를 엮어야 했다. 어쩔 수 없이 오랜 시간 나는 불에 관해 생각할 수밖에 없었다.

6

나는 빗속을 걷고 있었다. 비가 오고 있어서인지 거리는 텅 비어 있었다. 어떻게든 이곳을 벗어나야 했다. 십년 전 겨울, 나는 도망치듯 택시를 잡아타고 아화를 빠져나갔다. 행선지를 묻는 기사의 물음에 한참을 머뭇거리다가 일순 경주박물관으로 가자고 한 것은 도무지 대적할 수 없는 내 기억의 단면을 그곳에 두고 올 수 있을 것이라는 어리석은 기대감이 반영된 것일지 모른다.

그날 오봉다실의 낡은 나무문을 열고 들어선 순간을 나는 또렷이 기억한다. 최마담은 붉은색 양장을 입은 채 왕관처럼 부풀린 머리의 매무새를 만지고 있었다. 나는 문도 닫지 않고 인사도 없이 그녀를 똑바로 노려보고 서 있었다. 열린 문으로 겨울바람이 마구 몰아쳤지만 최마담은 마치 기다렸다는 듯 별다른 기색을 하지 않았다. 마무리가 덜 된 그녀의 뒷머리가 마구 흘러내리고 있었다. 나는 그 자리에서 해야 할 말을 이미 알고 있었다. 오랜 생각 끝에 나는 내 소설 속 불에 관한 인과의 고리를 만들었다. 그 하나의 작업이 많은 것을 자명하게 해주었고 소설은 제대로 된 틀 속에서 번듯한 구색을 갖추었다.

원고뭉치를 묶어 우편을 보내고 돌아오는 길이었다. 뭔가 날카롭고 불길한 기운이 뇌수의 가장 깊은 곳에서 천천히 끓고 있었다. 불현듯 내가 너무 많은 생각을 했고 그 때문에 지나치게 알아버렸다는 오싹함이 밀려왔다. 그것은 마치 먼 곳에서 풍문처럼 떠돌고 있는 나에 관한 나쁜 소문을 알아버린 것 같은 불쾌함이었다. 나는 내가 만든 허구의 인과가 진실일지도 모른다는 생각을 하게 되었다. 그와 동시에 스스로의 눈을 찔러 먼 길을 에둘러야 할 운명 앞에 내가 서 있다는 초조함이 들기 시작했다. 나는 내 소설 속 마지막 한 장면을 그날 최마담 앞에서 재연하고 있었다.

"불은 당신이 지른 것인가요?"

그녀는 대답하지 않았다.

"불은…, 당신이 지른 것인가요? 더 이상 나를 곁에 둘 수 없었기 때문에? 엉망진창이 되어버린 운명과 기억으로부터 도망치기 위해서?"

"…."

"당신은 갈보일 뿐이었어. 당신은 나의… 어머니가 아니야."

그녀는 더 어떤 대답도 하지 않았다. 대신 칼을 심어놓은 것 같은 눈빛으로 나를 노려보고 있었다.

7

"아이고, 세상에. 아화에서 여기까지 걸어왔단 말이우?"

노파가 수건을 건네며 딱하다는 듯 혀를 찼다.

"십리야 못 걸어다닐 길은 아니지만 날씨가 이 모양인데…, 웬 가을비가 이리도 세차게 몰아치누."

나는 아화에서 경주 시내로 접어드는 904번 지방도를 따라 걷고 있었다. 길은 텅 비었고 비는 여전히 매섭게 몰아쳤다. 싸구려 검은색 양복이 축 늘어질 정도로 나는 흠뻑 젖었다. 아무것도 갈피를 잡을 수가 없었다. 궂은 날씨 탓인지 사위는 이미 어두워지고 있었다. 몸이 떨리기 시작했고 걸음을 옮기기도 힘들 만큼 지쳐가고 있었다. 어딘가에서 비를 피하고 잠시라도 쉬어야 했다. 아무래도 더 이상은 무리였다. 도로에서 가지를 뻗은 농로를 따라 대여섯 호가 드문드문한 마을로 들어섰을 때는 이미 탈진 직전이었다. 나는 체면이고 뭐고 따질 여유도 없이 가장 먼저 눈에 들어온 대문부터 두드렸다. 때마침 마당에서 사랑채에 불을 때고 있던 노파가 사정을 다 듣기도 전에 문을 열어주었다. 나는 아궁이 근처에서 몸만 녹이면 곧장 갈 길을 가겠다고 했지만 노파는 굳이 사랑채로 자리를 잡아 주며 무릎이 튀어나온 추리닝 한 벌까지 꺼내왔다.

"영감이 입던 건데 갈아입고 옷이라도 좀 마르면 가시오. 메주를 띄우던 차에 비가 와서 방이라도 말리려고 사랑에 불을 지폈더니만 손님이 찾네."

나는 얼결에 옷을 받아들며 고개를 꾸벅 숙였다. 노파는 아궁이 옆에 주전자를 놓고 막걸리를 마시고 있었다. 눈치를 읽었는지 옷을 갈아입고 나온 내게 노파는 밥공기에 한가득 부은 막걸리를 권했다. 나는 숨도 쉬지 않고 단숨에 한잔을 들이켰다. 빈속에 찬 기운이 찌릿찌릿 퍼지는가 싶더니 이내 몸이 따뜻해져 왔다.

"영감 떠나고 비워놨던 방이라 썰렁하겠지만 편하게 쉬시오. 아랫목은 금세 뜨듯해질 거요. 뭐가 급해서 상갓집서 이리 정신없이 나왔누. 술이라도 몇 잔 하고 좀 놀아주다가 나오지. 망자가 섭섭하겠다."

노파는 댓개비가 부서져 비딱해진 우산을 받치고 빈 주전자와 밥공기를 챙겨 안채로 들어가버렸다. 나는 비가 그치면 막걸리 값이라도 챙겨주고 떠나야겠다는 생각을 하며 사랑채 벽에 기대앉았다. 머쓱한 감이 있어 방문은 그대로 열어두었다. 구리한 메주

냄새가 방안 가득 고여 있었다. 방문과 마주보는 벽에는 새끼를 꼬아 만든 매듭에 메주가 매달려 있고 그 옆으로 제법 근엄한 표정을 짓고 있는 한 중년 남자의 빛바랜 사진이 걸려 있었다. 족히 사십년은 지났을 법한 오래된 흑백사진이었다. 나는 우두커니 사진을 올려보다가 미닫이 밖으로 고개를 돌려 비가 고인 마당을 내다보았다. 처마 아래로 어둠이 깔리고 있었지만 비는 좀체 그칠 기미가 없었다. 시멘트를 깔지 않은 마당은 곳곳이 진창으로 변해 있었다.

어릴 적 내가 살던 집도 꼭 이렇게 생긴 집이었다. 기역자의 가로 변에는 대청을 중심으로 안채와 작은 방 그리고 부엌이, 세로 변에는 사랑채와 곳간이 들어앉아 있었다. 생각해 보면 한옥 치고는 외풍도 심하지 않았고, 마당에 이끼나 잡초가 끼지 않던 좋은 집이었다. 여름이면 마당에 솥을 걸고 아버지가 잡아온 메기나 붕어를 넣어 어죽을 끓였다. 최마담은 아궁이에 남은 불씨를 옮겨 모깃불을 피웠다. 풍로를 돌려 마른 쑥에 불을 붙이던 최마담의 붉게 익은 얼굴 앞으로 하얀 연기가 뭉게뭉게 솟아올랐다. 나는 감자나 고구마의 껍질을 까며 연기 너머 그녀의 찡그린 얼굴을 보다가 피식 웃곤 했다. 그런 시절도 있었다는 사실을 나는 왜 이제야 떠올린 것일까.

미닫이의 낡은 창호지가 퍼렇게 변해 있는 것을 물끄러미 보다가 나는 비틀비틀 자리에서 일어났다. 열어놓았던 문이 닫혀 있었다. 군불을 땐 아랫목에서 나는 등짝이 축축해질 정도로 땀을 흘리며 잠이 들어 있었다. 몸은 한결 가벼워져 있었지만 시장기가 몰려왔다. 마당에서 물소리와 그릇 달그락대는 소리가 들렸고 된장을 끓이는 구수한 냄새가 풍겨오고 있었다. 나는 큰 실수라도 했다는 듯 무안한 표정을 지으며 문을 열었다. 마당 가득 안개가 들어찼고 비는 밤새 말끔히 개어 있었다.

"얼마나 곤하게 자는지 저녁 한술 뜨라는 소리도 못하겠더만요. 문만 닫아놓고 그냥 돌아섰지."

노파가 수돗가에서 쌀을 씻고 있었다.

"실례가 많습니다. 어떻게 잠이 들었는지도 모르고 밤을 보냈습니다. 죄송합니다."

노파가 물 묻은 손을 회회 내저었다.

"찬은 없어도 시래깃국에 아침이나 한술 뜨고 가소."

나는 노파가 부엌으로 들어가기를 기다렸다가 수돗가로 내려서서 세수를 했다. 그리고 방으로 돌아와 온돌 바닥에 깔아놓았던 상복으로 갈아입었다. 입었던 추리닝을 개켜놓고 다시 마당으로 내려왔다. 나는 지갑에서 얼마를 꺼내 대청에 상을 차리는 노파 앞으로 갔다.

"이거 얼마 되지는 않지만 막걸리 값이라 생각하시고 받아주십시오."

노파가 웃으며 마다않고 돈을 받아 들었다.

"변변히 대접한 것도 없이 손도 치고 돈도 버네."

노파와 나는 대청에서 소반을 마주하고 아침을 먹었다. 노파는 막걸리 한 잔을 부어 내 앞으로 밀어놓았다. 자신은 거푸 두 잔을 비우고서야 국물로 입을 가셨다.

"추석 지났으니 음력 설 올 때까지는 이 막걸리나 동무 삼아 살아야지."

멸치국물에 된장을 풀어서 끓인 시래깃국과 찬이래야 묵은 무김치가 전부였지만 나는 두 공기나 밥을 비웠다.

"경주 쪽으로 가는 첫차가 7시니까 지금 나가면 마침맞겠다."

노인이 벽에 붙여놓은 버스 시간표를 손가락으로 훑으며 말했다. 나는 몇 번이나 인사를 하고 대문을 나섰다. 추수가 끝난 논에 둥그렇게 말아놓은 짚단이 군데군데 던져져 있었다. 농로를 따라 걸어오다 고개를 돌려 노파의 집이 있는 작은 마을을 바라보았다. 대여섯 채가 됨직한 집들이 오봉산 자락에서 내려오는 짙은 안개에 싸여가고 있었다. 아침밥을 짓기 위해 불을 지피는 냄새가 안개에 묻어 축축이 퍼져왔다. 나는 몇 번이나 뭉클한 것을 속으로 집어삼키며 걸었다. 그것은 겹겹이 쌓아놓은 투명한 막 속에 고스란히 담겨 있던 기억의 어느 한 장면이었다. 물론 아무런 소리도 들리지는 않았지만 아버지는 고기를 잡았고 최마담은 불을 지폈고 나는 웃고 있었다.

붉은 벽돌로 지어놓은 버스정류장은 어제 내가 찾아든 농로에서 경주 방향으로 조금 내려온 곳에 있었다. 노파가 말한 시간이 지났는데도 아직 버스는 도착하지 않았다. 지독한 안개 때문일 것이라 생각하며 나는 낡은 나무 벤치에 앉았다. 그때 먼 곳에서 둔탁한 울림이 들려오고 있었다. 그것은 흡사 목탁 소리처럼 들리기도 했고 누군가의 긴 울음처럼 들리기도 했다. 소리는 점점 가까이 다가왔다. 나는 소리의 정체를 알아보기 위해 숫제 버스정류장을 벗어나 있었다. 좁은 가시권 탓에 나는 여러 번 미간을 찌푸린 후에야 소리의 정체를 알아차렸다. 기차였다.

기차는 마치 안개 속을 유영하듯 천천히 아화 방향으로 나아가고 있었다. 버스정류장 뒤 키 작은 측백나무 울타리를 따라 철도가 놓여 있었다. 나는 안개 속으로 사라져가는 기차 꽁무니의 빨간 등을 바라보다가 불현듯 설명할 수 없는 여정 하나가 내 앞에 다가와 있다는 것을 깨달았다. 나는 측백나무 울타리를 넘어 굵은 자갈이 깔린 철로로 들어갔다. 울퉁불퉁한 자갈 탓에 나는 위태롭게 걸음을 옮기고 있었다. 안개 속, 은색의 레일이 서북쪽으로 방향을 틀며 시야에서 사라져 있었다. 흡사 그건 길고 험한 길처럼 보이기도 했다. 저 서북 방향의 길고 험한 길 너머에 굳게 문을 닫은 폐역의 플랫폼이 있을 것이다. 어쩌면 나는, 오늘 그 폐역의 벤치에 다시 앉게 될지도 모른다. 그곳에서 오래 생각을 하게 될지도 모른다. 그리고 굳게 닫힌 폐역의 문을 안에서 열고 그 언제인가처럼 개찰구를 빠져나와 탱자향 풍기는 골목으로 고개를 돌리게 될지도…. 나는 어느새 걷고 있었다.

부스

1

어서 옵쇼. 얼마 넣을까요, 사장님? 만땅? 아이고, 감사합니다. 만땅, 주유하겠습니다. 예, 사장님! 아, 지금 리터당 1,319원입니다. 이번 주에 또 오른다는 소리도 있기는 한데…, 토요일쯤 돼봐야 알 수 있죠. 네, 맞습니다. 저희도 가격이 내려야 손님이 많은데 여기 사장님도 죽을 맛이랍니다. 기름이란 게 많이 올려서 팔다가 조금 내리고는 생색내는 물건이라…. 아! 조삼모사! 맞습니다, 사장님. 우리 사장님 유식하시네. 하하. 그래도 차를 안 굴릴 수는 없는 노릇 아닙니까? 아, 생수요? 당연히 드려야죠. 따끈하게 데워놓은 캔커피도 있는데…, 아이고 사장님, 한번 주유에 한 개씩, 다 아시면서? 마감할 때 사은품 개수랑 영수증 다 맞춰봅니다. 모자라면 우리가 떼먹었다고 욕먹습니다. 티슈 하나 더 드리겠습니다. 네네. 아, 물티슈는 겨울에는 준비 안 해둡니다. 그냥 포켓티슈. 갑티슈요? 갑티슈는 비싸지 않습니까? 갑티슈를 사은 품으로 하면 아주머니들 오셔서 한번에 싹 쓸어가십니다. 경기가 하도 안 좋다 보니, 그렇게라도 살림장만 하는 거죠, 뭐. 네네.

중소기업 운영하는 이 손님은 일주일에 한번 정도 퇴근길에 들러 자신의 차에 기름을 채우고 간다. 두어 달 전 신형 제네시스로 바꿨는데, 그 전에 몰던 차는 구형 에쿠스였다. 주유소 인근 공단에서 나름 내실 있는 공장을 돌리고 있는 오륙십대 사장들 열의 아홉은 약속이나 한 듯 에쿠스를 몬다. 내가 외제차로 한 대 뽑으시죠, 하고 물으면, 역시나 열의 아홉은 이 사람아, 내가 돈이 없어서 못 사나? 에쿠스급으로 독일 차 뽑으면 세무조사 나와, 그 뭐냐, 아, 완전 가렴주구라구, 하고 대꾸한다.

말단 기술직으로 시작해서 자신의 공장을 굴리게 된 이들의 특징은 생색이 심하다는 것이다. 특히 이 손님은 그 중에서도 좀 더 심한 편. 퇴근길, 기분이 좋지 않은 상태로 주유소에 들르게 되면 별다른 시빗거리가 없어도 눈만 마주치면 잔소리가 시작된다. 이봐, 내가 이 주유소 일주일에 몇 번 오는 줄 알아? 에쿠스 이게 기름을 아주 퍼마시거든. 그래도 우리는 한번 정하면 좀체 갈아타는 짓은 안 하거든. 내가 또 이집 사장하고도 좀 알고. 생수하고 휴지나 몇 개 좀 줘봐. 그리고 한참 더 잔소리는 계속된다. 사은품이 박하다, 주간 알바생들은 불친절하다, 자동세차기 돌리고 나면 차에 잔기스가 남는다,까지 하고 나면 비로소 신용카드와 보너스카드를 내민다. 포인트 좀 많이 쌓아줘. 보통 그게 그들의 마지막 요구다.

신용카드와 포인트카드, 영수증을 건네받은 남자는 신용카드는 지갑으로 포인트카드는 운전석 앞 차양막 속 포켓에 집어넣고 영수증은 구겨서 내 손에 다시 전해 준다. 구긴 영수증을 건네는 그의 손이 하도 당당해서 나는 조금 주눅이 든 척 고개를 숙이며 받아든다. 레쓰비 캔커피 하나, 생수 한 병, 포켓티슈 두 개는 조수석에 올려놓고는 세차 할인권을 내 앞을 들이밀며 팔랑팔랑 흔든다. 한 장 더 줘. 나는 예상했던 일이므로 두말 않고 부스로 가서 한 장 더 가져와 창 너머로 들이민다. 포인트는 두 배로 쌓아놨습니다, 사장님. 나는 배기구에서 나오는 허연 연기 같은 입김을 내뱉었다. 야간 근무는 주간과 달리 단골들이 많아 손님과 자주 말을 섞어야 한다. 나는 그들에게 항상 '어서 옵쇼. 안녕히 갑쇼' 하고 무식하고 투박한 척 인사를 한다. 하지만 난 그럴 나이도 아니고 그런 사람이 아니다.

3만원 세차권은 석 장에 천원이구요, 6만원 세차권은 한 장에 천원, 10만원 권은 무료. 6만원 권 두 장 내시면 무료, 3만원 권은 넉 장에 무료입니다. 버블 특수세차는 추가로 2천원 더 받습니다. 버블세차 하시면 아무래도 차에 기스가 덜 가겠죠. 고급차들은 어지간하면 버블 하시는 게 제일 좋습니다. 에이, 사장님도 참, 벌써 해보셨으면서, 버블은 무료가 없습니다. 사장님 차야 당연

버블세차 하셔야죠. 고급이고 뽑은 지 얼마 안 됐는데…, 네네. 안녕히 갑쇼.

2

가끔 나는 네 면이 유리로 되어 있는 부스 안을 안락하다고 느끼는 스스로에게 실망하곤 한다. 지금이 그렇다. 겨울 밤바람을 맞으며 서서 손님의 생색과 잔소리에 시달린 나는 어느새 부스 안으로 들어와 안락한 둥지인 양 작은 전기 히터 앞에서 온몸을 한껏 웅크린다. 주유소 앞을 지나는 이들은 동그랗게 몸을 웅크리고 불을 쬐는 나를 힐끔거리며 지나간다. 물론 나도 그들을 본다. 하지만 그들과 나의 '봄'에는 분명한 차이가 있다. 그들은 부스 안에서 자신을 바라보는 시선이 불편하다고 느끼면 언제든지 이 주유소 앞을 지나지 않아도 된다. 반면에 나는 언제나 그곳에 있는 사람이다.

저녁 일곱 시에서 아침 일곱 시까지. 여느 주유소와 마찬가지로 내가 밤을 지새우는 대망 주유소도 휘발유 두 대, 경유 두 대, 등유 한 대의 주유기를 갖추고 있다. 그 주유기들의 정 중앙에 부스가 있다. 주유기가 있는 곳에서 10m 정도 떨어진 곳에 이층짜리 건물이 있는데 일층에는 주유소 사무실이 있고 이층 사무실 두 개는 각각 중장비 대여업체와 무허가 보도방에 세를 내주고 있다. 건물 뒤에는 자동세차기가 있다. 자동세차기 출구 쪽에는 셀프로

실내를 청소할 수 있는 진공청소기와 타이어 공기압 체크기, 워셔액 주입기 등이 비치되어 있다. 물론 내가 근무하는 야간에는 세차와 관련된 모든 기기는 문을 닫는다. 나는 부스 안에서 주유소의 출입구 쪽을 바라보며 앉아 히터의 열기를 쬔다. 부스 안에는 하루 종일 뉴스와 생활 정보만 들려주는 라디오 방송이 켜져 있다. 주파수를 조절하는 버튼이 떨어져나가 다른 방송은 듣고 싶어도 들을 수가 없다. 직장인들은 저녁 일곱 시에서 여덟 시 사이, 장사하는 사람들은 밤 여덟 시에서 열 시 사이 주로 주유소를 찾는다. 그들의 퇴근시간이 그 무렵이다. 열 시를 기준으로 손님은 급격히 떨어진다. 밤 열한 시가 넘어가며 한 시간이 지나도록 한 명의 손님도 들지 않을 때가 허다하다.

그럴 때면 부스 안에서 웅크렸던 몸을 펴고 팔을 높이 들어 기지개를 켜며 허공에 원을 그리며 팔을 내리곤 하는데 내 팔이 가로로 최대한 펴졌을 때 팔꿈치를 살짝 굽혀 내리지 않으면 부스 양면의 유리에 내 손이 닿는다. 나는 키가 그리 큰 편이 아니다. 당연히 팔도 길지 않다. 줄자로 재 보지는 않았지만, 부스의 세로 길이는 150cm가 채 되지 않을 것이다. 부스의 가로는 세로보다는 길지만 역시 내가 마음 놓고 다리를 뻗을 공간은 없다. 사은품으로 제공되는 휴지박스와 캔커피와 생수를 담아 놓은 아이스박스, 소형 전기 히터, 그리고 캐셔박스와 세차할인권, 보너스카드 가입서 등이 놓인 작은 테이블이 놓여 있기 때문에 이리저리 다리를 피하지 않으면 올곧게 다리를 펴지 못한다. 나보다 키가 컸던 내 선임자는 이 부스 안에서 어떻게 열두 시간을 버틸 수 있었을까.

팔 다리를 제대로 뻗을 수 없는 주유소 부스에 앉아 안락을 생각하기에 마흔은 스스로에게 실망하기 충분한 나이다. 그것은 허연 연기를 뿜으며 거만하게 출구로 향하는 검은색 자동차의 꽁무니를 향해 '안녕히 갑쇼'라며 인사하는 천박한 내 억양과 같은 것이다. 부스는 실내라고 하기에 너무나 개방되어 있고 실외라고 하기엔 투명하나마 벽이 있다. 그런 의미에서 부스는 개방된 실내라고 함이 옳다. 나는 그 불완전한 공간에서 마흔의 젊지도 늙지도 않은 내 몸을 보호하려고 노력하지만 늘 금이 간 유리처럼 위태롭다. 이것은 어쩌면 어설픈 도피의 다른 행태이다. 그런 위태로움에서 안락을 느끼는 나는 앞으로 더 얼마나 스스로에게 실망할지 참담하기만 하다.

자정. 1차 마감 시간. 현금 25만 8,000원. 카드 137만 3,000원. 저녁 일곱 시부터 자정까지 다섯 시간 동안 들어온 현금과 카드 전표를 정리하여 사무실 안 금고에 넣어두고 다시 부스로 돌아왔다. 판매금액과 판매액의 오차 제로. 완벽한 마감이다. 혼자 일을 하다가 여러 대의 차가 한번에 몰리면 현금 계산 손님에게 거스름돈을 잘못 건네는 경우가 생긴다. 너무 바빠서 손님이 계산하려고 준 돈과 거스름돈을 모두 내줘 버린 경우도 허다했다. 그런 경우 열의 다섯은 뭡니까, 이거? 하며 돈을 돌려준다. 나머지 다섯은 그냥 가버린다. 실수를 깨닫고 당시 상황을 곱씹어보면서, 돈을 건네받은 손님의 흔들리는 눈빛과 차를 출발하며 비열하게 웃는 모습의 진의를 파악하고는 했다. 그럴 때면 나는 그들의 치졸한 이면에 진저리를 치지만 모자란 금액을 모두 내가 변상해야 한다는 사실에 스스로의 치밀하지 못함에 더 좌절한다.

낯이 익은 흰색 구형 아반떼가 주유기 쪽으로 향하지 않고 곧장 셀프 세차장 쪽으로 방향을 틀며 진입하고 있었다. 가끔 늦은 시간에 차안에 쓰레기나 실내 매트의 먼지를 치우러 오는 경우가 있다. 그렇겠거니, 생각하고 오래 시선을 두지 않고 부스로 들어가 앉았다. 기억이 맞다면 저 아반떼의 주인은 20대의 여자 손님이다. 주로 열 시가 넘은 시간에 주유소를 찾아 5만원에서 3만원 정도를 주유하고 간다. 가끔 카드가 연체되어 결제를 하지 못하고 핸드폰이나 신분증 따위를 맡기고 외상을 하기도 했다. 부스 안에서 사은품으로 나눠주는 캔커피 하나를 따서 마시며 세차장 쪽을 우두망찰하며 앉아 있었다. 여자는 세차장에 차를 대고도 한참을 차에서 나오지 않았다. 잠시 더 시간이 흐른 후 차안의 실내등이 켜지면서 여자가 내렸다. 여자는 제법 큰 흰 봉지 하나를 손에 들고 있었다. 그리고는 세차장에 비치된 대형 쓰레기통에 그것을 집어넣었다. 여자는 다른 세차는 하지 않고 바로 차에 올라 내가 앉아 있는 부스 앞을 지나 출구로 나가버렸다. 여자의 차는 제법 빠른 속도였다. 도망치듯이. 종종 있는 일이었다.

여자는 자신의 집에서 나온 쓰레기를 세차장에 버리고 간 것이 틀림없었다. 쓰레기봉투 값도 만만치 않고, 부피가 큰 쓰레기의 경우 별도로 처리 비용을 부담해야 하므로 세차장 같은 곳에 버리고 가는 경우가 있다. 얼마 전에는 집에서 쓰던 낡은 이불보따리 세 개를 세차장 마당에 두고 간 사람도 있었고, 녹슨 자전거나 밥솥을 버리다가 내가 항의하자 되가져간 일도 있다. 봉지의 부피로 보아 여자는 집에서 나온 생활쓰레기를 버리고 간 것처럼 보였다. 나는 부스 문을 열고 나와 세차장 쪽으로 걸음을 옮겼다. 눈이 올 모양인지 밤하늘이 더 어두워져 있었다. 바람도 몹시 차가웠다. 세차장에 가까워질수록 낯선 소리 하나가 더욱 선명해지기 시작했다. 나는 한숨을 내쉬었다. 내 예감이 틀리지 않을 것이라는 확신이 들었다. 귀찮은 일이 벌어질 것 같았다. 아, 좆같네. 나는 쓰레기통의 뚜껑을 열었다. 초저녁에 비워둔 쓰레기통에는 여자가 남기고 간 흰색 비닐봉지 하나만 덩그러니 들어 있었다. 입구가 봉해진 봉지는 쓰레기통 안에서 제멋대로 뒹굴거리고 있었다. 나는 쓰레기통의 입구를 아래로 숙여 그것을 끄집어냈다. 버석거리던 봉지가 일순 조용해졌다. 나는 조심스럽게 봉지의 매듭을 풀었다. 그 속에는 머리에 리본을 묶은 요크셔테리어 한 마리가 들어 있었다. 몸이 야위어서 그런지 유난히 눈이 커보였고, 겁에 질린 표정으로 나를 올려다보았다. 오래 목욕을 안 시켰는지 개의 몸에서는 노린내가 났다.

  나는 그녀가 빠져나간 주유소의 출구 쪽을 돌아다보았다. 일순 분노 비슷한 것이 목울대까지 치밀다가 금세 가라앉았다. 오죽했으면 그랬을까. 나는 내 팔에 안겨 꼼짝 못하고 있는 강아지를 내려다보며 그렇게 중얼거렸다. 나는 다시 천천히 부스로 걸어 들어왔다. 아마 내가 마흔의 두 아이가 딸린 이혼남이 아니었다면, 그리고 빚에 시달리며 주유소에서 야간 일을 하는 비정규직이 아니었다면, 이 강아지에게 자신의 주인이 저지른 비정한 행동에 얼마간의 대가를 치르게 했을지도 모른다. 스마트폰을 꺼내 버려진 강아지의 사진을 찍고, 봉지에 담아 한겨울 세차장 쓰레기통에 버리고 간 사연과 주인집 여자의 비정함에 대해 인터넷의 이곳저곳에 고발했을지 모른다. 하지만 나는 그럴 만한 열정이 없다. 부스 안에서 냄새를 킁킁대며 겁에 질려 꼼짝 못하고 있는 강아지에게 털끝만큼도 동정심이 일지 않았다. 이런 운명도 있고, 저런 운명도 있다는 생각만 들었다. 상황에 어울릴 만한 감정에 빠져들기에 나는 너무 고단했다.

나에게 세상은 일종의 공간일 뿐이며 그 속에서 벌어지는 일들은 바람이 불어 내 옆을 지나가는 것만큼이나 지금의 나에게는 자연스럽고 그러므로 무심한 것들이었다. 내게 남은 단 하나의 감정은 오직 걱정뿐이다. 요 몇 년, 나는 어쩌면 걱정의 힘으로 이 세상을 살아가고 있는 것일지도 모른다. 만약 지금 내게 걱정이 없다면 나는 자살을 생각하기에 충분한 조건을 갖추고 있다. 나는 언젠가부터 걱정을 기율(紀律) 삼아 살았고, 걱정의 관성(慣性)으로 살아가고 있다. 자정이 훨씬 넘은 이 시간, 여덟 평 나의 부스 같은 단칸방에서 아홉 살, 다섯 살짜리 두 딸은 어떻게 잠들어 있을까.

낡은 일톤짜리 포터 한 대가 헤드라이트 불빛을 일렁거리며 진입하고 있었다. 나는 기름때가 잔뜩 묻은 목장갑을 뒷주머니에서 꺼내며 부스의 문을 와락 열어젖혔다. 여전히 냄새를 킁킁거리던 녀석이 몸을 움츠리며 구석으로 파고들었다.

설을 맞은 지 채 보름도 지나지 않은 한겨울이지만, 포터에서는 악취가 진동을 했다. 주유소 직원들은 이 차를 '꿀꿀이차'라고 부른다. 주유소에서 이십여 분 떨어진 시내 외곽에서 작은 돼지농장을 운영하는 '꿀꿀이아저씨'의 트럭이다. 60대 초반의 아저씨는 식당들이 문을 닫는 자정쯤에 농장을 출발해 주유소 인근 공단의 밥집들을 돌며 돼지들에게 먹일 음식물 찌꺼기를 수거한다. 포터의 짐칸에는 수거물을 넘치도록 담은 플라스틱 드럼통이 한가득 실려 있다. 주유소에서 일을 시작한 지 얼마 지나지 않았던 재작년 여름, 처음 이 꿀꿀이차와 맞닥뜨렸을 때 나는 주유하는 내내 구역질을 해댔다. 보는 것만으로도 구역질을 참지 못해 고통스러워하는 나를 보고 아저씨는 킬킬킬 바보처럼 웃었다. 차에는 30대 초반으로 보이는 아저씨의 아들이 타고 있었는데 그는 벙어리였다. 두 사람은 언제나 함께 일을 나왔다. 그들은 계절을 가리지 않고 타이어만큼이나 두껍고 검은 고무장갑과 한 벌짜리 비닐우의를 입고 일을 했다. 일주일에 두어 번 손님도 거의 없는 시간에 만나다 보니 아저씨와는 자연스럽게 많은 이야기를 나누게 됐다. 주유를 하는 동안 아저씨는 차에서 내려 돼지들의 생태에 대해 이야기를 들려주거나 주유소의 급여조건과 근무방법에 대해 묻기도 했다. 어떨 때는 조수석에 앉아 있는 아들에게 잔소리를 해댔는데, 그때마다 나는 아저씨의 목소리가 너무 커서 조금 민망했고 연배 차이가 많지 않은 그의 눈치를 살폈다.

저놈 미친놈. 목구멍은 꽉 막힌 놈이 뚜껑은 왜 똑바로 못 닫아? 어휴 지겨워. 다 튀어나왔네, 그냥. 어휴 지겨워. 저런 게 인간이 되겠냐?

아저씨에게서 잔소리가 시작되면 나는 주유 미터기에 시선을 고정한 척하며, 차창 옆 사이드미러에 비친 아들의 얼굴 슬금슬금 살핀다. 한번은 사이드미러를 통해 그와 눈이 마주친 적이 있는데 아주 짧은 시간 그의 얼굴에 미소가 흘렀다. 그것은 아버지의 수다가 어쩔 수 없다는 듯한 어이없는 웃음 같기도 했고 통상적인 눈인사 같기도 했다. 하지만 언제나 무표정으로 일관하는 그였기에 나는 그의 미소에 상당히 놀라 어쩔 줄을 몰라 했다. 그런 나의 당황을 알았던 것인지 그는 금세 시선을 돌려 평소처럼 미터기의 계기만을 물끄러미 올려보고 있었다. 나는 그때 그의 입술이 달싹거리는 것을 분명히 보았다. 아, 시발. 소리가 들린 것은 아니었지만 입의 모양을 통해 분명히 그가 그렇게 내뱉었다는 생각이 들었다. 하지만 그는 마치 오래된 비석처럼 더 이상 나와 눈을 마주치지도 다문 입을 달싹거리지도 않았다.

아저씨는 자신의 일에 관한 이야기를 할 때면 항상 입버릇처럼 '우리 같은 것들은'이라며 스스로의 운명을 천시하는 듯한 말을 하곤 했다. 나는 아저씨의 입에서 그런 소리가 나올 때마다 역시나 조수석에 앉아 있는 아들의 표정이 신경 쓰였다. 언젠가 내가,

아저씨는 수화를 잘 하시겠네요. 그거 배우기 어렵지 않아요? 하고 물었더니, 자신은 수화를 할 줄 모른다는 것이었다. 농아가 있는 집의 가족들은 대부분 수화를 할 줄 알 것이라 생각하고 물었는데 뜻밖이었다. 더욱 놀라운 것은 아들도 수화를 모른다는 것이었다. 그럼 어떻게 이야기를 주고받으세요? 하고 물으니, 손으로 가리키고, 툭툭 치고, 눈빛을 주고받으며 산다는 것이었다.

우리 같은 것들은 하루종일 축사에 나가 일만 하는데 돼지 키우면서 사람하고 말할 게 뭐가 그리 많다고. 돼지하고 할 말이 더 많겠다. 할망구가 밥 차려 놓으면 밥 먹으면 되고, 똥 마려우면 누면 되고, 말할 게 뭐가 그리 많다고 그걸 배우고 앉았겠냐. 저 새끼나 나나, 우리 같은 것들이야 이렇게 살다가 뒈지는 거지 뭐.

나는 한숨같이 고개를 끄덕였다. 그래도….

엥? 웬 개야? 개 키웠어?

캔커피 두 개와 포켓티슈 몇 개를 챙겨서 부스를 나오는데 문밖으로 강아지가 고개를 내밀었다. 나는 쓰레기통에서 주웠다고 말했다. 아저씨는 참 별 놈의 세상이라며 혀를 차댔다. 개새끼 한 마리를 못 키워? 하긴 돈 없다고 지 새끼도 내다버리고 죽이는 년놈들이 한둘이냐? 우리 같은 것들도 다 먹여 살리는데, 이게 뭐하는 짓이야. 나는 말이야, 구정물이나 퍼다 나르지만, 우리 집에 돼지 새끼들 기름값 오르고 사료값 올랐다고 어떻게 한 적 한번도 없어. 어떻게든 먹이면 되는 게지. 뭐든 먹으면 사는 게야. 남들보다 잘 처먹고 좋은 거 처먹으려고 하니까 존심이 상해서 내다버리고 뒈지고 하는 거야. 우리 같은 것들은 그런 거 없어. 닥치는 대로 먹고 버틸 수 있을 때까지 참고 사는 거지. 그래, 이놈 불쌍한 개새끼는 어쩔 거야. 그쪽이 키워?

나는 난감한 듯 웃었다.

나 줘, 그럼. 키울 테냐, 이거? 아저씨는 내게서 강아지를 받아 들고 조수석의 아들에게 들이밀었다. 아들은 아까부터 고개를 내밀고 있는 강아지를 유심히 천천히 지켜보고 있었다. 아들은 두 손으로 강아지를 받아들고 자신의 무릎에 앉혔다. 강아지는 당황한 듯 뻗대었다. 아들은 강아지의 목덜미를 조심스럽게 쓰다듬어주었다. 아저씨가 말하는 '우리' 속에 나와 아내가 포함된다면 그래서 우리가 닥치는 대로 조금만 더 참고 살았더라면, 우리의 두 딸은 지금 조금 더 안전하게 잠들 수 있었을까.

나는 차창 안에서 강아지의 목덜미를 쓰다듬고 있는 아들의 얼굴을 잠시 바라보았다. 그의 표정이 약간은 편안해 보였다. 나는 어쩌면 그가 다음번 주유소를 찾을 적에 기적같이 내게 먼저 인사를 건넬지도 모르겠다는 생각을 했다. 늦은 시간이었다. 꿀꿀이차는 한쪽만 들어오는 브레이크 등을 깜박거리며 느리고 위태롭게 주유소를 빠져나갔다. 꿀꿀이차가 빠져나간 후 나는 한동안 아무런 냄새도 느끼지 못하며 부스에 앉아 상처 입은 맹수마냥 졸고 있었다.

3

새벽 두 시경 라면을 끓인다고 사무실에서 휴대용 버너에 냄비를 올려놓고 있을 때였다. 휴대전화 벨이 울렸다. 밑도 끝도 없이 가슴이 덜컥 내려앉았다. 새벽 두 시에 울리는 전화가 정상적인 전화일 리는 없다. 하지만 액정 화면에 떠 있는 '엄마'라는 두 글자를 보고 비로소 오늘이 아버지 기일이었다는 것을 기억해 냈다. 깜박 잊은 것이 아니라 까맣게 모르고 있었다. 사년 전 돌아가신 아버지는 작은 주유소를 경영했다. 어린 시절 나는 고향 소읍에서 주유소집 아들로 통했다. 시골이긴 했지만 온천을 낀 읍내에 위치하고 있어 제법 장사가 쏠쏠한 주유소였다. 대학을 졸업하고 결혼을 하고 대학원에 진학해 박사학위를 받기까지 나의 학비와 생활비는 모두 그 주유소에서 흘러나왔다. 나는 어릴 적부터 집안일을 도왔다. 사실 나는 학창시절 다른 곳에서 아르바이트로 용돈을 번 적이 없다. 언제나 집에서 일을 하고 용돈을 받았다. 그래서 나는 대학원을 함께 다니던 학우들에게 입버릇처럼 진짜 내 전공은 주유소학(學)이라며 우스개를 하곤 했다. 아버지는 방학 때 고향에 내려와 주유기를 들고 기름을 넣는 내 모습을 좋아했다.

기름장사는 재고가 없는 장사인 게다. 그래서 적게 팔아도 안 망한다. 기름이 유행을 타냐, 고기처럼 썩기를 하나. 유행 타고 썩는 물건은 오늘 못 팔면 내일 내다버려야 하지만 기름은 오늘 못 팔면 내일 더 비싸게 팔 수도 있다. 까짓 박사 때려치우고 여기서 나랑 기름이나 팔면서 살자. 너는 주유기 잡는 자세가 딱 나와, 허허허.

아내와 내가 한 학기의 시차를 두고 박사학위를 받았던 육년 전, 학교에서는 부부가 동시에 교수도 될 것이라는 부러움의 소리를 듣곤 했다. 우리가 박사과정 중에 약간의 융자를 얻어 차린 영어 교습소도 자리가 없어 몇몇 수강생을 돌려보낼 만큼 호황이었다.

학위를 받고 얼마 지나지 않았을 때, 나는 아내에게 학원을 접고 학교로 돌아가는 것이 어떻겠냐고 조심스럽게 물었다. 모아놓은 돈도 얼마간 있고 이제 막 말문이 트인 첫째를 처가에서 집으로 데려와 키우자며 입을 열었다. 하지만 아내는 전혀 다른 생각을 하고 있었다. 나는 교습소에서 손을 떼고 학교로 돌아가 강의 경력과 연구 실적을 쌓고, 자신은 교습소에 본격적으로 매달려 덩치를 키워보겠다는 생각을 가지고 있었다. 현재 상담을 문의하는 학생의 태반은 강의시간이 모자라 돌려보내는 실정인데, 강사 둘 정도를 채용하면 소규모 교습소가 아닌 본격적인 입시학원으로 발돋움할 수 있을 것이라는 속내를 밝혔다. 당시 나는 학부모들의 비위를 맞추는 상담과, 아이들의 입맛에 맞는 강의에 신물이 나 있었다. 또 학위를 받은 후 곧 대학으로 돌아가 본격적으로 교수 임용을 위한 준비를 해야겠다는 생각에 교습소 일로부터 반은 마음이 떠나 있었다. 아내의 제안과 구체적인 계획에 내가 반대할 이유가 없었다. 대학 강사료로는 턱없이 부족한 생활비 걱정도 덜고 나의 미래에 대한 준비도 편하게 할 수 있을 것이라는 아내의 말에 나는 별 대꾸 없이 고개를 주억거렸다. 그러지 뭐…. 그로부터 채 한 달이 지나지 않아, 나는 교습소 일에서 완전히 손을 떼고 학교로 돌아갔고, 아내는 학교와 학원들이 밀집한 '입시의 메카'로 불리는 동네로 교습소를 옮겼다. 오층 건물의 한 층을 통으로 세를 내서 본격적인 학원사업을 시작했다.

그후, 나는 몇 군데 대학에서 임용에 실패하고 모교에서 시간강사 생활로 시간을 보내고 있었다. 아내는 여러 금융기관에서 돈을 빌리기 시작했지만 서로의 미래에 대한 불안한 징조들에 관해 입을 다물었다. 그리고 삼년 후, 나는 당시 만삭이던 아내의 빚이 더이상 우리 부부가 어찌해 볼 수 없는 지경에 이르렀다는 것을 알게 되었다. 나는 아버지의 주유소를, 어쩔 수 없이 찾아갔다. 아버지는 급매로 주유소를 내놓았다. 얼마 지나지 않아 주유소는 시세보다 턱없이 낮은 가격에 팔렸다. 그리고 둘째가 태어났고 친정에서 산후조리를 마치고 집으로 돌아온 아내는 이혼을 통보하고 이혼에 관련된 그 이후 과정은 생략한 채 가출해 버렸다. 당신의 말대로 내가 아버지의 시골 주유소에 정주해서 오늘 못 판 기름을 내일 비싸게 팔며 살았더라면 아내는 가출하지 않았을까?

아내가 사라진 후, 나는 그간의 내 삶의 방식에 대해 생각하지 않았다. 하고 싶지 않았다. 그저 하루를 견뎌낼 시한부적 방편에 대해서만 생각하려고 노력했다. 지금 아홉 살인 큰 애가 네 살이고 둘째는 갓 6개월을 넘기고 있던 때였다. 아버지는 집 한 채를 남기고 모든 재산을 처분했다. 맡겨놓은 아이들을 보러 가끔 고향을 찾을 때 어머니는 요즘 네 아버지가 묏자리를 보러 다닌다는 말을 하곤 했다. 결국 아버지는 자신이 원하는 묏자리를 찾지 못하고 돌아가셨다. 눈이 꼬박 이틀을 내리고 있던 날이었다. 나는 진심으로 그 눈이 그치지 않기를 바랐다. 가슴 속에서 수만 년 된 거대한 빙하가 단숨에 쪼개지고 있었다. 삼일장을 마치고 나는 아내를 더 이상 찾지 않기로 결심했다. 그리고 나는 그간의 내 삶의 방식에 대해 오래도록 생각해 봤다.

나는 막 끓어오르고 있는 냄비의 불을 껐다. 어머니의 전화는 끝내 받지 않았다. 차마 작금의 모든 상황을 말하고, 양해를 구하고, 아이들을 부탁할 자신이 생기지 않았다. 아들의 지금까지 삶으로도 어머니는 충분히 실망하고 있을 터였다. 하지만 이 세상에서 나에 대해 아직도 희망이 있을 것이라 생각하는 유일한 사람이 있다면 그것은 어머니일 것이다. 나는 그것이 지구를 내 어깨에 올려놓은 것만큼이나 무겁고 아프다. 아직 관운이 없어서 그런 게다. 요새 꿈에 죽은 조상들이 자주 보인단다. 어디서 물어보니 좋은 꿈이라고 하더라. 얼른 교수 자리 하나 턱하니 차지하고 새로 장가들면…. 어머니의 그런 헛된 기대에 허풍으로 응대를 해줄 나이가 아니었다. 냄비의 물을 싱크대에 쏟아버리고 다시 주유소 마당으로 나왔다. 폴폴 눈이 날리고 있었다.

왠지 쉽게 그칠 눈으로 보이지 않았다. 창고로 가서 염화칼슘 두 포대를 들고 나와 부스 옆에 재어두었다. 여동생이 문자 메시지를 보내왔다. 오늘 아버지 기일인 거 알지? 이서방이랑 내가 제사는 모셨어. 엄마가 오빠 이야기는 꺼내지도 않더라. 시간 날 때 한번 찾아가. 애들 데리고. 우린 이제 우리 집에 도착했어. 오빠 밥 잘 챙겨 먹고 기운 내. 연락할게. 동생의 메시지를 읽으며 염화 칼슘 포대를 발끝으로 툭툭 건드리다가 있는 일순 힘껏 차버렸다. 퍽. 낡은 운동화가 포대에 박히면서 잿빛 가루가 주유소 마당으로 흘러내렸다. 쏟아진 가루에 떨어진 눈송이가 흔적도 없이 사라졌다. 이까짓 눈송이 같은 내 생. 내가 마음 한번 독하게 먹으면 저렇게 흔적도 없이 사라질 것이다. 하지만 나는 자기들끼리 저녁을 먹고, 상도 치우지 않은 방에서 스스로 이부자리를 펴고 잠이 드는 나의 두 딸과 아직도 아들의 자존심을 지켜주기 위해 입을 다물고 있는 어머니와 사년 전 오늘, 지금처럼 눈 내리던 한밤중에 고개를 떨구던 나에게 '괜찮다, 이 녀석아.' 한마디를 남기고 돌아가신 아버지를 위해서라도 어떻게든 내 생의 궤도를 쉽게 포기하지 않을 것이다. 나는 바람에 조금씩 흩어지고 있는 염화칼슘 한줌을 주워 주유소 마당에 넓게 흩뿌렸다.

예상대로 눈은 녹지 않고 쌓여가고 있었다. 나는 그 광경을 부스에 앉아 망연히 보았다. 회색 시멘트 바닥에 떨어진 흰 눈이 검은색으로 변하면서 하나의 판으로 정형되고 있었다. 오늘은 한가한 새벽시간을 이용해 모자란 잠을 보충하기는 힘들 것이다. 나는 플라스틱 삽과 염화칼슘을 작은 수레에 싣고 다니며 주유소의 진출입로에 흩뿌렸다. 미리 제설작업을 해두지 않으면 내일 아침 출근길에 주유소를 찾는 차들이 미끄러져 이곳저곳을 쿡쿡 들이박을 것이다.

내가 지나는 곳마다 눈이 사라지고 길이 생겼다. 그 길은 거대한 지진의 흔적처럼 주유소 마당을 반으로 가르며 입구에서 출구로 이어졌다. 나는 처음 만든 길을 몇 번 왕복하며 염화칼슘을 덧뿌려주었다. 눈이 녹은 곳에 실개천 같은 물이 흘렀다. 내가 지나지 않은 곳의 눈은 이미 밟았을 때 자박자박 소리가 날 정도로 쌓였다. 은색 스타렉스 한 대가 내가 닦아 놓은 길을 따라 거칠게 진입하고 있었다. 주유소 이층에 세 들어와 있는 보도방 김실장의 차였다. 그가 돌아오는 시간은 새벽 네 시에서 다섯 시다. 호출을 받고 나갔던 아가씨를 데리고 사무실로 돌아와 그날의 정산을 한다. 그는 나보다 대여섯 살가량 어려 보이는데 입이 거칠고 행동거지가 건방져서 나는 되도록 그와 말을 섞거나 마주치지 않으려고 노력했다. 김실장의 스타렉스는 곧장 사무실 건물 모퉁이에 붙어 있는 화장실 앞으로 향했다. 운전석 문이 거칠게 열리고 김실장이 뛰듯이 내렸다. 빨리 내려, 이년들아. 네년들이 술 따르러 갔지, 술 마시러 갔냐? 근무에 개념이 없어, 이것들이. 어디 차에서 오바이트야, 이년아. 시트가 이게 뭐야. 배달도 더러워서 못해먹겠네, 정말.

꿀꿀이차가 다녀간 후 적막에 싸여 있던 주유소가 바야흐로 시끌벅적한 일상으로 돌아온 듯했다. 밤을 낮 삼아 사는 사람들이 돌아왔으니, 아침이 오고 있는 것이었다. 김실장의 스타렉스 뒷자리에서 지칠 대로 지쳐 보이는 대여섯 명이 몸을 제대로 가누지 못하는 아가씨 하나를 부축하며 내리고 있었다. 김실장은 자신의 차에서 매트를 끄집어내 주유소 바닥에 패대기쳤다. 토사물이 눈 속에 점점이 들어가 박혔다. 김실장은 몇 번 더 매트를 바닥에 치며 토사물을 털어내고 있었다. 나는 염화칼슘이 실린 수레를 출구에 그대로 둔 채 김실장에게로 천천히 걸어갔다. 이봐요. 마당에다 그걸 털어내면 어떡해. 김실장은 뜬금없다는 듯 나를 바라봤다. 시발, 오늘은 아침부터 뭐가 이렇게 거치적거리는 것들이 많아. 김실장이 하던 짓을 몇 번 더 반복하다 매트를 들고 화장실로 들어가며 들으라는 듯 중얼거렸다. 나는 그를 불러세웠다. 이봐. 이거 치우고 가라고. 그리고 그거 화장실에서 빨면 안 돼.

나는 칼을 심은 듯 그를 똑바로 쳐다보고 있었다. 화장실 문 앞에서 그가 우뚝 멈춰 섰다. 근데 이 새끼가, 아침부터 뭘 잘못 처먹었나. 김실장이 매트를 바닥에 집어던지고 내 앞으로 걸어왔다. 나는 그로부터의 시선을 한시도 거두지 않았다. 난 김실장 같은 류의 인간들을 어떻게 다뤄야 하는지 지난 몇 년의 경험을 통해 잘 알고 있다. 이런 양아치들은 어릴 적부터 자신보다 약한 인간들을 괴롭히고 그들의 것을 빼앗는 방법에 대해 몸으로 익혀온 것들이다. 하지만 강한 자들을 피하고 자신이 손해 보는 것에서 발을 빼는 방법에 대해서도 완전하게 체화가 되어 있는 것들이다. 나는 눈빛을 풀지 않고 입으로 빙긋 웃었다. 치우고 가라. 그리고 일층 화장실은 주유소 손님들이 쓰는 거다. 이층 너희 화장실에 가서 빨든지 빨아먹든지 해라. 개,새,끼,야.

나와 더 대치하던 김실장은 결국 매트를 들고 이층으로 올라갔다. 그러나 바닥을 쓸지는 않았다. 나도 더 이상 그를 불러세우지 않았다. 적당한 선에서 승부를 본 것이다. 이 정도가 좋다. 하나가 온전히 패배하면 앙금이 남는 법이다.

나는 부스로 돌아와 자리에 앉았다. 곧 근처 건설현장으로 향하는 일용잡부들을 태운 승합차들이 들이닥칠 것이다. 나는 술에 취해 비틀거리며 아침에서야 하루를 마감하는 여자들의 생에 대해 깊이 생각해 보지는 않았지만, 그들의 짧고 타이트한 치마 아래로 보이는 피곤한 종아리와 허벅지, 흔들리는 엉덩이와 가슴에서 이혼한 아내의 지친 나체를 오랫동안 생각했다. 아침이 왔지만 눈은 멈추지 않았다.

아침 여섯 시 삼십 분. 폭설 탓인지, 건설현장으로 인부를 태우고 가는 승합차는 한 대도 들어오지 않았다. 오늘같이 눈이 많이 내린 날, 대부분의 사람들은 차를 집에 두고 출근할 것이다. 구청과 시청에서 나온 제설차들이 경광등과 사이렌을 울리며 도로를 오가고 있었다. 길은 한산했다. 나는 자정부터 지금까지 들어온 현금과 매출전표를 노란 고무밴드에 묶어 사무실 금고에 입금했다. 눈이 많이 온 탓인지 입금액이 평소의 반에도 미치지 못했다. 밤새 아무것도 먹지 않고 잠시도 눈을 붙이지 않은 탓에 피로가 극심하게 밀려왔다. 나는 사무실 통유리 창으로 주유소 마당을 주시하며 라면을 끓여먹었다. 곧 주간반 아르바이트생들과 경리가 출근할 것이다. 라면 국물이 짜고 썼다. 속이 쓰려왔다.

나는, 아직 잠에서 깨어나지 않았을 두 딸아이와 내 앞으로 된 빚을 남겨놓고 집을 나간 아내와 집요하게 나를 찾아오는 사채업자와 극도의 우울증에 시달리다가 돌연 농약을 마셔버린 아버지가 들어 있는 내 뱃속으로 짜고 쓴 라면 국물을 술처럼 들이부었다.

4

나는 방문을 밖에서 자물쇠를 걸어 잠갔다. 여느 때와 다름없이 아이들은 18인치짜리 구형 텔레비전 앞에 옹기종기 앉아 있었다. 밤새 저 텔레비전은 꺼지지 않을 것이다. 아홉 살 큰아이는 일부러 아버지의 늦은 저녁 출근을 배웅하지 않는다. 저녁시간에 내가 나가는 것을 알면 제 동생이 칭얼거리는 것을 알기 때문이다. 어느 새 속이 깊은 아이가 되어 있었다. 나는 잠긴 자물쇠를 다시 한번 확인하고 집을 나섰다. 골목이고 대로변이고 온통 빙판이었다. 바람은 더 얼려버릴 것이 남았다는 듯 매섭게 불어댔다. 몇 걸음 옮기지 않아 손끝이 끊어질 것처럼 아파왔다. 이번 겨울 들어 가벼운 동상에 걸린 것을 치료하지 않고 두었더니 신경통으로 번진 것 같았다. 찬 기운이 닿을 때마다 손끝에서 시작된 통증이 어깨를 거쳐 목덜미를 타고 머리끝까지 방사되었다. 통증이 한창 심할 때는 손끝을 바늘로 찔러 피를 빼기도 했는데, 그것도 이제는 소용이 없었다. 통증을 느끼는 신경세포도 내성이 생긴 것이 분명하다고, 나는 휴지조각에 퍼지는 핏방울을 보며 중얼거렸었다. 나는 미끄러지지 않으려고 발을 질질 끌며 주유소로 향했다.

나는 사흘을 일하고 하루를 쉰다. 내일은 쉬는 날이다. 급여도 시급제가 아니라 월급제로 받는다. 4대 보험에도 가입되어 있다. 이만하면 주유소 아르바이트 치고는 좋은 근무 조건이다. 처음 이 주유소에서 일을 시작한 것은 주간반 시급제 아르바이트였다. 시급은 정부 책정 최저 임금과 같은 금액이었다. 벌써 이년 전 일이다. 소장은 50대 초반의 남자였는데, 고등학교 졸업과 동시에 주유업계에 발을 들였다고 했다. 그는 내가 일을 시작한 지 석 달 정도 지날 무렵 사무실로 나를 불렀다. 전에도 주유소에서 일한 적이 있었나? 예, 이곳저곳…. 일하는 모습을 유심히 봤는데, 이년 단위 계약직으로 일해 보는 건 어때? 요즘 자네 같은 사람 구하기 힘들거든. 나는 별로 고민하지 않고 소장의 권유를 승낙했다. 다른 대안이 없던 시절이었다.

주간 근무를 하던 시절 소장은 탱크로리 기사들과 경리 그리고 나를 데리고 주유소 근처 돼지갈비집에서 자주 소주잔을 기울였다. 보통 주유소 업무에 관련된 이야기나 진상 손님들의 이야기가 화제에 오르곤 했다. 그날도 보통 때와 마찬가지로 일이 끝난 후 소장의 차를 타고 같은 식당으로 가 저녁을 겸한 회식을 하던 중이었다. 그날따라 소장의 잔이 빨리 비워지고 빨리 채워졌다. 이봐, 난 말이야, 고등학교 졸업하고 바로 이쪽으로 들어왔어. 내가 한번도 말한 적은 없지만, 사실 난 주유소집 아들이었거든. 우리 부친이 저 공단 너머에 있던 제1공단 주유소를 경영했어. 그 시절은 주유소가 돈 벌기 좋았단 말이야. 요즘하곤 완전 달랐어. 어지간히 장사해도 지역 유지란 소릴 들었다고. 오공시절이야, 오공. 미스 최, 오공이 뭔 줄 알아? 전두환 아니에요? …그런 게 있어. 다른 건 몰라도 돈 벌기는 좋았던 시절이야. 난 중학교 다니면서부터 학교를 파하면 주유소에 나와 기름을 넣었어. 부친은 공부 안 한다고 잔소리를 해댔고 나중에는 내가 일하는 걸 그렇게 싫어하더라고. 그래도 내가 워낙 공부에는 젬병이었으니, 어떡해, 영감탱이도 나중엔 모른 척하더라고. 고삼 이학기부터는 일하느라고 아주 학교도 안 나갔어…, 난 대학 안 간 게 하나도 문제될 것이 없다고 생각하며 살았어, 얼마 전까지는. 근데 살아보니 또 그게 아닌 거야. 하나 있는 아들 녀석이 나 닮아서 공부를 안 해. 하루는 8등급짜리 성적표를 들고 온 거야. 미스 최, 8등급이면 어느 정도냐? 나도 8등급이었는데, 호호. …알았어. 그래서 내가 물었지. 너 커서 뭐가 되려고 그러느냐? 이걸 공부라고 하고 있냐? 내가 어지간하면 애한테 공부하라는 잔소리는 안 하는데, 이 녀석이 오죽해야 말이지. 아, 그랬더니 이 녀석이 뭐래는 줄 알아? 대뜸, 아버지는 대학 나왔어? 그러는 거야. 자기도 아버지같이 기름장사 하면서 살면 되지 않겠냐고, 대충 아무 전문대나 나와서 졸업장이나 따고 군대 제대하고 나서 주유소에서 일하게 해달라는 거야. 제 엄마는 풀쩍 뛰고 환장을 해. 근데 자식이 아버지같이 살겠다면 좋아야 하는 거 아닌가? 근데 마음 한편이 용납을 못하겠더라구. 돌아가신 부친 생각도 나고 말이야…. 사는 게 참 묘해.

그날 나는 술을 얼마 마시지도 않고 그 묘한 삶에 대해 많은 이야기를 한 것 같다. 소장은 내 두서 없는 이야기를 묵묵히 듣고 있었다. 나 역시 내 이야기의 끝을 '사는 게 참 묘해요'라고 마무리했다.

주간반 아르바이트들이 모두 퇴근을 하고 얼마 지나지 않아 소장과 경리, 배달 기사까지 모두 주유소를 빠져나갔다. 나는 그들이 나갈 때마다 일일이 부스 문을 열고 인사를 했다. 그들은 하나같이 빙판길을 걱정하며 집으로 향했다. 모든 사람들이 퇴근한 후 나는 평소와 다름없이 휴대전화로 집에 전화를 걸었다. 큰아이의 목소리. 하던 대로 이것저것을 당부했다. 아이는 텔레비전에 신경이 팔려 있는지 건성으로 대답했다. 아이도 이제 이런 당부 전화에 이골이 난 모양이었다. 잘 때 텔레비전 끄고 자야 해. 켜두고 자면 머리 나빠진다고 했지?

어쩌면 우리의 통화는 서로가 서로의 위태로움에 대해 함구하기 위한 최소한의 대화 방식인지도 모른다. 아이도 우리 가족이 살고 있는 방식이 얼마나 위태로운 것이고 통상적인 삶의 방식에서 많이 어긋나 있다는 것을 잘 알고 있을 것이다. 하지만 입을 열어 그 부조리함을 말했을 때 그것이 현실이 되고 두려움이 된다는 것을 서로가 잘 알고 있기 때문에 나는 아이들끼리 잠드는 것의 위험성을 말하지 않고 아이들끼리 재워야 하는 이 상황의 미안함을 말하지 않는 대신 텔레비전의 해악을 말하고 있는 것일지도 모른다. 아이 역시 자신들끼리 잠드는 것에 대해 투정하지 않음으로써 자신들이 그다지 위험한 상황에 방치된 것이 아니라고 자위하고 있는 것일 게다.

　검은 구형 뉴그랜저 한 대가 속도를 줄이지 않은 채 부스 앞으로 쏜살같이 달려왔다. 나는 습관적으로 핸드폰을 열어 시간을 확인했다. 저녁 일곱 시 사십 분. 내가 근무하는 날이면 하루도 빠짐없이 정확한 시간에 틀림없는 형태로 나를 찾아오는 남자들. 나는 특별할 것도 없다는 표정을 지으며 부스 문을 열었다. 주머니에서 꺼낸 만원짜리 지폐 몇 장을 뉴그랜저의 열린 차창 안으로 던지듯이 집어넣었다. 운전석에 앉은 남자가 자신의 무릎 위에 떨어진 돈과 나를 번갈아가며 올려다보았다. 나는 그런 그의 불만어린 시선을 아랑곳하지 않고 부스 문을 꽝 닫고 들어와 앉았다. 낡은 차는 요란한 소리를 내며 주유소를 빠져나갔다.

　주유소를 처분해서 갚은 은행빚 외에 내 이름으로 된 또 다른 빚이 있다는 사실을 아내는 말하지 않았다. 내가 그 빚의 존재를 알았을 때 아내는 이미 집을 나간 지 오래였다. 아내와 나는 그때까지 남남이 아니었다. 당시 아내는 가출한 것일 뿐이었다. 나는 그때 돈에도 여러 종류가 있다는 것을 알게 되었다. 돈을 버는 것보다 어려운 것은 돈을 갚는 것이었다. 특히 사채로 빌린 돈은 갚아도 줄지 않았다. 돈보다 돈을 쉽게 벌어다 주는 별이 방법은 없는 것 같았다. 나는 매일 이자를 갚으면서 베니스나 개성의 유명한 상인들의 삶을 생각했다. 아마 그들은 나 같은 이들의 이자로 부를 쌓았는지도 모른다. 돈이란 참으로 혹독한 것이었다.

가출한 아내는 당연히 빚을 갚지 않았고, 그 빚에는 연체에 따른 무서운 이자가 붙기 시작했다. 나에게는 도저히 그 빚을 감당할 능력이 없었다. 내가 빚을 감당할 능력이 없다는 것을 알게 된 사채업자들은 매일 찾아와 하루치의 이자를 어떤 방법으로든 받아갔다. 나는 그 이자를 만들어내는 그들의 계산법을 이해할 수 없었지만 빌린 원금의 존재가 확실했으므로 갚지 않을 방법이 없었다. 주유소 주간 일을 시작하고 얼마 지나지 않았을 때의 일이다. 월세를 내고 난 후 수중에 한푼의 돈도 남아 있지 않은 날이었다. 월급날까지는 아직 열흘이나 남아 있었다. 그날 오후 그들은 돈을 받기 위해 내가 근무하고 있는 주유소로 찾아왔다. 나는 돈이 없으니 월급을 받으면 반드시 갚겠다고 이야기를 했다. 그들은 월급날이 언제냐고 물었다. 나는 열흘 후라고 대답했다. 검은 뉴그랜저의 조수석에 앉은 남자가 비열하게 웃으며 고개를 끄덕이고는 주유소를 빠져나갔다.

　여느 때와 다름없이 퇴근을 하고 집으로 돌아갔더니 아까 그 조수석의 남자가 집에서 아이들을 옆에 앉혀 놓고 함께 텔레비전을 보고 있었다. 남자는 방문을 열고 들어오는 나를 보며 피식 웃었다. 우리 사장님이 집에 가서 뭐라도 들고 오라고 하시는데, 이 집 구석에는 가져갈 것이라곤 애들뿐이네. 그의 태연하고 불량한 목소리에 손발이 벌벌 떨려왔다. 아무것도 모른 채 텔레비전에 정신이 팔려 있는 둘째와 달리 첫째는 불안함에 안절부절 못하고 있었다. 나는 태어나서 처음으로 살의를 느꼈지만 자리에 굳은 듯 서서 아무 말도 하지 못했다. 남자는 천천히 일어나 내 앞을 지나가며 입을 열었다. 네가 갚고 싶다고 갚고 갚기 싫다고 안 갚을 수 있는 돈이 아니다. 갚을 만하면 당연히 갚고, 갚을 수 없어도 갚아야 할 돈이다. 앞으로 조심해라. 근면하게 살아야지. 그래야 돈을 갚지. 남자는 내 어깨 툭 치며 나가버렸다.

첫째가 여전히 불안한 눈으로 나를 올려다보고 있었다. 그날 나는 이 세상에서 나라는 존재가 어떤 위치에 서 있는지를 명확하게 알게 되었다. 나는 이제 서 있을 곳이 별로 없었다.

표현은 달랐지만, 아버지 역시 나에게 돈에 관련된 여러 이야기를 자주 들려주곤 했다. 물론 아버지는 유능한 상인은 아니었다. 농사일을 유난히 싫어했던 아버지는 선대로부터 물려받은 농토를 팔고 융자를 얻어 1970년대 후반에 주유소를 개업했다. 아버지가 살던 군에 주유소가 두 군데밖에 없던 시절이었다. 그런 독점력이 아버지 장사의 전부였다. 아버지는 십년도 지나지 않아 은행에서 얻은 융자를 모두 갚았다. 대통령이 죽었고 또 많은 사람들이 죽고 있다는 흉흉한 소문이 들려오던 시절이었다. 하지만 주유소는 아무 일도 없이 돌아갔다. 주유소 벽 제일 높은 곳에 새로 선출된 대통령의 사진이 태극기와 함께 걸렸다. 주유소 인근 논에서 온천이 터졌다. 곧 조용하던 읍에 사람들이 몰려들었다. 뚝딱뚝딱 온천탕과 여관들이 만들어졌다. 시끌벅적한 개업식들이 이곳저곳에서 열렸다. 도회에서 온 낯선 얼굴들이 돼지머리고기와 무침회가 담긴 쟁반을 들고 읍내를 돌아다녔다. 주유소 마당에는 관광버스들이 진을 치기 시작했다. 아버지의 주유소는 대호황을 맞았다. 주유소 사무실에는 밤낮을 가리지 않고 고스톱 판이 벌어졌고, 다방 레지들이 보따리 보따리를 들고 쉴 새 없이 드나들었다. 관광버스 회사 사장들과 기사, 온천장 주인들과 인근 식당 사장들, 군청직원들과 경찰서, 소방서 공무원들이 수시로 주유소 사무실에서 봉투를 주고받았다. 어린 내 눈에 그들은 무척 친해 보였다. 주유소 사무실 근처를 잠시만 돌아다녀도 나는 주머니가 두둑해졌다. 그들은 흰 봉투에 든 돈을 꺼내 내 과자 값을 주었다.

자동세차기가 없던 시절이었다. 관광버스 기사들이 주유소 마당에 관광버스를 세워놓고 마대걸레를 손에 들고 하이타이를 물에 풀어 문질러 두면 읍내 소방서의 소방차 두어 대가 출동해 물을 뿌리고 거품을 씻어주었다. 시커먼 땟물이 온 동네를 뒤덮었다. 그 옆에서 제복 입은 경찰관들이 담배를 피우며 세찬 물줄기를 바라보면 더위를 씻고 있었다. 온 동네 아이들이 몰려와 소방차에 올라가 장난을 쳤다. 그로부터 십수년이 지난 후 아버지는 그 시절을 돈 벌기도 좋고 재미나던 시절이었다고 추억했다. 사채사무실의 남자가 집을 다녀간 날 밤, 내가 왜 뜬금없이 1980년대 고향마을의 기억을 떠올렸는지는 모르겠다. 하지만 나는 잠든 아이들 옆에서 차라리 그 시절에 태어나서 돈 벌기 좋고 재미있는 생을 살아봤으면 좋았겠다는 생각을 했다.

분노와 두려움, 그리고 그보다 큰 걱정으로 밤을 새운 다음날 아침이었다. 큰아이를 학교에 보내고 막내의 어린이집 버스를 기다리고 있을 때였다. 이층 주인집 여자가 잠시 시간 좀 내줄 수 있냐며 방문을 두드렸다. 집에 불량한 사람들이 서성거리는 것이 신경이 쓰인다는 것이었다. 어제 사채 사무실에서 보낸 작자들이 주인집의 초인종을 눌렀던 모양이었다. 주인집 여자는, 여자애 혼자 하루 종일 집을 지키고 있는 것도 신경이 쓰이고 혹 우리 집에서 무슨 일이라도 생기면…. 나는 주인집 여자에게 다시는 그런 사람들이 집에 찾아오는 일이 없도록 하겠다고 안심을 시켰다. 막내를 어린이집 버스에 태워 보내고 주유소로 출근하니 이번에는 소장이 나를 불렀다. 역시 사채업자들이 사무실로 전화를 건 모양이었다. 나는 소장에게 그간의 사정을 설명했다. 소장은 묵묵히 듣고 있다가 내게 야간반 근무를 제안했다. 일은 좀 힘들지만 벌이는 야간이 훨씬 나을 게야. 아이들끼리 밤을 지내야 하는 게 신경은 쓰이겠지만 그렇게라도 해야지…. 나는 소장의 제안을 받아들였다. 일주일 뒤부터 야간반 근무자가 없으니 그때부터 밤에 나오도록 해. 소장의 제안을 받은 날, 나는 근무 내내 아이들끼리 밤을 지내는 모습을 생각하고 또 생각했다. 나는 내 앞에 놓인 선택의 비정함을 탓했다. 나는 내가 없는 방에서 잠을 깬 두 아이의 공허함과 사채업자의 비열하고 차가운 미소를 떠올려보다가 몇 번이나 고개를 세차게 흔들었다. 급여가 오른 만큼 걱정의 심도는 커져만 갔다. 이것이 내 선택의 결론이었다.

사채업자들의 노골적인 독촉과 협박에만 생각이 미쳐 있던 탓인지 아홉 살 철부지가 다섯 살 막내의 보호자가 될 수 있을 것이라 생각한 내 잘못이었다. 야간 일을 시작한 지 일주일이 지나지 않았을 때였다. 금요일 밤 퇴근시간이라 출근 후 한시도 쉬지 못하고 차들을 받고 있었다. 사무실에서 울리는 전화벨을 들었지만 받을 엄두를 내지 못하고 있었다. 휴대폰은 연체를 해서 정지된 상태였다. 전화는 이삼십 분 단위로 계속해서 울렸다. 나는 아홉 시가 훨씬 넘어 그 전화를 받을 수 있었다. 큰아이의 울먹이는 소리였다. 아빠, 세정이가 없어졌어. 쉬 누러 나갔는데 안 들어와. 아빠 왜 전화를 이제야 받아. 큰아이의 전화를 끊고 무릎이 휘청 꺾였다. 입안이 마르고 식은땀이 등줄기를 타고 흘렀다. 사채업자의 불량한 목소리가 귓가에 울렸다. 이 집에는 가져갈 것이 애들밖에 없네.

나는 사무실과 주유소 마당의 불을 모조리 껐다. 그리고 진출입로를 막는 쇠사슬을 걸어 잠갔다. 저녁 내 들어온 현금과 카드 전표를 유니폼 잠바 호주머니에 닥치는 대로 집어넣고 집을 향해 달리기 시작했다. 택시를 타는 것보다 뛰는 것이 더 빠를 것 같았다. 집은 주유소에서 걸어서 15분 거리였다. 심장이 터질 듯 뛰고 도무지 일의 순서가 머릿속에 잡히지 않았다. 자꾸만 떠오르는 사채업자의 말이 머릿속을 온통 뒤집어놓았다. 만약에, 만약에, 네놈들이 정말 세정이를 데리고 갔다면, 내가 주유소의 모든 휘발유를 짊어지고 가서라도 네놈들을 모두 태워죽이고야 말 것이다. 그리고 어딘가에서 제 자식이 빚 때문에 볼모로 잡혀간 것도 모른 채 살고 있을 아내도…. 반드시, 반드시….

휘청거리는 무릎을 간신히 다잡으며 온몸의 신경이 한순간도 긴장을 풀지 못하게 몇 번이나 어금니를 악물었다. 몸속 저 어딘가의 작은 신경 하나가 이 긴장의 아귀 속에서 흩뜨려졌다면 아마 나는 집으로 향하는 골목 어딘가에 쓰러져 다시는 일어나지 못했을 것이다.

아이는 동네 초입의 어두워진 놀이터에서 혼자 미끄럼을 타고 있었다. 나는 심장이 터질 듯 숨을 몰아쉬며 아이의 모습을 한참이나 바라보고 있었다. 그리고 그간 내 모진 생을 향해 단 한번도 눈물을 보이지 않았다는 사실을 내 얼굴에 흐르는 뜨거운 것으로 알게 되었다. 힘을 주고 있던 이가 딱딱 소리를 내며 부딪치며 온 얼굴을 흔들었다. 아이는 미끄럼틀의 계단을 오르고 미끄럼을 내려오고를 계속 반복하고 있었다. 나는 놀이터의 모래를 꾹꾹 눌러 밟으며 아이 앞으로 걸어갔다. 미끄럼을 내려오던 아이가 나를 보고 보일 듯 말 듯한 미소를 지었다. 나는 아이를 안고 한참을 울었다. 놀이터 모래에 눈물이 방울져 떨어졌다. 아이는 모래가 잔뜩 묻은 손으로 내 뒤통수를 쓰다듬었다. 이럴 수는 없어. 이럴 수는. 왜 이렇게, 왜 이렇게 힘들기만 해. 아버지… 죄송해요. 내가 아버지를 죽였어요. 아버지 죄송해요. 다시는 경험하지 못할 불덩이가 가슴에서 소리로 내 몸을 빠져나오고 있었다.

큰아이는 초저녁부터 전화기와 씨름을 했던 탓인지 새벽녘까지 쉬 잠들지 못했다. 두 아이의 머리맡에 앉아 이제 어떻게 해야 할 것인지를 생각하려고 애썼지만, 마땅한 답이 없었다. 나는 다시 주유소로 향할 수밖에 없었다. 첫째는 여전히 뒤척였다. 다행히 주유소는 불이 꺼진 그대로였다. 나는 호주머니에 쑤셔 넣어두었던 현금과 카드 전표를 꺼내 고무밴드에 묶어 금고에 입금했다. 날이 밝고, 소장이 출근했을 때 나는 밤 사이의 사건과 그간의 모든 사정을 이야기하고 용서를 구했다. 소장은 묵묵부답 별 대답이 없었다. 퇴근하고 들어가서 쉬어라. 탈의실에서 옷을 갈아입고 나오자 경리가 봉투를 내밀었다. 다음 달 월급이에요, 보너스랑. 소장님이 가불해 드리래요.

나는 퇴근길에 은행에 들러 사채업자의 사무실로 그간 밀린 이자를 송금했다. 그리고 주유소 퇴근 후, 낮 동안에 다섯 시간 정도 일할 수 있는 아르바이트 자리를 구하러 다녔다. 주유소 급여는 생활비로, 아르바이트에서 버는 돈은 채무의 이자를 감당하는 데 써야겠다고 다짐했다. 그날 오후, 나는 동네 신문배급소에서 석간 신문을 돌리는 일자리를 구하게 되었다.

예상대로 빙판 탓으로 퇴근시간이 지나자마자 주유소는 새벽처럼 고요해졌다. 거리에도 지나는 차가 없었다. 밤 아홉 시를 넘길 무렵 눈은 다시 내리기 시작했다. 어젯밤에 못지않은 눈발이었다. 눈은 곧 빙판 위에 다시 쌓였다. 주유소 창고에는 염화칼슘이 없었다. 아마 주간 반에서 마당의 눈을 치우느라 다 써버린 모양이었다. 나는 각목과 넓은 합판을 맞대어 만든 제설용 삽을 들고 마당으로 나섰다. 진출입로를 시작으로 눈을 밀어 마당 한곳에 쌓았다. 주유소 마당 이곳저곳에 무덤만 한 눈더미들이 생겨났다. 흡사 눈 쌓인 공동묘지 같았다. 내 이마에 송골송골 땀방울이 맺히기 시작했다. 나는 그 눈더미들이 쌓여 있는 주유소 마당을 바라보며 진심으로 이 주유소가 잘되길 빌었다. 오랜만에 마음이 조금은 편해지고 있다는 생각을 했다. 그것은 참으로 낯선 심상이었다.

자정 무렵, 첫번째 마감을 준비하고 있는데 남자 한 명이 눈길을 휘적휘적 걸어 주유소로 들어오는 것이 보였다. 주유소 입구에서 20여미터 떨어진 곳에 차가 멈춰 섰다는 것이었다. 같이 좀 밀어줄 수 있겠냐고 부탁을 해 왔다. 기름이 떨어진 것이었다. 나는 마감을 해두고 남자를 따라나섰다. 비상 깜박이를 켜둔 쏘나타 한 대가 도로가에 서 있었다. 남자의 외투 위로 김이 스멀거리며 올라왔다. 꽤 먼 거리를 혼자 차를 밀어서 온 모양이었다. 나는 차의 꽁무니에 서고 남자는 운전석의 문을 열고 한손으로 핸들을 조작하며 차를 밀고 나갔다. 차는 천천히 전진했다. 빙판 탓에 발이 자꾸 미끄러졌다. 내가 미끄러질 때마다 남자는 연신 뒤를 돌아보며 미안한 표정을 지었다. 나는 괜찮다는 듯 웃어보였다. 주유소 입구에 있는 작은 턱에서 차는 더 이상 꼼짝을 하지 않았다. 나는 작은 말통에 휘발유를 담아 주유구에 들이부었다. 완전히 기름을 소모한 차는 바로 시동이 걸리지 않았다. 남자는 불안한 표정으로 키를 돌려댔다. 얼마 지나지 않아 차는 힘겨운 엔진음을 울렸다. 남자는 곧장 주유기 쪽으로 차를 몰아왔다. 가득 넣어주세요.

기름 값을 카드로 계산한 남자는 지갑에서 만원짜리 한 장을 꺼냈다. 약소하지만 밤에 음료수라도…. 나는 한사코 사양했지만 남자는 부스 안에 만원을 올려놓고 차를 출발시켰다. 나는 남자가 준 만원을 만지작거리다가 지갑에 넣었다. 내일은 휴무일이다. 2만원짜리에 얼마를 더 보태면 아이들에게 작은 위로가 될 무언가를 할 수 있을 것이다. 나는 다시 삽을 들고 주유소 마당에 눈을 치우기 시작했다.

자정 무렵 맹렬히 쏟아지던 눈은 서서히 그쳤다. 나는 내리는 눈을 아랑곳하지 않고 눈을 치웠다. 새벽 네 시가 다 되도록 손님은 단 한명도 들어오지 않았다. 주유소 마당에 수십 개의 눈더미가 만들어졌다. 그리 넓지 않은 주유소 마당에 이렇게 많은 눈이 쌓인 것에 새삼 놀랐다. 오늘 이 도시에는 도대체 얼마나 많은 눈이 내린 것일까. 나는 파카와 모자 위에 쌓인 눈을 털어내며 더 이상 올 겨울 내내 눈이 오지 않기를 간절히 빌었다. 허리와 손목이 몹시 뻐근했다.

퇴근을 앞두고 라면 하나를 끓여먹으면서 나는 오늘이 특별하지 않고 부디 평범하기를 바랐다. 비록 비루하지만 비참하지 않은 하루가 되었으면 좋겠다는 생각을 했다. 더 이상의 격랑이 없이 힘겹게 이 생을 조금씩, 조금씩 헤쳐나갔으면, 그리고 결국에는 나의 그 언젠가처럼 나를 찾아온 작은 고난을 건강한 삶을 위한 긴장감 정도로 이해하는 여유를 찾았으면 좋겠다고 생각했다. 길은 여전히 꽁꽁 얼어 있었지만 눈은 완전히 그쳐 맑은 새벽 하늘이 보였다. 나는 길게 입김을 뿜었다.

퇴근길, 나는 다시 거리로 쏟아져나온 차와 출근을 서두르는 사람들을 마주보며 걸었다. 세상은 눈 따위로 이틀이나 움츠리고 있을 수 없다는 듯 다시 생기를 찾았다. 사람들의 그런 투지에 빙판은 질척거리며 급속히 녹아버렸다. 아직 나는 저들과 나란히 걸을 수 없지만 그런 건강성에 동조하려는 듯 녹은 눈을 발로 밀치며 걸었다. 아이들을 어린이집과 학교로 보낸 후 나는 속옷만 걸친 채 방 청소를 했다. 문득 방안 작은 거울에 비친 내 모습을 바라봤다. 거울이 작아 얼굴은 없고 몸통만 비춰졌다. 깡말랐지만 처음 보는 종류의 근육들이 몸의 이곳저곳에 붙어 있었다. 전혀 다른 삶을 살게 되면서 그 삶을 살기 위해 만들어진 낯선 근육들이었다. 나는 속옷마저 다 벗고 주먹을 쥐어 몸에 힘을 넣었다. 근육들이 꿈틀거리기 시작했다. 거울 속의 몸이 덤벼보라는 듯 단단히 긴장하고 있었다. 나는 내 몸의 근육 이곳저곳을 손가락으로 꾹꾹 눌러 보다가 잠이 들었다.

5

꿀꿀이아저씨 아들이 사라졌다.

폭설이 내린 지 며칠이 지났지만 주유소 마당에는 여전히 수십 개의 눈더미가 녹지 않고 남아 있었다. 기온은 곧 봄이라도 올 것처럼 포근해져 있었지만 한번 얼어붙은 눈더미는 쉬 녹지 않았다. 근무를 마친 주간반 아르바이트생들이 눈더미를 운동화코로 툭툭 치며 지나갔다. 눈더미들은 아직 봄이 아니라는 경각심을 심어주려는 입자를 더 굳혔다. 봄은 여전히 기다려야 하는 곳에 있었다.

근무를 교대하고 얼마 지나지 않아 주유소로 스쿠터 한 대가 들어왔다. 나는 스쿠터의 주인을 한번에 알아보지 못했다. 꿀꿀이 아저씨였다. 포터를 타지 않고 비닐우의를 벗은 아저씨는 전혀 다른 사람처럼 보였다. 아들의 실종신고를 위해 경찰서에 다녀오는 길이라고 했다. 나흘 전, 그러니까 우리 주유소에 기름은 넣은 다음날 아침 아저씨의 포터트럭과 함께 사라져버렸다는 것이다. 아저씨는 아들이 그날 주유소에서 받아간 강아지도 함께 데리고 나갔다며 목소리를 높였다. 혹시 주유소에 찾아오거들랑 꼭 붙잡아두고 자신에게 연락을 해달라는 말도 잊지 않았다. 나는 아저씨의 연락처를 받아들고 고개를 끄덕였다.

나는 아저씨의 스쿠터가 주유소를 빠져나가 저 너머 사거리에서 모습을 감출 때까지 한참을 보고 있었다. '김욱수, 018-227-8712' 나는 아저씨의 연락처를 찢어 쓰레기통에 던져넣었다.

분주한 퇴근시간이 끝나고 난 후, 나는 라디오에서 나오는 9시 뉴스를 들으며 잠시 쉬었다. 그런 와중에도 눈은 여전히 입구 쪽을 향하고 있었다. 꿀꿀이아저씨가 다녀간 후 저녁 내내 나는 입구에 신경을 두고 있었다. 혹시나 하는 마음이었다.

지난 휴무가 지난 다음날 자정 무렵에 꿀꿀이아저씨의 아들이 주유소를 왔다. 그러니까 그가 강아지를 데려간 이틀 뒤의 일이었다. 그날도 나는 꿀꿀이차가 입구에 들어서는 것을 보며 크게 숨을 한번 몰아쉬었다. 그리고 차를 인도해서 주유기 앞에 세웠다. 하지만 아저씨의 포터에는 음식물찌꺼기가 실려 있지 않았다. 물론 아저씨도 타고 있지 않았다. 나는 운전석에 앉아 핸들을 잡고 있는 그의 모습이 무척이나 낯설었다. 나는 조금 놀랐다는 듯 입술을 오므려 '오!' 하고 미소를 지었다. 그 역시 조금 웃었다. 그는 5만원 어치를 넣어달라는 듯 다섯 손가락을 쫙 펴보였다. 나도 손바닥을 쫙 펴서 5만원? 하고 물었다. 그는 아무 소리도 내지 않고 고개를 끄덕였다. 그때 조수석 아래에 앉아 있던 강아지가 그의 무릎으로 폴짝 뛰어올랐다. 나는 녀석의 머리를 쓰다듬어주었다. 말을 하지 못하는 그였기에 나는 그에게 전후 사정을 물어 볼 수가 없었다. 나는 주유기가 꽂힌 짐칸 앞에 서서 미터기가 돌아가는 모습과 사이드미러에 비친 그와 강아지를 흘끔거렸다. 음식물찌꺼기를 담은 드럼통이 실려 있지는 않았지만 포터의 짐칸은 그간의 흔적들로 무척 더러웠다.

주유를 마친 그는 내게 만원짜리 다섯 장을 내밀었다. 그러고는 한동안 망설이더니 손가락으로 세차기를 가리키고 나서 자신의 양손 검지를 빙글빙글 돌리며 다시 자신의 차를 가리켰다. 나는 그의 손짓을 금방 이해할 수 있었다. 주유소에 들어오는 손님들 중에는 차창도 열지 않고 손가락으로 이것저것을 지시하는 사람들이 많았기 때문이다. 물론 그들은 말하는 데 아무런 문제가 없는 사람들이다. 나는 양손으로 X자를 만들어보이고 다시 트럭을 검지로 가리켰다. 그리고 한껏 과장된 입모양으로 '트,럭,은,안,돼,세,차,기,는,승,용,차,만'이라고 말했다. 그러자 그는 다시 세차기 옆에 있는 셀프 세차장을 가리켰다. 나는 엄지와 검지를 붙여 동그라미를 만들었다. '셀,프,는,돼,요'. 그는 차를 후진시켜 셀프 세차장에 차를 주차하고는 강아지를 데리고 내렸다. 강아지는 세차장의 이곳저곳의 냄새를 맡으며 돌아다녔다. 바로 자신이 비닐에 싸인 채 쓰레기통에 버려졌던 그곳이었다. 강아지는 익숙한 냄새라도 발견한 것인지 한참을 더 킁킁거리며 돌아다녔다. 차에서 내린 그는 그런 강아지와 쓰레기통을 번갈아가며 잠시 바라보았다.

그는 세차장을 두리번거리다가 내게 걸어왔다. 그는 내 앞에서 호스로 물을 뿌리는 시늉을 했다. 아마도 호스를 좀 빌릴 수 있냐고 물어보는 것 같았다. 나는 그를 화장실로 데려가 청소용 호스를 내밀었다. 그는 만족한다는 듯 고개를 끄덕였다. 그는 세차장 수도꼭지에 호스를 연결하고 짐칸에 묻은 오물들을 씻어냈다. 잘 떨어지지 않는지 세차장에 놓여 있는 청소용 빗자루까지 들고 올라가 바닥을 문질렀다. 짐칸의 철판 바닥에 물이 부딪는 소리가 여름날의 소나기처럼 상쾌하게 들렸다. 나는 부스로 들어와 그가 청소하는 모습을 바라봤다. 원래 세차장에서 저런 물청소는 할 수 없었다. 소장이 본다면 당장 쫓아냈을 것이다. 그리고 난 잔소리를 들었을 것이 분명하다. 하지만 그때는 자정을 넘긴 시간이었다. 차에서 물이 튀어올라 주유소 조명에 보석처럼 반짝였다. 강아지는 기분이 좋은 듯 주변을 이리저리 뛰어다녔다. 그의 세차는 운전석 내부까지 삼십 분 넘게 계속되었다.

그날 그는 세차장 바닥에 꿀꿀이차에서 흘러나온 오물의 흔적이 하나도 남지 않게 말끔한 뒷정리까지 해두고 주유소를 떠났다. 나는 괜찮다며 한사코 만류했지만 그는 묵묵히 바닥에 비질을 했다. 그는 출구로 향하는 길에 부스 앞에서 차창을 열어 내게 꾸벅 고개를 숙여 인사했다. 조수석에는 강아지가 몸을 동그랗게 말고 제 집인냥 누워 있었다.

어쩌면 그것은 그의 마지막 모습일지도 모른다. 오늘 저녁, 꿀꿀이아저씨로부터 그의 가출 소식을 들었을 때, 나는 그가 자신의 차를 세차하고 세차장 바닥을 말끔히 정리하는 모습을 떠올렸다. 그는 참으로 정성들여 차를 닦았고, 나일론 빗자루 소리가 경쾌할 정도로 세차장 바닥을 문질러 씻어주었다. 그는 의식을 치르듯 진지한 표정으로 청소를 했다. 그리고 편안하고 예의바른 모습으로 이곳을 떠났다. 나는 그가 개 한 마리를 데리고 소리 없는 세상을 돌아다니는 모습을 상상했다. 마치 아무 소리도 들리지 않는 황야를 묵묵히 떠도는 유목민 같은 모습으로.

나는 아저씨에게 그의 이야기를 하지 않은 것이 잘한 일이라고 생각하며 부스 안에서 세차장 쪽을 바라보았다. 도로가 아직 질척거리고 있는 탓에 아무도 세차장을 찾지 않아 바닥은 그가 청소해두고 간 그대로 깨끗했다. 녹색의 우레탄 바닥이 조명을 받아 반짝 윤이 났다. 나는 저녁 내내 그가 절대로 아저씨에게 다시 돌아오지 않을 것이며, 아저씨도 절대로 아들을 찾아내지 못할 것이라고 무턱대고 믿기로 했다.

새벽 네 시였다. 늦음과 이름의 경계가 없는 시간. 주유소는 너무나 조용했다. 나는 늦음과 이름의 모습이 같은 형태로 존재할 수 있다는 것에 스스로 동의했다. 두 팔을 들고 고개를 젖혀 기지개를 켰다. 달이 보였다. 차가운 바람은 여전했지만 바람 끝 어딘가에 따뜻하고 마른 먼지의 냄새가 묻어 있었다.

급발진

1

사고가 난 것은 벚꽃이 망울을 틔우기 시작한 4월 초순의 출근
길이었다. 밤새 다섯 통이나 날아온 스팸 광고 메시지를 지우느라
한 손으로 핸들을 잡고 있었던 점은 인정한다. 하지만 모르긴 해
도 양손이든 한 손이든 상황이 바뀌지는 않았을 것이다. 핸드폰은
사용한 지 이미 이년이 넘은 것이라 조작법에 대해서는 책장을 넘
기는 것만큼이나 익숙했다. 무엇보다 그 시각 사고가 난 지점은
차 한 대 지나다니지 않는 한적한 소읍 시골길에 불과했다.

집앞 골목길을 벗어나기만 하면 바로 K시로 이어지는 2차선의
깔끔한 지방도로 들어설 수 있다. 지방도를 타고 살고 있는 마을
에서 십여 분만 달리면 해발 200미터의 작은 재 하나가 나타나고
그 재 너머에 직장과 가족들이 있는 K시가 있다. 가끔 출근길에

재의 정상에 차를 세우고 콘솔 박스에 보관하고 있는 담배를 꺼내 불을 붙인다. 고개 아래 소읍의 옹기종기한 촌락을 풍광 삼아 빠져보는 짧은 망중한은 공식적으로 비흡연자인 나의 은밀한 외도이다. 재의 정상에서 북쪽으로 고개를 돌리면 희부연 안개에 싸인 K시가 경계가 불분명한 사막처럼 지평선 끝에서 어른거리고 있다. 담뱃불을 손가락으로 튕겨내고 남은 불씨를 밟아 끄는 것을 마지막으로 차에 다시 오른다. 그럴 때면 예의 차창 밖 풍경을 잡아먹기라도 하듯 노려보며 액셀러레이터에 힘을 준다. 구불구불한 재의 내리막을 거쳐 도시로 향하는 나의 비장한 전의랄까? 어쨌거나 공연히 돌아오른 뭉클한 감정은 도시의 신호등을 만날 때까지 계속되곤 했다.

그날 아침, 두부 먹다 이 빠진다는 식의 유비무한 정신을 나는 상기하고 있던가? 물론 일신상의 여러 이유를 들이대며 혼자 이 소읍으로 기어든 지난 일년간, 나는 적어도 이 촌락에서 자동차와 관련한 사고는 그 어떤 것도 직간접으로 경험한 적이 없었다. 하지만 한갓진 시골길이라 해도 사고 발생의 충분한 조건은 분명히 갖추고 있었을 것이다. 인도와 차도의 경계가 없는 길에서 지팡이를 짚은 채 무방비로 걸어다니는 노인들, 가고 싶은 때 가고 서고 싶은 때 아무 곳에서나 기척 없이 세워버리는 경운기들, 혀를 길게 빼문 채 털럭털럭 중앙선 가까이를 아무렇지도 않게 돌아다니는 개와 고양이들까지. 사고를 계기로 알게 된 사실이지만 내가 이사 오기 몇 해 전 이 도로에서도 마주 오는 차량이 정면충

돌하는 사고가 발생했고 그로 탑승자 두 명이 사망에까지 이르렀다. 비록 감지하지는 못했지만 어쩌면 나에게도 이미 여러 번 어이없는 사고의 징조가 있었는지도 모를 일이었다.

정말 어이가 없는, 말 그대로 '사고'였다. 출고된 이년 반 동안 단 한번의 잔고장도 일으키지 않은, 주행거리 4만km를 조금 넘긴 배기량 2,000CC짜리 차가 골목길을 빠져나와 도로로 접어드는 순간, 굉음을 내며 질주해 버렸다. 차는 작정이라도 한 듯, 할 수 있는 최고 출력을 쥐어 짜내 웅하고 달려나갔다. 손 쓰기는커녕 생각할 시간조차 없던 순간이었다. 본능적으로 브레이크를 있는 힘껏 밟았다고 느낄 찰나, 차는 이미 도로 반대편 논두렁으로 날아들었고 둔중한 충격에 온몸이 뒤틀어졌다. 보닛부터 논바닥에 처박힌 차는 남아 있는 관성을 제어하지 못하고 완전히 전복되어 버렸다.

아득한 정신도 잠시, 거꾸로 뒤집힌 차안에서 안전벨트에 매달려 있다는 사실을 알아차린 것은 깨진 차창 새로 흘러 들어오기 시작한 질척한 논바닥의 뻘 때문이었다. 어떻게든 정신을 차려보려 했으나 차 천장을 정수리께로 받치고 있는 생경한 자세에서 이미 굳어가고 있는 사지만 버둥거릴 뿐이었다. 거기에 뭉근하게 밀려들어오는 뻘은 이마를 거치며 서서히 눈언저리께로 차오르고 있었다.

급발진이다. 밀려들어오는 뻘에 코를 박은 채 거꾸로 매달려 퍼렇게 죽어버릴 수 있다는 다급함 속에서도 나는 급발진이라는 사고의 원인을 머릿속에 떠올리고 있었다. 이는 필시 죽음에 관한 공포와 같은 크기로 찾아온 맹렬한 황당함과 억울함의 방증이었을 것이다. 하지만 생각도 잠시, 눈꺼풀을 스치듯 밀고 들어오는 이물감과 동시에 하늘을 향해 있던 콧구멍 속으로 농밀한 점도의 유동체가 밀려들어왔다. 간신히 왼손을 차 천장(그 상황에서는 바닥이었다)으로 뻗어 뒷목께를 받쳐 고개를 들어올리려고 했다. 벼락을 맞고 의식을 잃기까지 느끼는 고통이 이런 것일까? 고개를 밀어올리는 순간, 사지를 타고 흐르는 고압전류 같은 통증이 온몸으로 방사되었고 몇 차례 제어할 수도 없는 진저리가 전신을 휘감았다.

　이미 막혀버린 눈과 코를 대신해 저절로 벌어진 입이 간신히 숨을 내몰아쉬고 있었으나 극심한 통증의 각성 탓인지 차라리 머릿속은 일순 명징해져 있었다. 다행히 뻘은 더 이상 밀려들어 오지 않는 것 같았다. 나는 오른손을 뻗어 안전벨트의 잠금장치를 더듬었다. 허벅지께의 허공을 몇 차례 허우적대다 잠금장치에 손이 닿았다. 입안에 고인 액체가 피인지 침인지 알 수 없었지만 나는 혀를 홰홰 내둘러 그것을 입밖으로 흘려보냈다. 잠금장치의 버튼을 누르는 순간 내 머리는 이미 뻘바닥이 된 차 천장으로 내리꽂힐 것이었다. 나는 방금의 무시무시한 통증을 상기하고 있었다. 하지만 마냥 구조의 손길을 기다리고 있을 수도 없는 노릇이었다. 받치고 있던 왼손에 저절로 힘이 들어가는 순간 철컥, 버튼을 눌렀다. '이렇게는 못 죽어.' 차 천장으로 내리꽂힌 채 나는 그렇게 중얼거렸는지도 모르겠다. 혼절하기 직전 몇 번 깜박여본 눈꺼풀 속으로 4월, 막 모내기를 마친 논두렁이 화사하게 일렁이다가 사라졌다.

2

사고는 보통의 경우 당사자의 부주의로 일어나는 경우가 대부분이다. 더욱이 주변 상황의 방해를 받지 않는 경우에(시골 아침의 간선도로 같은 곳에서) 발생한 교통사고는 음주, 졸음 같은 운전자의 부적절한 처신에 기인하는 것이 70퍼센트 이상이라는 자동차 보험업계의 통계도 있다. 하지만 그날 나의 사고는 운전자의 통제에서 벗어난 기계적 결함에 의한 말하자면 일종의 자폭이었다.

온몸에 개흙을 뒤집어쓴 채 논바닥에 엎어져 있던 나는 밭일을 나가는 동네 이장의 아내에게 처음 발견되었다. 그녀의 악다구니를 쓰는 소리는 심한 몸살을 앓다가 겨우 잠든 새벽녘의 전화벨처럼 아득했지만 적어도 죽지는 않았구나, 하는 힘겨운 안도감을 느끼게 했다. 억센 몇몇의 손에 의해 논두렁가로 끌려나오면서 나는 다시 극심한 통증에 몇 차례 혼절과 깨어남을 반복했고 사이렌 소리가 들릴 때까지 '정신을 차려보라'는 새된 소리들에 움직일 수 있는 데까지 고개를 끄덕이기도 했다.

다시 정신을 차린 것은 몸의 이곳저곳이 낯선 손길과 촉감에 의해 만져지고 있다는 희미한 경각심 때문이었다. 분주한 주변의 움직임들은 소리와 공기만으로 느껴졌지만 나는 이곳이 병원 응급실이라는 것을 금시에 알아차릴 수 있었다. 정신을 차린 것을 어떻게 알았는지 누군가 내 이름을 부르며 왼손을 움직여보라고 말했고 나는 잠시 왼손이 어느 쪽인지 가늠한 후 손가락을 쭉 펴서 응답해 주었다. 나는 그 누군가가 다시 무언가를 물어 내 생존 유무 혹은 장애 정도 등을 판단해 주길 바랐지만 더 이상의 지시는 돌아오지 않았다. 나는 그가 내 왼손의 움직임을 보는 것만으로 모든 처치를 결정할 수 있는 권위자일 것이라 판단하고 작금의 모든 원인은 자동차 급발진에 의한 것이라는 점을 밝히고 싶었지만 누구도 내 곁에 머물러 있지 않은 것 같았다. 나는 조금 한심하고 쓸쓸해지는 감정에 빠져들었지만 어찌할 도리가 없었고 몇 차례 왼손과 오른손을 번갈아가며 움직여보다가 이내 다시 잠에 빠져들었다.

잠에서 깬 것은 새벽녘이었다. 병실 창이 여명으로 푸르스름해지고 있는 것을 바라보며 나는 비로소 눈을 떴다는 것을 알았다. 눈을 떴다는 자각과 동시에 몸의 곳곳이 둔중하게 굳어 있다는 것을 알았고 사지의 말단부에서부터 시작된 논바닥의 개흙 같은 질척한 고통이 뇌수를 향해 몰려오고 있다는 사실도 느낄 수 있었다. 확인할 수는 없었지만 이미 사지는 단단한 부목들로 고정되어 있었고 호흡을 할 때마다 관절의 이곳저곳에서 부싯돌을 문지르는 듯한 마찰에 인상은 저절로 구겨져버렸다.

깼어요? 하고 물은 것은 아내였다. 병상 아래 간이 침대에서 잠시 쪽잠을 잔 듯 아내는 인기척에 부스스 자리에서 일어났고 땅이 꺼질 듯 푹하고 한숨부터 내몰았다. 겨우 입을 달싹여 어, 라고 대답했지만 목구멍과 입안이 비틀어지도록 말라 있어 그도 쉽지 않았다. 입을 움직인 탓인지 비로소 갈증이 몰려오기 시작했다. 아마도 내가 다시 눈을 뜬 것은 갈증 때문일지도 몰랐다. 나는 다시 갖은 용을 써 '물, 물…'이라고 말했지만 아내는, 일단 금식하래요. 물도 안 된대, 라며 훌쩍거렸다. 가쁜 호흡을 할 때마다 입에 모래가 들어와 쌓이는 것 같았다. 이만하길 다행 어쩌고, 하는 소리를 흘려들으며 나는 눈을 감았지만 쉬 잠에 빠질 수 없으리라는 것을 알고 있었다.

급발진, 나는 잊지 말아야 할 것을 잊고 있었다는 듯, 그러고는 다시는 잊고 있지 않겠다는 듯 나오지 않는 소리로 뇌까렸다. 붕 하고 출력이 미친 듯이 솟구치는 장면, 휘둥그레진 눈으로 어찌할 바 몰라하던 찰나, 절망도 하기 전에 무중력 속에서 허방을 친 듯 피가 쏠려내리던 생경함, 꽝음과 동시에 휘몰아치는 충격과 공포, 척수에 들어와 박힌 바늘 같은 통증과 진저리. 나는 되도록 냉철해지려고 노력하면서 당시의 상황을 다시금 구성했다. 만약 물을 먹고 혀가 부드러워질 수만 있다면 그 사고는 급발진이었다고 남아 있는 온힘을 다해 말했을 것이다.

휠체어에 의지해 간신히 운신을 할 수 있게 된 것은 사고일로부터 한 달이나 지나서였다. 갈비뼈 다섯 곳에 금이 갔고 무릎을 비롯한 주요 관절 이곳저곳의 인대가 손상되어 있었다. 무엇보다 가장 심각한 부상은 경추 한 곳의 디스크가 완전히 파열돼 버린 것이었다. 투구 같은 보호대를 착용하고 나는 갑갑한 마음을 추스르기 위해 병실 복도를 어슬렁거리며 돌아다녔다. 독한 진통제와 근육 이완제를 복용한 탓인지 몸은 물먹은 솜처럼 항상 축 늘어져 있었고 손아귀의 힘도 들어가지 않아 휴대전화 하나를 제대로 간수하지도 못했다. 몸을 숙이거나 관절을 구부리는 것이 여의치 못해 아직도 대소변을 간병인이 받아내야 했다. 집안일 때문에 아내는 오전 시간에만 병원을 들렀고 그 외의 시간은 병원에서 지정한 업체에서 보내주는 간병인을 썼다. 간병인은 50대 중반의 여성이었는데 말수가 적고 제법 환자를 편하게 하는 눈치가 있는 것 같았다. 그렇다 하더라도 병실 침대에 다리를 벌리고 누워 간병인이 밀어 넣어주는 소형 변기에 변을 보고 난감한 뒤처리를 맡기기까지 하는 것은 여간 곤혹스러운 일이 아니었다. 뒤를 닦아낸 휴지를 변기에 담아 총총 화장실로 향하는 간병인의 뒷모습을 뜨는 둥 마는 둥 한 눈으로 보고 있노라면 머리끝까지 달아오른 수치심이 서서히 목적지 없는 분노로 바뀌고 있었다.

벌써 여러 번 보험회사의 사정인이 병원을 다녀갔다. 그는 깍듯하게 안부를 물었지만 협의가 아닌 통보를 하겠다는 듯한 팽팽한 거리감을 유지했다. 뭔지도 모를 대여섯 가지의 서류를 들이미는 그에게 나는 인공 디스크 수술이라도 마무리되고 제대로 운신이라도 하게 되면 다시 이야기하자고 힘없이 손을 내둘렀다. 예상한 바라는 듯 착착 소리를 내며 서류를 챙겨 가방에 담은 그는 항상 작별인사 끝에 공손한 협박조의 충고를 덧댔다.

결정은 빨리 하시는 게 고객님께 이익입니다.

나는 눈을 감은 채 뚜벅뚜벅 멀어지는 그의 구둣발 소리를 들었지만 살의에 가까운 분노가 완충제 없는 경추로 휘몰아들었다.

하루 총 몇 차례, 몇 시간을 잠에 빠지는지 헤아려보지는 못했지만 하릴없는 병원 생활에서 잠을 제외한 뚜렷한 일정은 없었다. 잠에 빠져들기 전 몽롱한 의식 속에서 예의 사건은 머릿속에서 재구성되고 있었다. 횟수가 반복될수록 기억은 더욱 구체성을 띠며 영상으로 그려졌다. 집을 나서던 찰나의 눈부심, 마당에 피어 있던 나팔꽃 줄기의 꼬부라짐, 시동을 거는 순간 핸들을 통해 전해지던 진동의 생경함, 골목길에서 피어오르던 아지랑이의 스멀거림, 앞바퀴의 마찰력으로 알 수 있었던 지방도로의 매끈한 아스팔트 그리고 순식간에 튀어오른 RPM계기반과 제압할 기회조차 없었던 발진, 급발진….

3

사건이 새로운 국면에 접어들기 시작한 것은 퇴원을 앞두고 선임한 변호사의 입을 통해서였다. 아니 그것은 새로운 국면이 아닐

지도 몰랐다. 사고의 당사자인 나는 부목과 진통제에 의지해 병원에서 50일이 넘는 나날을 무기력하게 아무런 조처도 하지 않고 시간을 죽이고 있었다. 말하자면 내 의식 속에는 병원 밖의 세상이 도의(道義)와 상식에 의해 돌아갈 것이라는 안일함이 들어앉아 있었던 것이다. 급발진 사고의 원인을 제공한 자동차회사와 보상을 담당해야 할 보험회사 측의 납득할 만한 대답을 나는 기다렸다. 하지만 보험회사는 관리 소홀 혹은 운전 미숙에 의한 사고로 상황을 몰아가고 있었고, 자동차회사에서는 아무런 연락조차 없었다.

"사고 차량을 볼 수가 없습니다."

변호사가 난색을 표하며 장황하게 늘어놓은 경과보고의 요지는 그것이었다. 나는 처음에 그의 말을 이해할 수가 없었다. 뻣뻣한 목을 겨우 갸웃거리는 내게 변호사는 다시 말했다.

"선생님의 사고 차량이 없어졌습니다."

하지만 그것은 상황에 대한 적절한 비유를 찾아내지 못한 작가의 문장처럼 여전히 답답한 동어반복에 불과했다.

"무슨 소립니까, 그게?"

내가 새된 소리를 내고서야 그는 예상치 못한 상황이었다는 변명을 쭈뼛 내보였다. 사고 당일 내가 출동한 구급차에 실려 병원으로 떠난 뒤 내 차는 두 시간이 넘는 작업 끝에 겨우 견인차에 끌려 논 밖으로 나왔고, 곧 읍내의 정비공장으로 실려가게 되었다. 차량 소유자가 의식이 혼미한 상태이니 견인차 운전자와 출동한 경찰이 어쩔 수 없이 그런 조치를 취했다고 한다. 그것은 사고현장을 수습하는 이들이 취한 합당한 조처였다고 나 역시 동의했다. 그 정비공장은 내 차의 제조사에서 운영하는 1급 정비공장이었고 또한 사고 현장은 정비공장이 귀한 소읍이었으므로. 하지만 문제는 그 다음이었다. 변호사가 확인한 바로는 보험회사 직원이 사고 다음날과 닷새 후 공장을 방문해 몇 장의 사진을 찍은 후 사고 차량은 감쪽같이 사라지고 만 것이다. 공장장에게 차량의 행방을 물으니 사고 일주일 후 제조사에서 대형 견인차를 끌고 와 차량을 가져가 버렸다는 대답이 돌아왔단다. 변호사는 뭔가 알만 하다는 듯한 표정을 지으며 입맛을 쩍 다셨다.

내가 목에 보호장구를 착용한 채 퇴원을 한 것은 입원 후 석 달이 훌쩍 지난 7월 중순의 비오는 날이었다. 병원 로비에 틀어놓은 뉴스에서 전국에 본격적인 장마가 시작되었다는 아나운서의 목소리가 제법 진지하게 울려퍼졌다. 수술과 재활치료, 무기력한 침상생활로 나의 몸과 마음에는 꽤나 두터운 비구름이 드리워져 있었다. 퇴원에 대한 아무런 기대도 없이 나는 아내의 부축을 받으며 택시로 조심스레 몸을 욱여넣었다.

'차를 찾아야 한다!'

나는 마치 몰락한 지주가 밤을 틈타 고향을 등질 때 뇌까리는 성난 음성 같은 소리를 내고 있었다.

'차를 찾아야 한다. 차에 모든 진실이 담겨 있을 것이다.'

무능한 변호사로부터 차가 사라졌다는 최초의 보고를 받은 이후, 나는 일종의 벽을 실감하게 되었다. 병실에 들어앉아 자동차의 제조사와 경찰서 교통계로 수도 없이 전화를 넣는 동안 내가 겨우 받았던 궁색한 답변은 '기다려달라'였다. 그들은 기약도 없이 완곡함의 표현 하나 곁들이지 않은 채 기다리라고만 했다. 특히나 제조사에서 나에게 보여준 행태는 참으로 만행에 가까웠다. 담당자와의 통화가 이루어지기 위해 나는 최소 네다섯 군데의 과정을 거쳐야 했고 그마저도 그들이 여기저기로 전화를 돌리는 과정에서 연결이 끊어져버리는 허탈함도 숱하게 겪어야만 했다. 분노와 통증이 구분되지 않은 채 휘몰아치는 힘겨운 나날이었다.

　변호사를 거치지 않고 처음으로 제조사의 담당자라는 작자와 통화가 연결된 날, 나는 어쩌면 세상의 이치 따위에 기대를 걸었는지도 모른다. 그들이 내 차를 가져간 요지는 결국 '조사를 해보겠다'라는 것이었다. 회사의 전문가들이 조사를 해보면 왜 그날(그들은 '고객님의 주장대로'라는 단서를 한번도 빼놓지 않았다) 차가 주체할 수 없는 속도로 달려 나가게 되었는지(그들은 결코 '급발진'이라는 단어도 사용하지 않았다) 알 수 있을 것이다. 그들은 그렇게 말했다. 수화기 너머의 목소리는 대단히 기계적이었지만 제법 체계적인 설명이라고 생각하며 그날 나는 무기력하게 전화를 끊었다. 하지만 그들의 조사 결과는 나에게 지금껏 전달되지 않았다.

　도시의 집에서 이틀간 드러누워 있던 나는 향후 차를 찾기 위해

실행할 수 있는 오만가지 계획을 머릿속에 그려대고 있었다. 하지만 결론은 단 한 가지였다. 우선은 그들을 찾아가는 것. 찾아가서 내 소유물에 대한 반환을 주장하는 것. 그 과정에서 내가 취할 수 있는 모든 법적 권리의 행사와 완력의 정도, 그리고 필요에 따라 공권력을 요청해야 할 순간까지의 동선 따위를 모판 채우듯 새기고 또 새겼다.

4

자동차회사를 둘러싸고 있는 회색 담장에는 오랫동안 걷지 않은 이불빨래 같은 현수막들이 일관성 없이 덧대어져 있었다. 무언가 억울한 사연과 사회의 정의를 향한 구호들이 적혀 있는 그 현수막을 스쳐 걸으며 나는 동질감에 그 뿌리를 두었을 약간의 안도감을 느꼈다. 회사건물의 정문과 몇 발짝 떨어진 곳에는 조악하게 만든 피켓을 든 사람 서너 명이 무심한 얼굴로 서 있었다. 대부분의 피켓은 요약되지 않은 억울함을 서사의 형태로 기술해 놓아 걸음을 멈추지 않는 한 그 내용을 쉽게 알아차릴 수 없었다. 마침내 회사의 정문에 다다랐을 때 한 치의 흐트러짐도 없는 검은 양복의 두 사내가 나를 정중하게 제지했다.

"어떻게 오셨나요?"

먼저 입을 연 사내는 아주 조금 상체를 앞으로 수그리며 오른쪽 발을 반보 정도 나를 향해 내밀었다. 사내는 나보다 두 계단 정도

위에 서 있어 그의 키는 2m가 훨씬 넘는 상태였고 나는 목에 걸치고 있는 보호대 때문에 그의 얼굴을 곧바로 올려다볼 수가 없었다. 나는 잠시 고개를 아래로 꺾었다. 지나치다 싶을 정도로 광을 낸 사내의 구두가 반짝거렸다. 사내는 다시 앞으로 내밀었던 오른발을 원위치시켰다. 단순했지만 대단히 절도 있는 동작이었으므로 나는 약간의 위압감을 느꼈고 그 때문에 갑자기 어디서부터 어디까지 나의 방문에 대해 설명해야 할지 난감해져 버렸다.

몇 번이나 허방을 짚은 듯 허둥거리다가 재킷주머니에 넣어둔 메모지 뭉치를 꺼내 설명의 단서를 찾았다. 장마철 특유의 묘한 무력감이 악취를 품은 습기처럼 온몸을 파고들었다. 나는 회사와의 마지막 통화에서 겨우 알아낸 A연구원의 이름을 말한 후 자동차 결함에 대해 회사와 긴히 나눌 이야기가 있다고 궁색하게 말했다.

"누구시라고요?"

사내는 한번 더 연구원의 이름을 확인한 후 곁눈질로 옆에서 있는 사내에게 언지를 주었다. 지시를 받은 사내는 정문의 커다란 유리문으로 사라졌다.

건물 안으로 들어갔던 사내가 돌아온 것은 불과 3분도 채 지나지 않아서였다. 나는 그 짧은 시간이 주는 무책임함에 조금 불안해지기 시작했다. 사내는 다시 장승처럼 계단의 맨 위 칸에 올라선 채 나를 내려다보며 입을 열었다.

"아직 회사 차원에서 선생께 드릴 수 있는 말씀은 없습니다."

일순간 기묘한 저항 의식이 내 속에 휘몰아쳐 올랐는데 그것은 분명 분노와는 다른 차원의 감정이었다.

"뭐라고?"

내 새된 목소리에 다분한 목적성을 가지고 있다는 것을 눈치 챈 것인지 사내의 표정은 전혀 변하지 않았다. 마치 같은 일을 수없이 반복해 온 노련한 단순 작업자의 표정이었다.

"내 차를 찾으러 왔다고! 내 차가 없어."

버럭 소리를 지르는 순간, 나는 어렴풋하게 내가 계획했던 수순으로 일이 되지 않을 것임을 직감했고 그와 동시에 내가 내뱉은 말이 논리적인 협상에 아무런 도움이 되지 않을 것임을 느끼며 절망했다. 그리고 이미 이성을 잃은 위협적인 눈빛은 이리저리 고개를 꺾으며 아무 곳이나 노려보기 시작했다.

뭔가 심상치 않은 소란이 벌어지고 있다는 것을 알아챈 두어 명의 사람들이 현관 앞으로 모여들었다. 그들이 가까이 다가오고 있음을 알았지만 그런 주변의 동요에 신경쓸 겨를이 없었다. 나는 막무가내로 사내 둘이 가로막고 서 있는 거대한 유리문으로 거칠게 돌진하려고 했고 그들은 역시나 능숙한 솜씨로 내 어깨를 단단하게 부여잡은 후 원래의 내가 서 있던 곳으로 나를 밀쳐냈다. 단한 발자국도 전진하지 못한 채 나는 몇 번 휘청거리다가 겨우 중심을 잡았다. 사고로 다친 곳에서 강렬한 통증이 방사되었다. 나는 무릎을 꺾으며 진저리를 치다가 여러 번 숨을 몰아쉬었다. 상대가 완력으로 붙어서는 천년이 지나도 상대가 되지 않을 것이란 실망감은 곧 수치스러움으로 바뀌었다. 게다가 이쪽을 향하고 있는 몇 개의 시선이 신경 쓰여 이 싸움을 어디서부터 다시 시작해야 할지 갈피를 잡을 수가 없었다.

그때였다. 어느새 내 곁으로 다가온 한 여인이 사내들을 향해 삿대질을 하며 항의를 하고 있었다.

"왜, 사람을 밀어요. 왜?"

여인은 허리를 꺾고 숨을 몰아쉬는 내게 마치 환자를 다루는 듯한 목소리로 괜찮으냐고 여러 번 물었다. 한 가지 나를 조금 당혹스럽게 했던 것은 여인의 태도였다. 여인은 목소리와 자세는 무리수가 느껴지지 않는 여유가 담겨 있었고 그런 노련함은 분명 숱한 경험에서 침전된 것이리라고 나는 생각했다. 또한 이면의 사연을 모르는 상태에서도 쌍방의 충돌을 목격하였지만 일방적으로 나의 편에서 항의를 하는 태도 역시 마찬가지였다. 물론 누가 보아도 이 상황에서는 약자의 측에 내가 해당한다는 것은 자명했겠지만. 나는 여전히 숨을 몰아쉬며 여인의 얼굴을 돌아보았다. 여인은 피켓을 들고 있던 무리 중 하나였다. 나와 여인의 두어 걸음 뒤에는 역시나 시위를 하고 있던 사람들이 우리를 호위하듯 다가와 서 있었다.

허리를 세우며 다시 일어서려는 찰나 나는 다시 무릎을 꺾으며 그 자리에 주저앉을 수밖에 없었다. 그간의 장맛비와 한여름의 열기를 머금은 시멘트 바닥 속으로 맞닿은 무릎이 한없이 빨려 들어가는 기분이었다. 가슴이 이내 먹먹해지더니 마치 홀로 산이라도 옮기라는 지시를 받은 사람처럼 온몸에 힘이 다 빠져버렸다. 그러고는 생각하지도 않았던 일이 벌어졌다. 스스로를 제지할 틈도 없이 눈물이 터진 것이었다.

5

굴욕감과 수치심으로 잠을 설친 밤이 일주일이 지난 무렵이었다. 그 생각은 더러운 꿈에 시달리다가 불현듯 잠에서 깬 어느 새벽에 온 뇌수에 저절로 파고들었다.

무릎을 꺾은 채 눈물로 몇몇 사람들의 손에 위로를 받은 그날 이후 나는 마치 출근을 하듯 아침의 거리로 나가 회사 정문 앞에 진을 쳤다. 거대한 건물로 빨려 들어가는 자동차회사의 직원들을 노려보았다. 그들 중에 분명 나의 존재와 내 차의 행방을 아는 이가 있을 것이다. 구호라도 질러 그들의 이목을 끌고 싶었지만 차마 그런 용기가 솟아나지는 않았다. 나는 행렬이 끝나기를 기다렸다가 다시 두 사내가 가로막고 있는 현관 앞에서 관계자와의 면담을 요구했다. 몇 번의 경험 탓이었을까? 일종의 사무처럼 나는 또박또박 내가 준비한 요구사항을 그들에게 말했고 번번이 요구는 무산되었지만 나는 응당 당할 일을 당하고 있다는 생각에 크게 동요하지는 않았다. 사흘이 지나면서부터는 아예 내 요구에 응답을 하지 않았다. 그들은 왕궁의 잘 훈련된 경비병처럼 눈빛 하나 흔들지 않고 저 먼 어딘가로 시선을 고정하고 있었다.

변호사와 급발진 사고와 동시에 사고 차량 반환에 대한 소송을 준비하면서도 나는 나름의 이 저항을 멈출 수가 없었다. 왜냐하면 내 차를 돌려받겠다는 그 간단한 개인의 소유권 주장에 대한 절차가 너무나도 복잡하고 '부조리'했기 때문이다. 변호사는 아무래도 '대기업'이다 보니 어쩔 수 없이 법적인 절차를 통하지 않고는 힘들다는 하나마나 한 소리만 반복하고 있었다.

아픈 몸을 이끌고 집으로 돌아오면 나는 어두운 방구석에 누워 계속해서 무언가를 중얼거리다가 약기운에 취해 잠이 들었다. 그 혼잣말은 마치 도저히 감당할 수 없는 미래를 설계하는 범부의 울부짖음처럼 들렸을 것이다. 가끔 싹 다 죽여버리겠다는 악에 받힌 희미한 새된 소리가 저도 모르게 흘러나왔을 것이다. 또 몇 번은 격정을 못 이겨 꺼이꺼이 통곡을 하다가 혼절하듯 잠에 들기도 했을 것이다. 그렇게 잠들었다 깨어난 어느 새벽 나의 폭주하고 있는 감정이 나에게 말하고 있었다. 다시 잠들지 못한 채 나는 아침을 맞은 후 나는 도시의 중고차 시장을 뒤지고다니기 시작했다.

사고차량은 도로에서 흔하디흔한 차였다. 어지간한 사회적 지위나 재산을 축척하지 않았다고 하더라도 조금의 노력이면 충분히 살 수 있는 그런 차였다. 그마저도 이제는 같은 이름의 다른 모델이 출시되어 단종된 상태였다. 중고차 시장에서 나는 돌려받지 못하고 있는 그 차와 같은 연식, 같은 색상을 쉽게 찾았고 바로 구매했다. 가격은 새 차 가격의 3분의 1 정도에서 형성되어 있었다. 나는 그 차를 몰고 곧장 마트로 달려가 플라스틱 말통 두 개를 샀다. 그리고 주유소로 가 그 말통에 휘발유를 가득 채워 트렁크에

실었다. 저릿한 휘발유의 냄새가 수면부족에 신경쇠약으로 몹시 피곤한 나에게 최면제처럼 파고들었다.

　내일 아침 나는 이 차를 몰고 다시 그 거대한 건물 앞에 설 것이다. 그리고 마지막으로 한번 더 그들에게 요구할 것이다. 내 차를 볼 수 있게 해달라. 내 차의 문제를 담당하고 있는 관계자를 만나게 해달라. 내 요구는 이전도 그랬고 내일 아침에도 그것뿐일 것이다. 만약 또 요구가 관철되지 않으며 나는 이 차를 그들의 건물 앞에서 불지를 것이다. 그때까지 나는 나에게 그만한 시위와 불법을 자행할 수 있는 권리가 분명히 있으며 그것은 세상에 깔린 도의에 의해 분명 허용될 범위의 표출이라고 생각했다. 그래, 나는 거대한 부조리에 저항하는 투사가 될 것이라고 믿었고 세상이 그리 판단해 줄 것이라고 결론지었다.

　차를 산 다음날 아침, 나는 회사 주변 이면도로에 차를 세우고 천천히 걸어 건물의 현관 앞으로 걸어갔다. 긴장했던 탓인지 몇 번이나 아무것도 없는 평평한 보도에서 허방을 짚었고 깊은 숨을 몰아쉬었다.

　"관계자를 만나러 왔습니다."

　"…."

　나는 더 이상 묻지 않았다. 사내들은 예의 저 멀리를 바라보며 내 응대를 피했다. 나는 현관 앞으로 돌아 다시 차를 향해 걷기 시작했다. 그때, 벌써 회사 앞으로 나와 피켓을 들고 있던 여인이 나에게 다가와 알은체를 했다. 일주일 전 굴욕적인 그날 사내들에게 항의하며 그들 앞을 막아선 여인이었다. 여인 뒤의 몇몇 사람들도 빙긋 웃으며 목인사를 하는 것이 아닌가?

"이쪽으로 오세요. 같이 차 한 잔 하고 가세요."

나는 물끄러미 여인과 뒤의 무리를 돌아보다가 어찌된 일인지 그들 앞으로 선선히 걸음을 옮겼다. 여인이 커다란 보온병에서 담아온 원두커피 한 잔을 종이컵에 담아 내게 내밀었다. 나는 고개를 꾸벅 숙이고는 그것을 받아들어 두 모금인가 들이켰다. 모두가 종이컵 하나씩을 들고 있는 상태였다.

"다들 억울하죠. 저 사람들 아마 꿈쩍 않을 거예요. 우린 벌써 8개월째 이러고 있어도 한번 만나주질 않으니."

"…."

나는 조금 성급해지는 마음에 대답도 않은 채 맞은편 건물 너머의 이면도로 쪽을 노려보았다.

"아들이 죽었어요. 이 회사 하청업체에서 일하다…. 여기 있는 사람들 다 저랑 비슷한 처지예요."

"…."

나는 망연해져서 여인이 저만치 담벼락에 기대 세워둔 피켓을 돌아보았다. 그곳에는 한 청년의 흑백 영정사진 아래로 검고 붉은 색의 조악한 글씨들이 가득 들어차 있었다. 그 옆에도, 그 옆에도, 사진 속 얼굴들만 다를 뿐 모두 비슷한 구도의 피켓이었다. 어째서 나는 그 피켓 속 영정사진조차 아직 보지 못했단 말인가. 무언

가 사내들 앞에서 무릎을 꿇고 저도 모르게 눈물을 터트린 그날과
는 또 다른 수치심과 망연함에 여인의 얼굴을 똑바로 쳐다볼 수가
없었다.

'무엇이 그토록… 무엇이 그토록 나를 눈멀게 했단 말인가.'

나는 그렇게 속으로 흐느끼고 있었다. 여인이 어느새 축축해진
목소리로 말했다.

"어쩌겠어요. 같이 죽을 수도 없고 그렇다고 저놈 회사에 불을
지를 수도 없는 노릇이고. 이렇게라도 견디면서 계속 두드려보는
수밖에."

여인은 내 속내를 다 알고 있다는 말투였다. 여인이 빙긋 웃으
며 내 손에서 종이컵을 받아들고는 다시 피켓이 세워진 제자리로
돌아가버렸다. 나는 오랫동안 그들이 들고 있는 피켓 앞을 서성이
다가 휘청휘청 건물의 밖으로 걸어나왔다.

감은사

밋젓, 아, 멸치육젓 냄새를 기억하시군요. 맞습니다. 이거 밋젓 냄새가 맞습니다. 오늘 아침 감포에서 가장 질 좋은 것으로 한 통을 구했지요. 안 그래도 이따 제숙 이모님 댁에 드릴 참이었습니다. 당신도 젊을 적에 밋젓 반찬을 좋아하셨나요.

어젯밤 저는 한 노인의 탑돌이를 보고 있었습니다. 탑돌이는 저녁 어스름에 시작되어 다음날 여명까지 이어졌습니다. 사위가 완전히 어두워지자 감포 앞 바다에서 일어 온 밤안개가 거대한 파도인 냥 화강암의 탑신을 휘감았습니다. 안개로 부옇게 흐려진 13미터짜리 두 개의 탑 아래로 노인은 가로로 누운 숫자 8의 모양을 그리며 걸었습니다. 그는 동쪽을 향하는 탑 아래를 돌 때 '관세음보살'을 불렀고 서쪽을 향해 서 있는 탑 아래를 거닐 때는 '약사여

래불'을 찾았습니다. 적어도 그때 제 귀에는 그렇게 들렸습니다. 그가 쉬는 틈을 기다렸다가 촬영 허락을 받아보고자 했지만 노인 몇 시간째 물 한 모금 입에 대지 않고 있어 다가가 말을 건넬 틈이 없었습니다. 저는 동탑 가까이에 있는 낡은 벤치에 앉아 탑돌이가 끝나기를 기다렸습니다. 시간이 지날수록 어둠과 안개는 짙어졌고 그의 모습은 암막 속을 들락거리는 것처럼 두 개의 원이 교차하는 지점에서 사라졌다 나타나기를 반복했습니다. 자정 무렵, 먼저 말을 걸어온 쪽은 노인이었습니다.

"사진을 찍는 양반인 갑십니더."

찬 기운을 머금은 밤바람 속에서 노인은 땀을 흘리고 있었습니다. 다섯 시간 가까이 한번도 걸음을 멈추지 않은 그의 어깨에서 희미한 김이 올랐습니다. 저는 벤치에서 일어나 인사를 건네고 몇 시간째 자리를 지킨 사정을 말했습니다.

"말씀을 하시지 그랬능교. 이까짓 탑돌이가 뭐라꼬."

노인은 촬영을 흔쾌히 허락했습니다. 저는 얼굴이 공개되는 것이 불편하다면 뒷모습만이라도 괜찮다는 양해를 덧붙였지만 노인은 어떻게 찍든지 상관없다고 말했습니다. 저는 지금까지와 같은 동선과 속도로 두 바퀴 정도만 더 돌아줄 것을 요구했습니다. 노인은 두 탑 사이 정중앙에 합장을 하고 섰습니다. 한두 번 호흡을 다듬은 그가 동탑을 향해 걷기 시작했습니다. 저는 노인이 탑돌이를 시작한 장소에서 두어 발짝 떨어진 곳에 자리를 잡았습니다. 조리개만 최대로 개방하고 플래시는 사용하지 않을 작정이었습니다. 동탑을 한 바퀴 돌아 두 원의 교차점을 지날 때 저는 셔터를 오래 눌러 연속 촬영으로 초당 여섯 프레임을 잡았습니다.

노인은 감포 읍내에서 작은 멸치젓갈 공장을 운영한다고 자신을 소개했습니다. 사진이 실리게 될 잡지를 보낼 수 있는 주소를 가르쳐달라고 하자 노인은 지갑에서 명함 한 장을 꺼내주었습니다. 저도 명함을 건넸습니다.

"전문 사진작가시구면."

사진이 실리게 될 잡지의 이름과 이번 기사의 기획의도를 몇 마디 덧붙이며 감사의 말을 전했습니다.

"해뜰 때까지 탑을 돌 작정이구마. 초파일이 다가오면 매년 해오던 일이라."

노인은 배낭에 담아온 음료수 하나를 꺼내 제게 건넸습니다.

"저도 내일 동틀 무렵 사진이 필요합니다. 실례가 되지 않는다면 새벽 무렵에도 촬영할 수 있을까요."

수건으로 얼굴과 목덜미의 땀을 훔치던 노인은 조금 쑥스러운 듯 웃었습니다.

"늘그막에 잡지에 사진도 실리보고, 이거 보통 호사가 아니오."

저는 노인이 쉬는 동안 사진에 덧붙일 만한 몇 가지 소재로 인터뷰를 했습니다. 그 중에는 여기 사람들이 '밋젓'이라고 부르는 멸치젓갈에 관한 것도 있었지요. 그렇지 않아도, 낮에 감포항의 어느 밥집에서 반찬으로 딸려나온 멸치젓을 한 젓가락 떼먹었다가 결국 삼키지 못해 냅킨에 뱉어냈습니다.

"서울 양반들 입에 착 감기지는 못하겠지마는 한 며칠 입에 대다보면 밋젓 없이는 인자 밥을 못 묵지요. 쌈밥을 밋젓 없이 우애 묵는단 말인교. 날 밝으면 거기 적힌 주소로 한번 와 보소. 내 잘익은 놈으로 한 통 담아주끼요."

노인은 다시 두 탑의 중앙으로 가서 섰다. 한 발짝씩 걸음을 옮겨가는 노인의 입에서 어느새 가는 노랫소리가 흘러나왔다. *사랑해선 안 될 사람을 사랑하는 죄이라서 말 못하는 이 가슴은 이 밤도 울어야 하나. 잊어야만 좋을 사람을 잊지 못한 죄이라서 소리없이 내 가슴은 이 밤도 울어야 하나.*

어머니, 저는 왜 어젯밤 노인이 부른 오래된 노랫말을 관세음보살과 약사여래불로 들었던 것일까요.

월간 '사찰과 참선'이라는 잡지에서 폐사에 관한 특집 기사를 부탁받은 것은 지금으로부터 닷새 전이었습니다. 마감까지 채 열흘도 남겨두지 않고 연락이 온 것으로 보아 원래 다른 곳에 부탁을 했다가 일이 틀어진 것이 분명했지요. 전화를 걸어온 기획팀의 직원이 촉박한 일정에 대한 궁색한 변명을 늘어놓더군요. 이틀 정도 준비 후 바로 취재를 떠날 수 있겠냐고 물어왔습니다. 저는 하루 정도 생각할 시간을 달라고 하고 전화를 끊었습니다. 그리고 다음날 감은사로 떠나겠다고 잡지사로 전화를 했습니다. 사실 요며칠 전 제숙 이모에게 전화가 걸려왔더랬습니다. 다짜고짜 잔소리를 시작하는데 수일 안으로 어머니를 찾아뵙겠다고 약속을 한

참이었습니다. 감포와 영천은 그리 먼 거리가 아니니 겸사겸사 당신을 면회할 수 있는 핑곗거리를 찾은 셈이지요. 제 이번 여정은 그렇게 결정된 것입니다.

어머니의 뇌세포에 이상 징후가 발견됐을 때 저는 밑도 끝도 없이 왜 그랬냐고 추궁하듯 물었습니다. 당신은 마땅한 대답을 내놓지 못하고 우물거리다가 결국 계획하고 있던 이야기를 털어놓았지요.

"제숙이 이모집 근처에 노인요양원이 있다카네. 도립이라 돈도 헐코 새로 지은 데라 깨끗하다카더라. 니 없을 때 내가 또 무슨 짓을 할지 우애 알겠노. 고마 거 들어가서 죽을란다. 그래야 니도 잊고 안 살겠나. 안 보면 잊는 게 사람 아이가."

그날 당신은 옥상 빈 텃밭에 이불을 깔고 잠들어 있었습니다. 한바탕 소동 중에 이층 주인집 여자가 어머니를 발견해 데리고 내려왔지요.

어머니, 기억나세요? 어머니의 친정집은 영천댐이 생기면서 수몰되었지요. 언젠가 '너는 이제 외가도 없구나'라며 쓸쓸한 표정을 짓던 당신의 얼굴이 떠오릅니다. 열 달 전 당신과 함께 서울에서 영천의 노인전문병원을 찾을 때 저는 영천댐을 순환하는 도로를 한 바퀴 돌아왔습니다. 기억이 완전히 소실되기 전 고향마을의 흔적이라도 한번쯤 보는 것이 어떻겠냐는 생각에서였지요. 외가가 어디쯤이지, 라고 묻는 제게 당신은 이렇게 말씀하셨지요. **저 안에 어데 있겠지.**

"할머니 경우에는 진행 속도가 상당히 늦은 편이세요. 지켜봐야겠지만 이 정도 케이스면 앞으로 일년 정도는 현 상태를 유지를 하실 것 같네요. 운동이랑 학습도 열심히 하시는 편이시구요. 지금 댄스강습 프로그램 중이실 거예요."

높임을 과도하게 쓰는 간호사가 통유리로 된 교실 앞으로 저를 안내했습니다. 쿵짝쿵짝 지르박이 흘러나왔습니다. 서른 명 남짓한 노인들이 짝을 맞춰 춤을 추고 있었습니다. 선두에 선 강사가 짧은 막대기 두 개로 박자를 맞추며 포인트를 짚어주더군요. **앞으로 갔다 뒤로 갔다. 옆으로 갔다 다시 왔다. 왔다 갔다 왔다 갔다, 마무리. 빠르게 한번 더, 왔다 갔다 왔다 갔다, 마무리.**

당신은 제법 키가 큰 노인과 한 짝이 되어 춤을 추고 있었습니다. 가볍게 손을 마주잡고 노인을 올려다보는 당신은 스텝이 엉킬 때마다 수줍게 웃으셨지요. 당신과 당신의 짝은 '왔다 갔다 왔다 갔다'에서 '갔다'의 스텝을 쉽게 옮기지 못했습니다. 강사의 구령을 입으로 따라하면서도 발은 자꾸만 '왔다'를 반복하려 하더군요. 저는 몰래 유치원을 방문한 젊은 엄마라도 된 듯 창틈에 얼굴을 붙이고 서 있었습니다.

노인이 현인의 오래된 노래를 흥얼거리며 탑을 돌기 시작했을 때, 저는 주차장에 세워둔 차로 돌아가 잠시 눈을 붙였습니다. 새벽녘까지는 세 시간 정도의 시간이 있었지요. 사진 찍는 일의 시작은 불편한 잠자리에 익숙해지는 것일지도 모릅니다. 기다림 없이 좋은 장면은 만들어지지 않지요. 이런 생활이 벌써 십오년입니다. 기억하세요, 벌써 십오년이나 지났습니다.

여명에 놀라 눈을 떴을 때 본능적으로 차창을 열고 하늘색부터 살폈습니다. 새벽 네 시를 조금 넘겼을 뿐인데 생각보다 사위는 많이 밝아 있었습니다. 동해안 폐사지, 거대한 두 개의 탑, 노인의 탑돌이 이 세 가지를 한 장면에 넣기에 적당한 명도는 아니었습니다. 아무래도 광량을 줄여줄 필터가 필요할 것 같았습니다. 서둘러 트렁크에서 필터 몇 개를 챙겨 절터로 올라갔습니다. 노인은 여전히 합장한 손으로 8자를 그리며 돌고 있더군요. 저는 필터를 장착하지 않고 시험 삼아 몇 컷을 찍어 액정화면을 확인했습니다. 사진은 생각보다 많이 밝았습니다. 조리개를 최대로 닫고 셔터의 속도는 올렸습니다. 되도록 인위적인 색감의 조작은 피하고자 했지만 동해안의 새벽은 엄청난 속도로 밝아왔습니다. 주변의 습기도 일찍 말라버려 사진의 심도가 약해질 것 같더군요. 어쩔 수 없이 렌즈에 필터를 끼우고 저는 노인의 걸음을 헤아렸습니다. 노인은 일 초당 한 걸음 반 정도를 걷고 있었습니다. 유심히 살피다가 눈을 감고 그의 보폭에 내 호흡을 맞추었습니다. 노인은 탑 하나를 도는 데 정확히 90걸음을 걸었습니다. 그의 걸음에 장단이 실리는 이유를 그제야 알았습니다. 노인은 의도적으로 90걸음을 맞추고 있는 듯했습니다. 의도된 행동에는 반드시 그에 따르는 작용이 일어나게 마련이잖습니까.

저는 본격적으로 촬영을 시작했습니다. 노인의 주변을 그와 같은 속도로 맴돌았습니다. 서탑을 한 바퀴 돌아나온 노인의 웃는 모습이 앵글 속에 잡혔습니다. 좋은 사진이 될 것 같은 예감이 들어 저는 노인을 향해 엄지손가락을 추켜들기도 했습니다. 노인이 탑의 중앙에서 걸음을 멈추었습니다.

"밤새 탑을 도셨습니까?"

제가 물었습니다. 노인은 목에 두른 수건으로 땀을 훔치며 고개를 절레절레 흔들었습니다.

"아이고, 기력이 안 되네. 여러 번 쉬었지요. 작가 양반은 좋은 사진 좀 건졌능교."

나는 노인에게 전문 모델로 나서도 손색이 없겠다고 너스레를 쳐주었습니다. 짐을 챙기는 그의 뒷모습을 천천히 살폈습니다. 키는 그리 크지 않았지만 다부진 몸이었고 소금과 해풍에 오래 노출된 그의 피부가 어제 본 멸치젓의 단단한 속살 같았습니다.

"감포항까지 좀 실어주겠능교, 그러면 내가 해장술 한잔 사끼요."

노인과 저는 대왕암을 우측에 끼고 해안 도로를 따라 감포항으로 향했습니다. 노인은 감포항 초입에 있는 한 횟집 앞에 차를 세우라고 했습니다. 식당은 아직 개시 전이었지만 마침 수족관을 청소하고 있던 식당 주인은 노인을 형님이라고 부르며 인사를 했습니다. 노인은 아직 불도 켜지 않은 어둑한 식당 안으로 성큼성큼 걸어 들어갔습니다.

"어제가 초파일이라 탑 돌고 오는 길이다. 인자 늙었는가 하루 저녁 걸었다고 좆이 후들후들한다."

주인은 껄껄 웃으며 노인의 이야기를 받았습니다.

"팔순 가까븐 양반이 얼마나 오래 살라고 초파일을 찾능교. 그라고 형님, 좆은 원래 후들거리는 기라요. 아직 청춘이구만. 내카마 오래 살겄네."

노인은 어젯밤 일을 들려주며 주인에게 저를 소개해 주었습니다.

"우리 형님, 세상 떠나기 전에 출세했네. 책에 사진도 실리고. 작가양반, 우리 식당도 좀 찍어주소. 요새 장사가 안 돼가 딱 죽기 됐는데."

주인이 묻지도 않고 쟁반에 밑반찬과 소주 한 병을 내왔습니다. 아니나 다를까 멸치젓이 딸려 나왔습니다. 노인은 종지를 내 쪽으로 밀었습니다.

"한번 잡사보소, 이기 우리 집에서 담은 밋젓이구마. 묵겄거등 이따 내 한 통 담아주끼요."

매운탕을 준비하던 주인이 걱정이라도 되는 듯 불쑥 끼어들었습니다.

"서울 양반들이 밋젓 맛을 아능교, 억지로 무라카면 우야노. 밋젓이 무슨 새우젓도 아니고."

저는 소주로 입을 씻어낼 각오를 하고 작은 둥치 하나를 집어올렸습니다. 와그작와그작 소리를 내며 천천히 씹었습니다. 짜고 비린 맛이 입 안에 가득 차더군요. 노인과 주인은 아슬아슬한 장면이라도 구경하는 듯 제 시식을 주목하고 있었습니다. 저는 소주잔을 들었다가 마시지 않고 몇 번 입맛을 다셔봤습니다. 입안에 남은 젓국 냄새가 진동을 했지만 어제처럼 구역질이 치밀지는 않았습니다.

"아직은 비리고 짠 것밖에 모르겠습니다."

노인은 빙긋 웃으며 건배를 청했습니다.

"밋젓은 원래 그 두 맛밖에 없어. 씹었을 때 들큰한 맛이 올라오면 잘못 만든 기라."

대파가 숭숭 오른 매운탕이 휴대용 가스레인지에서 끓기 시작했습니다. 노인은 우럭 대가리를 제 접시에 건져주었습니다. 어느새 소주 한 병이 비어 있었습니다. 저는 일정 탓에 술은 거의 마시지 않고 매운탕 국물에 비빈 공깃밥 하나를 순식간에 해치웠습니다. 노인도 적당히 배를 채웠는지 의자를 뒤로 빼고 허리를 쭉 펴더군요. 노인에게 매년 초파일마다 감은사를 찾는 이유를 물었습니다.

"이유야 딴 게 있나. 옛날부터 해오던 내 나름의 **정성**이구마. 그냥 앞으로 잘 살다가 편히 죽도록 해달라는 기지. 객지 사는 자식들, 손자들 건강하고."

저는 노인의 빈 잔에 소주를 채워주었습니다.

"따지고 보면 고마운 것들한테 비는 거지. 살다 보면 그 고마운 놈한테 가서 고맙다고 말할 수 없는 일이 더 많은 법이라. 이 멸치들처럼. 그리고 감은사가 고맙다고 지은 절 아잉교."

노인은 멸치젓이 담긴 종지의 한쪽 끝을 젓가락으로 툭 건드렸습니다.

"고맙다마다지요. 전부 멸치로 묵고 사는데. 그라고보면 우리 감은사는 이름을 참 잘 지었어요. 안 그렇습니꺼, 형님?"

식당의 한쪽 구석에서 수저를 닦아 통에 담고 있던 주인도 한마디 거들었습니다. 주인의 '**우리 감은사**'라는 말이 오래 제 귓전에 맴돌았습니다. 저와 노인은 종지에 담긴 삭은 멸치를 우두커니 내려다보았습니다.

댐의 순환도로를 되돌아나오던 때, 어머니의 표정은 몹시 쓸쓸해져 있었습니다. 제 쓸데없는 오지랖 때문에 다시 당신의 기억 세포가 저 수면 아래로 잠겨버린 것은 아닌지 덜컥 겁이 났습니다. 기억의 고삐를 놓쳐버린 당신과 비좁은 차 안에서 단둘이 있어야 한다는 사실이 저는 무척 두려웠습니다. 드라마를 보다가 오늘 처음 만난 사람인 냥 갑자기 아들에게 존대를 하는 당신, 다섯 살짜리 아이가 되어 아들 앞에서 어리광을 부리는 당신, 거의 다 빠져버린 음모를 드러낸 채 아무렇지도 않게 집안을 돌아다니는 당신, 저는 그런 낯섦이 주는 공포를 이겨낼 수가 없었습니다. 그런 눈치를 챘던 것이었나요? 당신이 이렇게 말씀하셨지요.

"고마 무슨 암 같은 거나 걸렸으면 내 하나 아프다가 죽으면 될 낀데. 니가 엄마 정신이 오락가락한다고 물 밑에 친정집까지 찾아줄라카고, 내가 참 호강한다. 아들 아니면 누가 이래 태워다니미 구경도 시키고 하겠노…, 고맙데이."

어머니는 차창 밖으로 고개를 돌린 채 앉아 있었습니다. 수몰 지구에서 병원까지는 불과 이십여 분의 거리였습니다. 그 시간 동안 어머니는 몇 번인가 무슨 말을 하려다 되삼키셨죠. 저는 알면서도 애써 그 머뭇거림을 외면했습니다. 그날 제가 '엄마 병원에서 살기 싫어?'라고 묻지 못했던 이유는 결국 용기가 없었기 때문이었습니다. 아마 그 옹졸함의 이면에는 당신께 미안하다고 말해야 하는 낯섦이 물처럼 뒤덮고 있었는지 모릅니다. 그것은 수몰된 저의 외가만큼이나 깊어서 '저 어데' 있는 것을 알겠지만 도무지 헤치고 나갈 수가 없었습니다.

병원에 도착해 옷을 갈아입은 당신은 어느새 침대에 누워 있었습니다. 저는 차분한 당신의 모습에서 결국 포기를 보았습니다. 우리는 참으로 짧은 인사 한마디를 주고받은 채 헤어졌습니다.

오늘 어머니는 결국 '갔다'의 스텝을 성공하지 못하셨어요. 저는 당신이 춤을 추는 동안 통유리 앞을 이리저리 옮겨가며 어머니의 동선을 따라 셔터를 눌렀지요. '왔다 갔다'를 구령하던 강사가 막판에는 '돌고 돌고'를 추가하더군요. 때마침 챙겨온 폴라로이드 카메라가 있어 저는 그것으로 사진을 찍었습니다. 사진은 가장자리부터 마르면서 춤을 추는 당신의 모습을 담았습니다. 키가 큰 노인의 손을 마주잡고 '왔다 갔다'와 '돌고 돌고'를 반복하는 당신의 낯선 모습이 가로세로 10센티미터짜리 폴라로이드 필름 안에 들어 있었습니다. 저는 댄스 프로그램이 끝날 때까지 열아홉 장의 사진을 찍었습니다.

병원에서의 짧은 이별 후 제 머릿속에 각인된 어머니의 모습은 어두운 병실에 시체처럼 누워 있는 것이었습니다. 가만히 누워 급속도로 수척해지고 있는 그 모습은 제가 그릴 수 있는 어머니의 모든 것이었고 어쩌면 제 파렴치한 바람이었는지도 모릅니다. 지난 설날 저는 외박을 나온 당신을 제숙 이모네에서 재회했지요. 설 연휴가 끝나기 하루 전 당신은 다시 기억의 고삐를 놓아버렸습니다. 어처구니없는 이유로 짐을 싸들고 서울로 나서겠다는 당신을 저는 서둘러 병원으로 모셨습니다. 명절을 맞아 외출을 나간 환자들로 병실은 텅 비어 있었습니다. 당직 간호사의 도움으로 옷을 갈아입은 당신은 약기운으로 이내 잠에 빠졌지요. 저는 잠든 어머니가 깨어날 때까지 자리를 지킬 자신이 없었습니다. 결국 당신 혼자 누워 있는 텅 빈 4인실을 도망치듯 빠져나왔습니다. 병실 문을 조용히 닫을 찰나 '문수야' 하고 부르는 그 어두운 소리가 들리는 것 같았습니다. 저는 나선의 복도를 뛰듯이 내려왔습니다. 복도는 끝없이 지하를 파고 내려가는 거대한 나사처럼 오래 돌고 돌았습니다.

어머니. 문수, 문수는 제 이름이 아닙니다. 제가 아는 한 우리 가족 중에 문수라는 이름을 쓰는 사람은 없습니다. 기억하세요?

저는 외아들이고 아버지는 제가 중학교 때 돌아가셨습니다. 피치 못할 사정으로 저에게 문수라는 형제가 있었다는 사실을 철저히 비밀에 붙였다면 모를까, 설사 그런 형제가 있었다 하더라도 당신이 그 사실을 긴 세월 동안 함구해야 할 이유도 없지요. 당신은 병원 대기실에서 만난 낯선 사람에게도 문수의 이야기를 했고 드라마를 보다가도 문수의 이름을 불렀습니다. 사랑하는 내 아들 문수야, 미안테이. 엄마가 정말 미안테이. 당신은 드라마의 대사 같은 한 구절을 한숨을 내쉬듯이 낮게 읊조렸지요.

병이 한창 진행 중일 때 당신의 뇌는 어젯밤 외박을 한 문수가 정오를 훨씬 넘길 때까지 연락두절인 상태로 설정되어 있는 듯했습니다. 그 설정 속에서 저는 경찰관이 되기도 했고 낯선 행인이 되기도 했고 문수의 담임선생이 되기도 했습니다.

"선생님요, 문수 야가 집에 안 들어옵니데이. 전부 제 잘못입니데. 전부 엄마가 못나서 그런 깁니더. 한번만 용서를 해주이소. 한번만."

숫제 제 앞에서 무릎을 꿇고 빌기까지 하는 당신 앞에서 저는 버럭버럭 소리를 질렀습니다. 하지만 제 언성이 높아질수록 당신의 통사정은 더 심해져만 갔습니다. 어머니에게 있어 문수는 모든 미안함의 원천이었습니다.

뒤죽박죽이 된 기억 속에서 문수라는 허상이 혹시 나를 대신하고 있는 것일까 생각한 적이 있었습니다. 하지만 어머니의 고백 속 문수는 나와 전혀 다른 삶을 산 아이였습니다. 문수는 자주 학교에 빠졌고 열등생이었으며 무엇보다 장애아였습니다. 어디가 장애인지를 명확하게 말하지 않았지만 어머니의 기억 속 문수는 오래 살지 못하는 아이였습니다.

"엄마가 우리 문수보다 더 오래 살 끼다. 그러니 우리 문수는 아무 걱정하지 마라. 오줌똥도 엄마가 다 치워줄 끼고 밥도 다 떠먹이기 주꾸마. 우리 문수카마 오래 살아서 엄마가 우리 문수 아픈 거 반에 반이라도 짊어지고 갈 끼다."

당신은 굳은 결심을 말하듯이 밤새 홑이불에 둘둘 만 베개를 안고 서 있었습니다. 저는 당신의 입에서 '우리 문수'라는 말이 나올 때마다 현기증이 일었습니다. 어쩌면 그때 저는 당신이 저를 문수로 인식하게 될까 두려워하고 있었는지도 모릅니다.

감포에서 나오는 길 노인은 부득부득 양철통에 담긴 멸치젓 한 통을 제게 안기더군요. 그러면서 취기 탓인지 노인이 조금은 뜬금없는 제안을 해왔습니다. 저는 노인과 작별하고 토함산의 기슭을 흐르는 대종천을 따라 경주 시내로 넘어왔습니다. 보문단지를 지나 경주박물관으로 향하는 내내 저는 노인의 마지막 이야기를 곱씹고 있었지요.

"사라호 태풍이라고 있었어요. 벌써 오래 전이지. 그때 저 감은사탑이 뭉개졌어요. 서울서 사람들이 내려오고 군청서도 여러 사람이 감포에 진을 쳤어. 보수공사를 할라꼬 옥개석을 열었는데, 그 함이 있었는 기라. 딱 보기에도 이기 보통 보물이 아니라. 지금은 박물관에 있어요. 작가선생, 오늘 박물관에 가서 사리함을 구경할 거면 내 부탁 하나 들어주소. 약속하면 내가 밋젓 제일 큰 걸로 한 통 드릴끼요."

　사리함은 불상 전시실 입구의 한쪽 벽을 차지하고 있었습니다. 외함과 사리기 그리고 작은 수정 병으로 이루어진 함의 정식 명칭은 '감은사터 서탑 사리갖춤'이었습니다. 은은한 조명 속에서 사리갖춤은 연한 청록색을 띠고 있었습니다. 정면을 바라보고 있는 외함의 겉면에는 작은 삼층탑을 들고 있는 사천왕상이 붙어 있었습니다. 저는 한참동안 탑을 들고 있는 사천왕상의 면면을 관찰했습니다. 20센티미터 정도의 직사각형 청동판 위에 따로 만들어져 붙여진 사천왕의 모습은 서역인의 얼굴이더군요. 화려한 갑옷을 입고 한 손에는 탑을 한 손은 허리춤에 얹어 위엄을 과시하는 듯했습니다. 사천왕의 양 옆에는 사자 머리 두 개가 그를 호위하고 있었고 사자의 입에는 정교한 청동구슬 고리가 물려 있었습니다. 그 구슬의 수는 각각 열여섯 개였는데 네 개의 구슬이 하나의 호를 만들고 그 호 네 개가 다시 모여 완벽한 구를 이루었습니다. 요괴는 사천왕의 양 발에 어깨를 눌린 채 외함 하단의 중앙에 붙잡혀 있었습니다. 동그란 얼굴에 동그란 눈과 코, 동그랗게 끝을 말아올린 입, 사천왕의 짓누르는 무게를 어쩔 수 없다는 듯 동그랗게 구부린 작은 몸. 저는 요괴의 얼굴을 향해 셔터를 눌렀습니다.

　저는 불상 전시실을 한 바퀴 돌아 다시 사리갖춤 앞에 다시 섰습니다. 전시관에는 아무도 없더군요. 저는 외함의 사천왕상 앞에서 카메라 액정화면을 '슬라이드 쇼' 모드로 바꾸었습니다. 그리고 일초에 한 장씩 감은사터의 전경을 비춰주었습니다. 어젯밤부터 오늘 아침에 이르기까지 찍은 것들이었지요. 전시관 통유리 속 사천왕의 얼굴에 오늘 새벽 찍은 감은사의 삼층석탑이 어른거렸습니다.

경주박물관을 나서며 저는 생각했습니다. 절이 서 있던 시간만큼 절이 사라진 세월이 흘렀겠지요. 사람들은 절터에 집을 짓고 살았고 논밭을 일구었습니다. 타작한 볏단은 기단석에 세워두었고 손이 닿는 낮은 옥개석에는 고추와 가지를 널어 말렸습니다. 일상의 손길은 수없이 탑을 만졌지만 무너지지 않았습니다. 감은사의 두 탑은 세속과 종교의 균형으로 서 있는 것일지 모릅니다. 옥개석에 고추를 널던 아낙은 뱃일 나간 부모와 남편의 안녕을 허리 굽혀 빌었고 한가득 멸치를 잡은 남편은 만선의 고마움을 고개 숙여 표했겠지요. 아이들은 탑에 매달려 놀았고 새들은 둥지를 올렸을 겁니다. **살고 비는** 가장 정직한 일상 속에 천년짜리 탑이 오늘도 서 있었습니다. '그 한 자리에서 천년'이라고 중얼거리다가 저는 그만 목이 메어왔습니다.

댄스 강습을 마치고 나온 어머니는 결국 저를 알아보지 못했습니다. 골똘히 제 얼굴을 올려다보는 당신의 처진 눈을 저는 피하지 않았습니다. 저는 원무실에 외박을 신청하며 스카치테이프를 얻었습니다. 병실에서 간호사의 도움을 받으며 어머니가 외출복을 갈아입는 동안 저는 침대 근처에 찍어둔 폴라로이드 사진을 붙였습니다. 그 사진 속에는 어머니의 댄스를 구경하는 제 얼굴도 있습니다. 커튼 뒤에서 간호사의 목소리가 들리더군요.

"아드님인데, 누군지 모르겠어요?"

"….."

막 저는 제숙이 이모집으로 전화를 걸었습니다. 어머니와 함께 잠시 후 집으로 들르겠다고 전했지요. 오늘 밤은 이모네에서 당신과 함께 보낼 작정입니다. 차를 타고 시내를 빠져나오다가 저는 영천댐으로 방향을 잡고야 말았습니다. 왠지 그곳에서 해야 할 일이 있을 것 같습니다. 당신은 창밖을 향해 연신 무언가 알 수 없는 이야기들을 웅얼거리고 있습니다.

어머니, 달이 밝은 밤입니다. 어둠 탓인지 당신은 내리지 않겠다고 몇 번이나 버텼지만 이곳에서 어머니의 사진을 찍고 싶습니다. 가로등 아래 등을 기대고 가만히 서서 영천댐의 고요한 수면을 지켜보는 당신을 찍고 싶습니다. 웃지 않으셔도 괜찮습니다. 어차피 당신은 웃지 않을 테지요. 어쩔 수 없이 그렇게 마지막 남은 한 장의 사진을 찍어야겠지요. 엷은 기계음이 울리고 백색의 필름이 미끄러지듯 나옵니다. 사진은 천천히 어두운 색으로 말라가고 있습니다.

"엄마…, 엄마. 저기 기억 안 나. 저기 엄마가 살던 고향이야. 저기 안에 엄마 집도 있고 외할아버지, 외할머니도 다 저기 있었잖아…, 저기 보여? 저기가…. 엄마, 정말 미안해. 엄마 미안해. 너무 미안해서 그동안 고맙다는 말도 못하고 이 뻔한 걸 몰라서 결국 이렇게 되고야 말았어….”

저는 손에 쥐고 있던 폴라로이드 사진을 당신에게 쥐어주었습니다. 그 속에는 무표정한 한 늙은이가 이제는 정말 아무것도 모르겠다는 표정으로 우두커니 서 있습니다.

“이상하제? 어디서 이래 밋젓 냄새가 나겠노? 벌써 김장철이 다 됐나?”

죽을 먹는 사람

내일 아침 배달될 죽은 쇠고기 완두죽입니다. 쇠고기와 완두는 갈아서 사용했습니다. 완두의 색이 죽에 배어들어 사진에 보다시피 녹색 죽입니다. 쇠고기는 안심을 썼습니다. 삶아서 다진 다음 올리브유에 볶았습니다. 참기름에 볶은 것보다 고소한 맛은 좀 떨어지겠지만 부담 없는 부드러운 맛이 잘 살아있으리라 생각됩니다. 그리고 쌀은 고운 쌀가루를 이용했습니다. 그래서 씹히는 맛은 없습니다. 완두는 찜기에 쪄서 완전히 으깨어 놓았습니다. 이유식과 환자식으로 강력 추천합니다. 현재시간 저녁 일곱 시, 밤 아홉 시까지 홈페이지 댓글란을 통해 주문 받도록 하겠습니다. 주소와 핸드폰 번호를 반드시 기재해 주시길 바랍니다. 연락처 누락분은 주문에서 제외됩니다. 회원 25명만 주문 받습니다. 비회원인 분들은 주문이 안 됩니다. 배달은 아침 여섯 시에서 일곱 시까지 퀵서비스를 이용합니다. 1인분 기준 1만 8,000원(퀵서비스비 포함)입니다. 그리고 오늘은 실시간 동영상 죽 요리 강좌가

있는 날입니다. 죽 요리에 관심이 많은 분들은 실시간으로 홈페이지에 올라오는 요리과정의 동영상도 꼭 챙기시길 바랍니다. 앞으로도 많은 성원 부탁합니다. 감사합니다.

오늘은 총 384명이 홈페이지를 다녀갔다. 홈페이지 방문자 수에 기재되지 않는 회원의 중복방문을 감안한다면 최소 400번 이상은 방문했다는 계산이 나온다. 겨울에 접어드는 십일월의 중순을 전후해서 방문객의 수가 매일 최고기록을 갱신하고 있다. 겨울 아침에 만나게 되는 따뜻한 죽은 좋은 아침식사이다.

'아침 밥, 저녁 죽'이라는 말은 요즘 세상에는 어울리지 않는 말이다. 이 말이 만들어졌을 시절에는 가능할지 모르지만, 지금의 사회구조상 아침밥은 가혹한 요구다. 건강 정보 프로그램에서는 푸짐한 아침식사를 강조한다. 텔레비전의 주부대상 아침 방송에서도 하루 건너 하루씩 식품영양학에 저명한 인사들이 아침식사의 중요성을 역설하고 있다. 물론 나 역시 아침식사의 중요성을 인정한다. 그러나 밥은 아니다. 푸짐한 아침을 차려놓고 천천히 꼭꼭 씹어가며 오래도록 식사를 즐길 시간은 이제 없다. 그러한 식사는 밤 아홉 시 정도에 잠자리에 들어 아침 다섯 시쯤에 일어나던 농경사회에서나 가능한 일이다. 다섯 시에 일어나서 최소 한 시간 정도의 다른 활동 후 식사를 한다면 얼마든지 푸짐한 아침밥을 즐겨도 몸에 무리가 오지 않는다. 하지만 현대인의 수면과 기상시간이 과연 그러한가. 아침, 점심, 저녁, 밤. 이런 명암의 정도로 나눠놓은 시간 중에 밤은 많은 유혹이 존재하는 즐거운 시간이다. 다수의 현대인들은 수면으로 소비되는 밤 시간을 아깝게 여긴다. 당연히 잠자리에 드는 시각은 점점 늦어질 수밖에 없다. 이곳저곳에서 아침밥을 먹어야 한다고 협박하듯 소리를 질러대니 사람들은 약을 먹듯 아침밥을 먹는다. 나는 아침 죽을 권한다. 현대인의 아침식사는 무조건 편안한 음식이어야 한다. 입안에 들어가 저작되는 과정부터, 소화와 흡수 그리고 배설의 과정이 편안해야 하는 것은 두말할 나위가 없다. 죽은 반유동식이다. 주재료인 쌀을 비롯하여 죽에 첨가되는 여러 재료들은 소화를 관장하는 우리 몸의 어떤 기관에도 많은 부담을 주지 않는다. 오랜 시간 천천히 끓으며 묽어진 조직을 가지게 되거나 완전히 액체상태로 녹아버린 재료들은 크게 소화기관의 힘을 빌리지 않고 빨려들 듯 우리 몸에 흡수된다. 이러한 쉽고 높은 흡수율은 죽의 최대 장점이다. 잠이 들어 있는 동안 많은 장기는 매우 느리게 움직인다. 특히 소화기 계통의 내장은 더욱 그 정도가 심하다. 잠에서 깬다고 해서 그러한 장기들이 한번에 제대로 활동을 시작하는 것은 아니다. 아침식사는 잠든 장기를 부담 없이 깨우고 하루의 시작을 알려주는 정도가 적당하다. 물론 정상인이 하루 세끼를 죽만으로 살아 갈 수는 없다. 죽의 최대 장점이 바로 단점이기도 한데, 흡수율이 높아져 있는 만큼 재료의 영양분이 많이 묽어져서 열량이 낮다는 것이다. 죽은 큰 그릇을 다 비웠는데도 얼마 지나지 않아 배가 고파온다. 근기의 부족 때문이다.

내가 처음 죽과 인연을 맺은 건 지금으로부터 십오년 전이었다. 물론 그 전에도 죽을 먹은 적이 있기는 하지만, 죽이라는 음식이 약이 될 수 있다고 생각한 건 그때가 처음이었다. 고등학교 2학년 겨울방학이 시작될 때쯤, 동네 사설 독서실에 앉아 참고서를 펴놓은 채 이런저런 망상에 빠져 있던 나를 아버지가 찾아왔다. 그때까지 그런 일은 단 한번도 경험하지 못한 것이었다. 나는 낡은 책상 사이에서 낡은 모습으로 우두커니 서 있는 아버지를 한동안 우두망찰할 뿐 의자에서 일어날 생각도 하지 못하고 있었다. '좀 나오너라.' 다섯 걸음 정도 앞서서 걸어가는 아버지의 뒷모습은 타인의 그것인 양 낯설었다. 그날 아버지는 오리털 파카를 입고 있었다. 사시사철 날이 선 정장차림의 아버지가 고동색 코듀로이바지에 오리털 파카를 입은 모습은 생경하기 그지없었다. 아버지도 추위를 탈 것이란 생각을 그때의 나는 할 수 없었던 것 같다. 독서실 옆 아파트 단지에 주차된 차에 오른 후 아버지는 아주 천천히 입을 열었다.

"엄마는 외가에 있을 거다. 너도 같이 있으면 좋겠지만, 학교 보충수업도 있고 곧 3학년도 되고 하니 학교가 가까운 큰집에 가서 있어라. 네 짐은 오늘 대충 다 보내놨다. 길어야 방학 한 달이거나 아니면 개학하고 3학년 올라가기 전에는 원래 상태로 다 돌아가 있을 게다. 너는 다른 신경은 일체 말고 공부만 신경 써라."

터질 듯 두툼하고 낡은 오리털 파카였다. 도대체 저 파카는 언제 사둔 거였지. 왜 한번도 못 본 걸까. 회색계통으로 호주머니가 밖으로 재봉된 당시로서도 구식 스타일이었다. 아버지는 그 호주머니에서 흰 봉투 하나를 꺼내 내게 건넸다.

"20만원이다. 잘 넣어뒀다가 필요한 데 써라. 그렇게 알고 저녁엔 바로 할머니 집으로 가거라. 집으로 가봐야…, 아무것도…, 없다. 들어가서 공부해라. 그리고 너…, 담배 좀 끊어라."

무엇을 물을 틈은 없었다. 나는 어떻게 인사를 해야 할지 몰랐다. 차에서 내리며 '다녀오겠습니다'라고 했다. 어색하고 친근하지 못한 인사였다. 어색한 것은 또 있었다. 봉투 속의 돈은 20만원이 아닌 18만원이었다. 2만원은 왜 덜 넣었을까. 십오년 전, 아버지의 차는 신형 세단이었다. 차문이 닫히던 순간 곧 눈이 올 듯 잔뜩 어두운 하늘과 어금니를 지그시 문 채 멍하게 핸들을 응시하던 아버지의 얼굴은 같은 색이었다.

자, 동영상 1부를 시작하겠습니다. 미리 공지한 것처럼 오늘 사용될 쇠고기의 부위는 안심입니다. 지금 보시는 고기는 3인분 기준의 60그램입니다. 지방질은 완전히 제거하고 사용하셔야 합니다. 오늘 준비되는 죽은 물이 아닌 육수로 쑤게 되는 죽입니다. 2리터 정도의 찬물에 고기를 같이 넣고 두 시간 정도 약한 불로 충분히 익히세요. 반드시 찬물에 넣으세요. 뜨거운 물에 넣으면 고기의 겉면이 경화되면서 깊은 육수가 우러나질 않습니다. 육수가 충분히 우러나면 고기는 건져서 곱게 다질 겁니다. 그 후에 다시 올리브유로 볶습니다. 그 과정은 뒤에 같이 만들어보며 설명 드리기로 하고, 자, 불을 켜겠습니다. 잊지 마세요. 약한 불로 시작해서 약한 불로 끝나는 과정입니다. 다음은 완두를 찌는 순서입니다. 물에 삶으면 완두의 맛이 다 빠져버립니다. 저는 전기 찜기를 이용하겠지만 가정에서 찜기가 없는 분들은 전기밥솥에 채를 놓고 찌시면 됩니다. 어떤 야채든지 삶는 것보다는 찌는 게 좋습니다. 요리시간 때마다 거듭 말씀드리지만 나중에 한 솥에 들어가서 다시 조리되는 죽요리를 만들 때라도 따로따로 조리의 과정을 거치는 재료는 반드시 고유한 각각의 맛을 최대한 보존한 상태가 좋습니다. 어차피 한 솥에서 섞이게 될 텐데, 라고 생각하시면 안 됩니다. 그 과정에서 맛이 결정됩니다. 맛의 유무는 별거 아닌 아주 작은 차이에서 결정된다는 거 잊지 마세요. 아, 완두는 삼분의 일 컵 정도면 충분합니다. 반드시는 아니지만 되도록 국산을 쓰도록 하세요. 이상 기본재료의 조리과정이었습니다. 육수가 끓으면 2부에서 쌀의 준비과정을 소개하도록 하겠습니다. 잠시 후 뵙겠습니다.

할머니는 언제나 '죽'화된 음식만을 먹었다. 나에게 밥상을 차려주고 난 뒤, 밥을 퍼서 물을 부어 한소끔 끓여 외따로 앉아 먹었다. 간장을 한두 숟갈 넣어서 휘휘 저을 때도 있고, 밥이 끓기 시작할 무렵 계란을 하나 풀어넣을 때도 있었다. 그러나 대부분은 그냥 부옇게 불어오른 밥알들을 한 숟가락씩 떼어내듯 뜨는 게 식사의 전부였다.

"속이 따가븐 데는 이기 약이다."

물끄러미 바라보던 내게 떼어내듯 던진 말이었다.

"속은 나도 따가운데…."

전날 밤에 남은 마른밥에 둘째고모가 해놓고 간 몇 가지 마른반찬들로 아침을 먹던 내가 바싹 마른 소리를 냈다. 당시 나는 정말 속이 아팠다. 멍하게 있으면 명치끝에서부터 아래쪽으로 스르르 통증이 찾아오곤 했는데, 아침상을 마주하면 그 증세가 더욱 심해지곤 했다.

"한 그릇 삶아줄까?"

그때부터 내가 그 집을 떠나게 되는 이듬해 여름까지 나 역시도 '죽'화된 음식만 먹었다. 심지어는 라면도 죽처럼 다 퍼진 채로 먹었고, 사과도 반을 쪼갠 후 숟가락으로 긁어서 죽처럼 만들어 떠먹었다. 내가 삶은 밥을 같이 먹기 시작하자 노인은 아침에 밥 한 솥을 다 삶아 놓기 시작했다. 식은밥은 먹기가 힘들다. 국도 필요하고 따뜻한 반찬도 필요하다. 하지만 세상에서 가장 쉬운 일은 말 그대로 식은 죽을 먹는 것이었다. 식은 죽에 간장 한 숟가락을 넣고 휘휘 저어 그저 퍽퍽 퍼먹고 나가는 것은 많은 것을 생략하게 함으로 많은 것을 잊게 해주었다. 당연한 듯 누려오던 일상이 생략되는 과정은 언제나 아쉬움을 남긴다. 그 아쉬움으로 생략은 실천되지 못하는 경우가 많다. 하지만 그 고비를 넘고 나면 생략하지 못해 따가워하던 지난날을 후회한다. 노인의 집으로 들어온 날부터 나는 유난스레 아침상을 찾았다. 마른밥, 마른반찬이라도 차려먹으려 들던 이유는 아마도 불안함과 외로움 때문일 것이리라. 아침 식탁에서 마주앉아 서로의 무거운 침묵을 어쩔 줄 몰라 하며, 꾸역꾸역 밥을 삼키는 아버지와 나. 밥 한 공기와 국 한 그릇을 끝까지 비우지 못하는 내 작은 먹성을 나무라던 엄마. 그런 불편하고 귀찮았지만 익숙했던 일상의 갑작스런 부재 탓이었을까. 그러나 많은 것이 생략된 죽을 먹기 시작하면서 그런 것들은 노인의 솥에서 하루분의 식은 죽이 사라지듯 그렇게 쉽게 잊혀지고 있었다. 잊혀짐과 동시에 아픈 것들이 나았다. 죽은 내게 약이었다.

　자, 2부 시작하겠습니다. 육수에 뜬 기름은 완전히 제거해 주시고, 한번 더 채에 걸러 완전히 깨끗한 육수만을 준비해 두세요. 고기는 바로 식혀서 마르지 않게 보관하시구요. 마르면 고기에서 누린내가 납니다. 그럼 본격적으로 쌀을 준비하도록 하겠습니다. 언젠가 이 동영상 강좌를 통해 말씀드린 적이 있는 걸로 기억하는데, 죽에서 중요한 건 뭐니뭐니해도 쌀입니다. 시간 나시면 옥편에서 '죽' 자를 한번 찾아보세요. 활 '궁' 자 두 개 사이에 쌀 '미' 자 하나가 들어 있는 모양입니다. 여기서 '궁' 자는 구부러져 있는 것, 부드러워져 있는 것을 의미하는 거죠. 즉, 다시 말해 죽이란 쌀이 부드러워져 있는 걸 말하는 겁니다. 어떤 형식으로든 쌀이 들어가지 않으면 죽이라고 할 수 없죠. 오늘은 빻는 정도로 끝나지 않고 완전한 분쇄를 할 겁니다. 평소 끓이는 흰색의 죽은 쌀 한 톨을 삼분의 일 정도의 크기로 빻아 죽을 끓이는 것이 가장 이상적이라고 말씀드린 적 있습니다. 하지만 오늘은 색을 입히는 죽이기 때문에 쌀가루를 이용하는 것이 더 윤기가 나고 고운 색이 나는 죽을 만들 수 있습니다. 쌀가루는 방앗간에 가서 빻아오시는 게 좋습니다. 가정의 믹서로 갈면 되지 않을까 생각하시겠지만 절대 고운 가루가 되지 않습니다. 맷돌에 갈듯이 눌러서 분쇄를 해야 합니다. 가정의 믹서로는 불가능한 공정입니다. 자, 이제 죽을 끓이도록 하겠습니다. 3인 기준으로 쌀가루는 두 컵 반 정도면 충분합니다. 준비한 육수는 일단 네 컵 정도만 넣고 천천히 끓입니다. 주의사항입니다. 쌀가루로 만드는 죽은 렌지에 불을 끌 때까지는 계속 저어줘야 합니다. 폭이 넓은 이런 나무 주걱 같은 걸 쓰면 편리합니다. 잠시만 한눈을 팔아도 바로 눕습니다. 3인분의 양이면 약한 불로 15분 정도가 적당합니다. 저는 30인분 가까이를 이렇게 저어야 합니다. 이 과정이 가장 힘듭니다. 아마 죽 쒀서 개 준다는 말은 여기 이 공정에서 나온 게 아닌가 합니다. 자, 죽이 다 끓고 나면 3부에서 다시 만나겠습니다. 3부에서는 쇠고기를 다지고 볶는 과정과 완두를 으깨서 죽에 넣어 색을 입히겠습니다. 아, 그럼 죽이 완성되겠네요. 잠시 후 3부에 뵙죠.

아버지는 나와의 약속보다는 6개월 정도 늦은 이듬해 여름, 윤이 나는 세단을 타고 말끔한 감색정장 차림으로 돌아왔다. 노인의 집에서 여느 때처럼 죽 한 그릇을 다 비우고 독서실로 향하려던 나는 한층 당당해진 모습으로 다시 돌아온 아버지 차에 몸을 싣고 비어 있는 집으로 향했다. 죽은 잊혀졌다. 정상인에게 약은 필요 없다. 죽이 필요없는 세월들이 이어졌다. 한번의 실패 후, 재기에 성공한 아버지는 땅이 굳어지듯 견고한 자신의 사업을 꾸려나갔다. 나는 내가 사는 도시의 공립대학 경영학과에 입학했고, 연애를 했고, 군대를 갔고, 실연을 하고, 제대를 하고, 고시를 준비했다. 졸업 후에도 모교의 도서관에서 삼십여년간 틀어박혀 지냈지만 끝내 고시에는 실패하고 말았다. 서른 살이 되던 해, 고시를 포기하고 나는 친구와 사업을 시작했다. 초등학교와 중학교를 끼고 있는 아파트단지 내 상가의 종합학원을 인수했다. 그 무렵 노인은 중풍을 맞았고, 치매의 징조를 희미하게 보이고 있었다. 할아버지가 세상을 떠난 뒤 노인은 혼자 살기를 강하게 고집했다. 그러나 이제는 어찌할 도리가 없었다. 노인이 큰아버지 집과 우리 집 중 한 곳을 선택할 것이라는 소문이 가족들 간에 돌았다. 며느리들은 긴장했다. 이미 노인의 왼손은 많이 굳어져 있었다. 병원에 입원한 노인은 모든 아들과 며느리를 불렀다. 딸들과 사위들 그리고 나를 포함한 장성한 손자들도 불러모았다. 할아버지가 노인에게 남긴 고향의 땅은 개발의 기미가 현실로 드러나고 있는 2만 5,000평 넘는 임야였다. 노인이 홀로 살던 집은 건평 200평 정도의 단독주택이었다. 노인은 침대 위에서 책상다리로 앉아 힘겹게 입을 열었다.

"중풍은 이미 왔는 기고, 곧 치매도 올 것 같아 겁이 나서 너거를 전부 불렀는 기다. 고향에 있는 땅은 아들 딸 상관없이 똑같이 갈라서 쓰거라. 그거는 너그 아부지 살았을 때부터 정해져 있던 것이니 일체 토를 달지 말거라. 그라고 집은 가찹은 데 살고 있는 둘째가 좀 팔아줘야겠다. 그 돈으로 내 요양소 좀 보내다오. 병원에는 답답아서 못 있겠다. 요새는 공기 좋고 경치 좋은 데 요양소도 많다 안 카더나. 집값이 적은 돈이 아니니 고급은 아니라도 어지간히 살만한 데를 둘째 너그가 좀 알아보거라. 나는 인자 너그가 보내주는 거기서 죽을 끼다."

병원 앞에서 각자의 차로 나눠 타기 전 자식들은 노인의 거처에 관해 심각히 상의했다. 하지만 눈에는 설핏 미소가 묻어나기도 했다. 며느리들은 목소리가 자기도 모르게 높아졌다가 스스로 놀라기도 했다. 똑같이 나눠 가진다면 각각의 형제들에게는 1억원에 가까운 돈이 돌아갈 것이다. 거기다 노인은 스스로 요양소를 택했다. 며느리들은 돌아오게 될 돈보다 노인의 그 결정이 더 반가웠을 것이다. 노인의 요양소 입소는 빨리 진행되었다. 요양소는 자식들이 사는 도시에서 차로 한 시간 정도밖에 떨어져 있지 않았다. 도립공원을 끼고 있는 시골마을에 위치하고 있었으며 의료진을 갖춘 꽤 좋은 수준의 요양소였다.

그해 가을, 나는 학원에서 중등 수학반을 담당하고 있던 선생과 결혼을 했고, 노인은 서서히 기억을 잃어갔다. 학원 주변의 아파트단지는 날로 부피를 키웠다. 세대수는 학원을 인수한 지 일년 만에 두 배로 늘어났다. 당연히 우리 학원은 호황이었다. 우후죽순처럼 학원들이 들어섰지만 추풍낙엽처럼 떨어져나갔다. 먼저 우리 학원을 경험한 엄마들의 입은 무서웠다. 선점이 장사에 있어 얼마나 대단한 것인지 새삼 깨닫는 순간이었다. 원장인 내가 할 일은 크게 없었다. 투자비만 뽑고 일찌감치 학원을 나가버린 친구는 대학가에서 술집을 차렸다. 학부모들 비위를 맞추는 것이 자신의 적성과는 맞지 않다고 했다. 다른 도시의 학원가에서 잔뼈가 굵은 대학 후배를 불러 부원장으로 앉혔다. 그 즈음, 아내가 임신을 했다. 아내의 입덧은 정도가 심했다. 한약을 지어먹고, 침을 맞고, 임산부 클리닉센터를 등록했지만 입덧은 가라앉지 않았다.

아무런 생각 없이 쑤어본 죽이었다. 대충 밥을 삶아 김치를 볶아 잘게 다져넣고 대파를 썰어 넣은 다음 한소끔 더 끓였다.

"이거라도 먹어볼래."

퇴근길에 사다놓은 치킨은 손도 대지 못한 채 기름 냄새에 한참 동안 욕지기를 해댄 아내는 침대에서 일어날 줄을 몰랐다.

"죽이야, 김치 넣고 약간 얼큰하게 끓였어. 힘들면 죽물이라도 좀 떠먹어 봐."

식탁에 차려놓은 지 한참이 지나서야 아내는 부스스한 얼굴로 침대에서 일어났다. 조심스레 죽을 떠넣고는 한참을 우물거리다가 삼켰다. 한 숟갈, 또 한 숟갈, 그렇게 아내는 입덧이 시작된 후 처음으로 한 끼의 식사를 다 먹었다. 나는 그때부터 죽을 끓이기 시작했다. 아내는 임신 5개월까지 내가 끓인 죽만 먹었다. 아내의 입덧이 끝난 뒤 나는 전문적으로 죽에 대해 공부하고 요리하기 시작했다. 죽은 정말 매력적이고 다양한 종류를 가진 음식이었다. 취미 삼아 죽 요리 전문 홈페이지를 개설했다. 죽의 정보나 요리 과정의 동영상을 올리고 새로운 죽의 재료를 회원들 간에 공유하는 정도가 운영의 대부분인 비영리 홈페이지였다. 웰빙의 바람이 슬슬 불기 시작하던 시절이었다.

회원 수는 급속히 불어났다. 비슷한 성격을 가진 홈페이지와 인터넷 카페가 생겨났지만 역시 선점의 힘은 무서웠다. 동종의 홈페이지 중 내가 운영하는 '편안죽'은 단연 최고의 회원 수와 인기를 기록했다. 나중에는 한 달에 한번 정도 회원 간의 정기모임을 가졌다. 모임이 있는 날은 내가 운영하는 학원의 가장 큰 강의실에서 죽을 요리해 서로 나눠먹기도 했다. 하지만 요리를 한다 해도 나는 거의 먹지 않았다. 요리 중에 간을 맞추기 위해 먹는 정도가 전부일 뿐, 나머지는 아내와 참가한 회원들이 다 먹었다. 그때까지 내가 죽을 먹을 이유는 없었다. 그리고 그때까지는 내가 죽을 이유도 없었다.

"공줍니다."

딸은 건강했다. 젖도 잘 빨았고 아내가 간간이 먹이는 분유에도 잘 적응했다. 7개월이 지날 무렵, 나는 이유식을 준비했다. 이유식도 일종의 죽이다. 홈페이지의 게시판은 뜨거워졌다. 이유식의 요리과정을 동영상으로 올린 후 아이를 가진 엄마들의 구입문의가 쇄도하기 시작했다. 그때까지 판매는 전혀 한 적이 없었다. 처음에는 단호하게 거절했다. 하지만 학원까지 찾아와서 사정을 해대는 극성스런 회원들의 대부분은 학원 일대에 살고 있는 젊은 주부들이었다. 그들은 내가 운영하는 학원의 잠재적 고객이었다. 더 이상 청을 묵살할 수는 없었다. 조건부적 판매를 시작했다. 일주일에 이틀만 이유식을 판매하며 내가 살고 있는 S구에 거주하는 회원에 한한다는 조건이었다. 타구에 사는 회원의 항의가 빗발쳤지만 요리과정의 자세한 동영상 공개를 조건으로 양해를 구하는 수밖에 없었다. 딸은 나의 이유식에 너무나 잘 적응했다. 7개월에 시작하는 이유식이 좀 빠르다는 충고가 있기는 했지만 아이는 잘 먹고 잘 자랐다. 돌이 지날 무렵 받은 건강진단에서 아이는 전 항목에 최고 점수를 받았다. 의사는 아이가 넘치거나 모자람이 없는, 모든 것이 적당하고 편안한 상태라고 했다. 나의 이유식은 언제나 적당하고 편안했으므로 아이의 건강은 당연한 결과라 스스로 뿌듯해 하고 있었다. 아이가 먹는 이유식은 그 동안 끓여오던 보통 죽과는 그 정성과 재료가 다른 것들이었다. 재료도 모든 것이 최고급이었고 무농약의 유기농 공법으로 재배된 것이었으며, 구입이 가능한 것은 직접 농장을 방문하기도 했다. 영양분 파괴를 최소로 하기 위해 아주 약한 불로만 조리하기 때문에 시간도 평소의 두 배 이상이 소요되었다. 죽이 완성되면 무명헝겊에 부어 약을 짜듯이 짜서 죽물만을 받아냈다. 보관 역시 부패방지를 위해 급속히 식혀 진공용기에 보관했다. 아이가 건강한 것과 요리의 과정을 홈페이지에서 본 주부들의 구입문의가 쇄도하는 것은 당연한 결과였다.

살다 보면 정성을 다해 쑨 죽을 개에게 줘야 하는 상황이 생기기도 한다. 그것은 식은 아침밥을 먹는 것처럼 참으로 불편한 일이었다. 나에게 그런 불편한 상황이 생기기 두 달 전쯤, 노인의 하반신은 완전히 굳어졌다. 기억은 죽처럼 묽어져 자식들조차도 알아보지를 못했다. 자식들과 며느리들은 일주일이나 보름에 한번 정도 요양소를 찾아 비통해 했다. 돌아가는 길엔 노인의 빠른 죽음을 노인의 입장에 서서 간절히 소망했다. 하지만 귀가의 분위기는 그리 나쁘지 않았다. 중풍과 치매를 앓는 노인은 자식들이 사는 도시에서 한 시간 정도 거리에 있는 요양소에 머무르는 것이 좋다. 형편이 가능하다면 자신의 돈으로 일찍 입소하는 것이 좋다. 그럼 자식과 며느리들은 세상으로부터 칭송받는 효자, 효부가 될 수 있다. 노인이 요양소의 음식을 완강히 거부한다는 소식이 들려왔다. 혹시나 하는 마음에 나는 아이에게 주는 이유식을 준비했다. 내가 요양소에 도착했을 때 노인은 40대 중반의 여성 간병인과 한바탕 실랑이를 벌리고 있었다.

"오늘 아침엔 미음 몇 술을 뜨시더니 점심 땐 또 밥을 안 드시려고 하네."

간병인은 밥을 뜬 숟가락을 식판에 놓으며 하소연을 했다. 보온병 안에 든 내용물을 그릇에 부었다. 닭 육수에 쌀가루를 넣어 죽을 쑤고 시금치와 참깨를 넣어 끓인 다음 무명헝겊에 꼭 짜낸 완전 유동식이었다.

"할매, 증손녀가 먹는 죽이야. 이거 먹고 애가 얼마나 건강한지 몰라. 할매도 먹어야 살지."

미라처럼 움푹 파인 눈을 껌벅이며 죽 그릇을 내려다보던 노인은 내가 내민 숟가락으로 천천히 입을 가져다 댔다. '옳지'하며 노인의 입에서 숟가락을 과장되게 위로 쑥 빼올리는 순간 내 눈에서 눈물이 주르륵 흘렀다. 노인은 죽 한 그릇을 그렇게 다 비웠다. 손자가 사는 도시에서 한 시간 정도 떨어진 요양소에 자신의 돈으로 머무르는 중풍과 치매를 동시에 앓는 노인은 자식과 며느리뿐만 아니라 손자도 효자로 만들어줬다. 나는 그날부터 노인의 죽도 준비했다. 화요일과 금요일에 4일간 먹을 죽을 진공용기에 담아 냉동시켜 방문하거나 아님 다른 편에 보내곤 했다. 아이와 노인은 하루 세끼 내가 끓인 죽만 먹고 살았다. 노인의 죽을 끓이기 시작한 지 한 달 정도 지날 무렵, 아내가 이혼을 요구했다. 아내는 자꾸 미안하다고만 했다. 뭐가 미안한지 묻지 않을 수 없었다.

자, 오늘의 마지막 강좌시간입니다. 졸리시죠. 물론 이 새벽시간에 이 강좌를 보시는 분들이 많으리라 생각지는 않지만 마무리까지 최선을 다하겠습니다. 지금 못 보신 분들은 나중에 다시보기를 통해서 꼭 확인하셔서 최고의 아침 죽을 만들어보시길 바랍니다. 문의하실 사항이 있으면 홈페이지를 통해 언제든 질문 올려주시구요. 자, 이제 고기를 다지도록 하겠습니다. 아까, 2부에서 제가 고기를 급하게 식히라고 했죠. 상온에 놔두면 서서히 육즙이 빠집니다. 그럼 당연히 맛이 없겠죠. 그리고 급하게 식혀야 잘 썰어집니다. 최대한 얇게 썰어주세요. 그리고 다질 겁니다. 할 수 있는 한 얇게 종잇장같이 저며주세요. 그 다음은 도마 위에 고기들을 포개놓고, 자, 잘 보세요. 칼을 들면서 다지는 게 아닙니다. 칼의 가장 앞날은 도마에 붙여서 방향만 이리저리 트세요. 그리고 작두날이 움직이듯 빠르게 아래위로 다져주세요. 칼을 들어서 내리치면 고기가 다 부서집니다. 시간상 제가 미리 다져놓은 걸 보여드릴게요. 정말 곱죠. 이유식이나 환자식으로 쓰려면 이 정도는 다져야 합니다. 이제, 고기를 볶아보겠습니다. 펜에 올리브유를 적당히 두르고 기름에서 희미한 연기가 올라 올 때까지 달굽니다. 고기를 넣으면 바로 펜을 들어서 기름에 잘 버무려주세요. 다진 고기는 금방 타기 때문에 넣자마자 바로 들어서 흔들어야 합니다.

자, 고기는 이제 준비가 완료되었네요. 이제 완두입니다. 완두는 잘 쪄져 있습니다. 믹서에 넣고 갈아주세요. 아주 곱게 갈아서 준비하시면 됩니다. 저는 이미 이렇게 갈아두었습니다. 색깔이 참 좋죠. 겨울일수록 이런 색깔의 음식을 많이 드셔야 됩니다. 그럼 이제 마지막으로 죽을 보도록 하죠. 쌀가루가 완전히 녹아서 풀처럼 고운 죽이 되었습니다. 완두를 풀어보겠습니다. 죽을 완전히 끓인 뒤 불을 잠시 꺼서 조금 식히세요. 조금 식은 상태에 완두를 넣는 게 더 고운색이 납니다. 천천히 저어주면서, 이것 보세요, 색이 나기 시작하죠. 가끔 이런 고운 색이 나는 음식은 먹기가 아까워요. 이제 고기만 넣고 한번 더 가볍게 끓여서 죽과 완두 그리고 고기의 맛이 잘 조화를 이루도록 해줍니다. 이렇게 다시 한번 끓이는 공정은 매우 중요해요. 그냥 섞어놓으면 맛이 다 따로 놉니다. 그런데 이렇게 한번 더 끓이면 다 익혀놓은 재료들인데도 자신들의 맛을 최대한 뽑아올려 서로가 알아서 조화를 맞춥니다. 신기하죠. 자, 완성입니다.

　보통의 경우, 부부가 이혼을 하게 되면 아이들은 부모 중 한쪽과 살게 된다. 시간이 흘러 그 한쪽 부모가 재혼을 하게 되면 아이의 입장에서는 '새'가 붙은 아빠나 엄마가 생기게 되는 것이다. 아이들은 한동안 어색함에 아빠나 엄마의 호칭을 함부로 부르지 못하고 머뭇거리게 되거나 친부모에 대한 그리움으로 방황을 하게 되기도 한다. 또 아주 어린 나이에 새로운 부모를 맞게 되는 아이들은 장성한 후에 기억에도 없는 친부모의 존재를 알아내기 위해 먼 길을 떠나기도 하고 방송에 출연하기도 한다. 피는 물보다 진한 것이니깐. 그러나 이건 보통의 경우다. 자신의 운명이 기대 이하, 다시 말해 보통이 되지 않는 것이라는 판단이 설 때 사람들은 실망하고 좌절한다. 나는 실망하고 좌절했다. 아내가 나를 만나기 전 증권회사에서 근무할 당시, 부지점장과의 불륜이 발각되어 쫓

겨나듯 회사를 그만둔 건 어느 정도 참을 만한 보통의 일이었다. 그런 곤욕을 치른 후, 아내는 남자를 잊기 위해 나와의 결혼을 서둘렀다. 그것 역시 생각하기에 따라 보통의 일일 수도 있다.

하지만 결혼 후에도 아내는 계속 남자를 만났고 나와의 이혼을 요구하기 얼마 전 그 남자가 이혼을 했다는 것은 보통의 일이 아니었다. 더욱 보통 일이 아닌 것은 아이가 내 딸이 아니라는 아내의 통보였다. 나는 그럴 일이 없다고 했다. 하지만 아내는 확신했다. 아내가 확신할수록 나는 항변은 묽어갔다. 설령 그것이 사실이라 하더라도 나는 이혼할 수 없었다. 이혼하는 순간, 나는 아내의 전남편은 될 수 있지만 아이의 친부가 될 수는 없는 것이다. 아내는 그 남자와 결혼할 것이라고 했다. 바뀐 호적법은 아이를 법적으로도 완전한 그 남자의 자식으로 만들어줄 것이다. 그렇다면 아이에게 나란 존재의 흔적은 없다. 혹시 훗날 누군가에 의해 내 존재가 이야기된다 하더라도 나는 아이에게 이상한 존재로 남을 것이다.

자신의 탄생을 가장 가까이에서 함께 한 사람. 자신의 갓난쟁이 시절 이년여 정도를 자신과 엄마와 같이 살면서 자신에게 이유식을 끓여먹인 남자. 그러나 피 한방울 섞이지 않았으며 법적으로도 아무런 상관이 없는 한 중년의 남자를 장성한 그 아이는 과연 어떻게 해석할 것인가. 아이를 데리고 집을 나가버린 아내의 전화에 이혼해 주지 않을 것이라고 못을 박았다. 그리고 그 아이는 분명히 나의 아이라고 흐물흐물한 목소리로 대답했다.

지금처럼 운전을 한다든지 또는 면도를 하는 것처럼 혼자 무슨 일에 일정시간 집중을 하면 나도 모르게 불쑥 욕이 튀어나온다. 운전 중에 핸들을 주먹으로 쥐어박기도 하고 면도기를 욕실 벽에 집어 던져버린 적도 있었다. 독서 중에 우악스럽게 책을 반으로 찢어버리기도 했고, 자다 일어나 주먹에 피가 배도록 벽을 친 적도 있었다. '죽 쒀서 개 줄 순 없어.' 나는 어둠 속을 노려보며 혼자 중얼거렸다. 기대 이하의 보통도 안 되는 내 결혼생활에 실망하고 좌절했다.

화요일과 금요일, 나는 사람들에게 죽을 팔고 죽 끓이는 법을 가르치고 죽을 가져다 준다. 아침 여섯 시경, 퀵서비스를 이용해 회원들에게 죽을 배달한다. 노인과 아이의 죽은 진공용기에 담아 내가 직접 가져다 준다. 아내는 아직 그 남자와 결혼할 수 없다. 나는 아이의 양육을 내게 넘기지 않는 한, 이혼에 합의할 수 없다고 했다. 아내는 친자확인 검사를 요구해 왔다. 나는 응하지 않았다. 만약 일이 잘못되면 나는 아이를 영원히 잃을 것이다. 그리고 그 남자는 모든 것을 얻을 것이다. 다행스러운 일은 아이가 시중에 판매되는 이유식을 거부한다는 소식이었다. 나와의 연락을 극도로 꺼리던 아내로서도 어쩔 수 없는 일이었다. 아이가 더 크기전에 아이의 양육권을 가져와야 한다. 현재는 죽이 아이와 나를 이어주고 있다. 하지만 시간이 지나면 아이의 입에서 그리고 기억에서 죽과 나의 존재는 묽어지고 사라질 것이다.

아내는 자신의 아파트 내부를 공개하지 않았다. 이유식은 아파트 주차장에서 받아갔다. 아내의 아파트 주차장에 차를 세우고 전화를 걸려는 순간 주차장으로 통하는 현관의 문이 열리며 아내가 아이를 안고 내려왔다. 나는 하마터면 차에서 내릴 뻔했다. 뒤이어 남자가 따라나왔다. 둘은 몇 마디를 더 주고받았다. 그리고 남자는 아내에게서 아이를 받아 안았다. 아이는 볼을 내미는 남자에게 입을 맞추었다. 그리고 손을 흔들어보라는 주위의 요구에 손을 흔들어 아내와 남자를 기쁘게 했다. 그것은 누가 봐도 가족의 행복한 아침이었다. 나는 남자의 차가 떠나고도 한참동안 주차장에 그냥 있었다. 오늘 이 장면은 아직도 상상해 보지 않은 것이었다. 노인에게 먼저 가봐야 할 것 같았다. 아이와 마찬가지로 노인도 내가 쑨 죽만 먹는다. 노인을 굶게 할 순 없었다. 죽을 끓이느라 밤을 샌 탓일까, 속이 너무나 쓰려왔다.

노인의 병실에 들어서자 간병인이 '오늘은 늦었네요'라며 인사를 대신했다. 그러고는 그릇과 숟가락을 챙기기 시작했다. 노인은 우두커니 침대에 앉아 아무 말도 없이 나를 바라보고만 있었다. 나도 아무 말 없이 노인을 바라보고만 있었다.

"오늘은 제가 챙길게요. 아주머니는 나가서 좀 쉬세요."

나는 그릇에 죽을 담아 노인의 앞에 가서 앉았다. 병실 문 앞에서 간병인 여자가 한마디 덧붙이고 나갔다.

"그저께부터는 할머니 혼자서 식사를 하시네요."

노인은 오른손으로 숟가락을 거머쥐었다. 노인은 위태롭게 죽을 떠서 자신의 입으로 가져갔다. 그리고 천천히 삼켰다. 그런 광경을 신기한 듯 바라보는 내게 노인이 죽 한 숟가락을 떠서 내밀었다. 받아먹지 않고 어리둥절하고 있자 노인은 숟가락을 한번 더 움찔하며 얼른 먹으라는 시늉을 했다. 아내의 집 앞에서부터 참아오던 내 속의 뜨거운 것이 터져나왔다. 나는 노인의 굳어버린 허벅지에 얼굴을 파묻고 '흐읍흐읍' 하고 울었다.

"할매, 이제 그만 보내줘야 할 것 같아. 내가 양보해 줘야 할 것 같아."

노인의 딱딱한 손이 내 머리를 쓰다듬고 있었다. 고개를 드는 내게 노인은 또 숟가락을 내밀었다. 한 숟가락, 또 한 숟가락. 나는 눈물과 콧물이 범벅이 된 얼굴을 하고 앉아 천천히 그릇에 담긴 죽을 다 받아먹었다. 노인이 빙그레 웃는다는 생각이 들었다. 어느 틈엔가 쓰리던 속은 많이 가라앉아 있었다. 죽은 내게 또 약이 되었다.

노인이 머무는 요양소를 나와 차가 시내로 진입할 때쯤 아내는 전화를 걸어왔다. 나는 받지 않았다. 아이가 배고픔에 울고 있을지도 모른다는 생각이 들자 내 뱃속이 공허해 왔다. 죽은 역시 근기가 부족하다. 또 불쑥 욕이 나오려는 것을 간신히 참아냈다. 이제, 더 많은 것들을 간신히 참아내야 할 것이다. 또 살다 보면 지금처럼 죽을 쒀서 개를 주는 경우가 생겨 분해하기도 할 것이고, 죽처럼 근기가 약한 인연을 만나 슬퍼하고 안타까워하기도 할 것이다. 그런 일을 겪을 때마다 불쑥불쑥 욕을 하며 살 수는 없을 것이다. 그런 것들을 다시 만나게 된다면 정성을 다해 다듬고 조리할 것이다. 내 속에서 죽처럼 오래도록 끓여 묽어지게 할 것이다.
그러고는 어떤 장기에도 부담이 없도록 소화하고 흡수하고 배설
할 것이다. 배가 고프다. 나는 한동안 다시 많은 죽을 끓여먹어야
할 것 같다. 묽어져야 할 많은 것들을 위하여.

카드섹션

시험의 종료를 알리는 종이 울리자 감독관들은 분주해지기 시작했다. 하지만 남자는 여전히 OMR카드의 빈칸을 메우고 있었다. 감독관이 다가와 제출을 재촉했지만 아랑곳하지 않았다. 어깨는 한 가지 번호만을 찍고 있는 듯 횡으로만 내려오고 있었다. 감독관의 단호한 제지가 다시 한번 이어졌다. 남자는 그제야 붙잡고 있던 답안지를 책상 중앙에 밀어놓았다. 그리고 선처를 바란다는 듯한 흐릿한 미소를 지어보였다. 감독관은 혀로 '쯧' 하는 소리를 내며 약간은 한심함과 귀찮음이 묻어 있는 눈빛으로 그를 내려다봤다. 감독관이 다음 자리로 이동하자 남자는 무너지듯 책상에 머리를 처박고는 꼼짝을 하지 않았다. 그때, 나는 그가 아는 사람일지도 모른다는 생각을 했다. '아, 씨' 남자는 모든 것을 체념한 듯

한 한 마디를 남긴 후, '지방행정직 제21고사장'이라 푯말이 붙어
있는 교실 문을 빠져나갔다. 고사장으로 지정된 고등학교의 건물
을 빠져나오자 남자는 담배 한 개비를 꺼내 물었다. 연기를 뱉어
내는 호흡이 거칠었다. 나는 천천히 그의 뒤를 따라 걸었다.

나는 꼭 이십년 만에 이 거리를 걷고 있다. 혹시 이번 시험에 합
격하게 된다면, 나는 다시 이곳 M군(郡)의 어딘가에서 살게 될 것
이다. M군은 이제 더 이상 석탄과는 관련이 없는 것처럼 보였다.
석탄회사의 군청색 유니폼을 입은 광부들은 거리에서 사라진 듯
했다. 또한 검은 가래를 뱉어내던 진폐증에 걸린 늙은 광부들도
동네 평상에서 자취를 감춘 지 오래인 것 같았다. 한결 천연색으
로 바뀐 거리에는 대규모 온천지구와 폐광체험 관광코스를 알리
는 광고판들이 즐비했다. 건물들이 바뀌긴 했지만 길의 폭은 달
라지지 않아 주위 풍경은 그리 낯설지 않았다. 남자는 목이 굽은
가로등 아래를 가로등 같은 목을 하고 걸어가고 있다. 나는 남자
에게 다가가 '혹시?' 하고 말을 걸어 서로의 기억을 같이 더듬어
보고 싶었다. 하지만 남자의 뒷모습은 지치고 답답해 보였다. 답
안 작성에서 온갖 용을 다 써버린 탓일까. 보폭도 일정치가 않았
고 내가 조금만 부주의하게 발걸음이 빨라져도 그와의 간격은 쉽
게 줄어들었다. 남자는 높다란 담장이 한 구역을 차지하는 사거리
에서 좌측으로 이어진 길로 방향을 바꾸었다. 그때 주머니 속 전
화기가 진동을 시작했다. 엄마의 전화였다. 엄마는 내가 오늘 Y시
에서 시험을 치르는 줄 알고 있다. 나는 전화를 받지 않을 것이다.

전화를 받는 순간 나는 또 수많은 거짓말을 해야 한다. 나는 엄마가 속지 않을 것을 알면서 거짓말을 한다. 또 엄마는 내가 거짓말하는 것을 알면서 속아준다.

지방행정직 공무원 시험은 본적지와 주민등록상의 주소지 중 원하는 곳을 선택해서 시험에 응시할 수 있다. 나는 본적지인 M군을 선택했다. 현재 살고 있는 Y시(市)의 경쟁률은 원서마감 일주일 전에 이미 '100대1'을 넘었다는 집계가 인터넷에 올라와 있었다. 피씨방에서 인터넷으로 응시원서를 작성하던 나는 '100대1'이라는 경쟁률과 '서른셋'이라는 내 나이에 대해 생각했다. 그리고 그 생각에 대한 종착점이 합격할 자신도, 떨어질 자신도 없다는 것에 도달했을 때, 나는 화면 우측 상단에 있는 '닫기' 버튼을 클릭해 버렸다. 일찍 아버지를 여읜 탓에 M군이 나의 본적이라는 것을 크게 신경 써본 적이 없었다. 그저 초등학교 시절을 보낸 곳 정도로 기억할 따름이었다. 나는 'DAUM 카페'에서 '공무원시험을 준비하는 사람들의 모임'에 접속했다. 화면은 수많은 학원 광고와 수험정보들로 어지럽게 번쩍였다. 메인 화면에서 M군의 경쟁률 검색했다. Y시의 십분의 일에도 미치지 않는 경쟁률이었다. 그 역시도 결코 만만한 경쟁률은 아니었지만 나는 선택의 여지가 없었다.

내가 기억하는 M군은 여섯의 소읍으로 이루어져 있었다. 그 중 우리 집은 제일 규모가 큰 J읍에 살았다. M군의 기반산업은 석탄이었다. 하지만 내가 살았던 J읍은 탄광촌이라기보다는 광부들을 위한 소비의 장소였다. 탄광들은 산이 험해 주거지역이 잘 형성되지 못한 인근 읍들에 집중되어 있었다. J읍의 사람들은 주로 농사를 짓거나 읍내에서 광부들을 상대로 하는 장사를 하며 생계를 유지했다. 우리 집 역시도 군청 근처의 유흥가에서 식당을 하고 있었다. '88실비'라는 간판이 붙어 있던 그 작은 식당은 우리 가족의 주거와 생계를 함께 해결하던 곳이었다. 내 기억에서 존재하지 않는 아버지는 J읍의 다른 남자들처럼 광부였다고 한다. 그는 내가 태어난 지 삼년 정도에 되었을 때 갱도가 무너져 세상을 떠났다. 아버지가 세상을 떠나던 그 즈음과는 달리 내가 초등학교에 다닐 무렵은 이미 석탄산업이 막장을 향해 가고 있던 시절이었다. 인근 읍의 탄광촌은 물론이고 J읍에도 많은 사람들이 떠나고 있었다. 식당이 잘될 리가 없었다. 학교 역시 마찬가지였다. 부모를 따라 전학을 떠나는 아이들이 하루 건너 하루로 이어지던 시절(우리 집 역시 Y시로 이사를 결정해 둔 상태였지만, 몇 년간 가게가 팔리지 않아서 초등학교를 졸업하기 직전에야 J읍을 떠날 수 있었다)이었다. 내가 남자를 처음 알게 된 건 그 즈음이 분명할 것이다.

이십년 전, 우리 집이 Y시로 이사를 한 후 엄마는 갈비집에서 주방보조로 일을 했다. 나는 엄마가 가끔 식당에서 얻어와 냉장고에 넣어둔 갈비를 혼자 프라이팬에 구워먹었다. 프라이팬에 갈비를 구우면 물이 생기고 누린내가 났다. 엄마가 밤늦게 돌아와 벗어놓는 옷에서도 똑같은 냄새가 났다. 하지만 엄마와 나는 아무 문제가 없었다. 나는 엄마의 몸에서 나는 냄새를 부끄러워하지 않았고, 엄마도 상고로 진학하는 나를 나무라지 않았다. 내 가방에서는 '찰칵찰칵' 하는 소리가 들렸다. 나는 주판을 좋아했다. '착착착착' 하는 알들이 부딪치는 소리는 만 단위가 넘어가는 수식을 거짓말같이 해결해 주었다. 그리고 '따르르르르' 하고 알들이 떠는 소리는 모든 것이 새롭게 준비되었다고 알려주는 차임벨 같았다. 내가 고등학교에 진학한 지 얼마 지나지 않아 엄마는 적금을 부은 돈과 M군에서 가게를 처분해 받은 돈을 합쳐 구립 도서관의 작은 구내매점을 인수했다. 나는 그 매점이 무척 맘에 들었다. 벽에는 액자가 하나 걸려 있었는데, 그 액자에는 조금 탁해 보이는 필체로 '大道無門'이라고 적혀 있었다. 방과 후에 나는 언제나 집 대신 매점으로 향했다. 매점 식탁에 앉아 주판을 튕기기도 하고 라디오를 틀어놓고 책을 읽기도 했다. 손님이 많은 편은 아니었지만 엄마와 나의 생활은 주판알처럼 가지런하고 차분했다. 학교생활도 무난했다. 다소 거친 아이들이 소란을 피우기도 했지만, 대부분의 아이들은 서태지가 좋은가 듀스가 좋은가를 놓고 언성을 높이는 정도가 전부였다. 학교에서의 성적은 좋은 편이었지만, 그해 새롭게 도입된 수학능력시험은 입시학원 대신 부기와 주산학원을 다닌 나에게는 낯설고 복잡했다. 나는 턱걸이로 지방 사립대학 경영학과에 합격했다. '요새는 은행원이 제일 잘 나간다더라.' 엄마는 경영학과에 입학해서 졸업만 하면 곧 은행원이 되는 줄 알고 있는 것 같았다. 그리고 만류하는데도 불구하고 굳이 입학식에 동행한 엄마는 '너는 절대 데모하지 마라' 하는 뜬금없는 소리를 하기도 했었다. 하지만 엄마의 걱정과는 달리 내가 들어간 캠퍼스 안에는 이미 최루탄의 매운 냄새가 사라진 지 오래였다. 그 무렵, 어른들은 우리 또래에게 'X세대'라는 이름표를 달아주었다. 요즘 수없이 등장하는 세대들의 조상격인 이 X세대는 달라진 시대의 새로운 인류였다. 새 인류들의 출현과 함께 사람들은 새로운 언어들을 쓰기 시작했다. 벤처, 압구정동, 오렌지족, PC통신, 과거 청산, 문민정부. 대학에 입학한 후 나는 더 이상 도서관 매점에 나가지 않았고, 주판알을 튕기지도 않았다. 엄마 역시 콩나물이나 라면, 두부, 드라마 같은 말 대신 부동산, 주식, 명품 등의 생소한 말들을 쓰곤 했다. 하지만 우리가 크게 달라진 것은 아니었다. 대화의 주제가 조금 바뀌었을 뿐 적어도 그때까지는 '사람'이 변한 것은 아니었다.

남자의 뒷모습이 오복상회라는 간판이 붙은 가게 옆 비좁은 골목 안으로 사라졌다. 나는 그 간판을 보는 순간 사람들이 이 오르막을 '오복상회 길'이라고 불렀다는 것을 기억해 냈다. 나는 빠른 걸음으로 오르막을 올라갔다. 하지만 그는 이미 골목 안에서 모습을 감춘 후였다. 골목에는 마주 보는 대문들이 각각 두개씩 들어앉아 있었다. 그 골목 맨 안쪽에는 빛바랜 푸른색 이층 양옥이 자리하고 있었다. 그 집을 올려다본 순간, 흐릿하기만 했던 머릿속이 정리된 앨범을 넘기 듯 명확해져 왔다. 이십년이 지났지만 그 집에 살고 있는 사람은 전혀 변하지 않았다는 것을 알 수 있었다. 그리고 남자와 내가 이 '오복상회 길' 앞까지 동행한 것은 이번이 처음이 아니라는 것도 기억해 냈다. 모든 것은 분명해졌다. 그는 내가 초등학교 4학년이던 시절 담임선생님의 아들이었다. 나이는 나보다 두 살이 아래였고 이름은 찬수였다. 내가 처음 찬수를 알게 된 것은 방과 후 교실에 남아 교내 백일장에 제출할 원고에 대한 담임의 지도를 받고 있을 때였다. 어려운 가정환경을 딛고 '86 서울아시안게임'에서 금메달을 따낸 여고생 육상선수에 대한 글이었다. 교실의 앞문이 열리고 찬수가 고개를 쑥 들이밀었다. 그러자 담임이 내게 원고지를 건네주면 말했다.

"오늘은 이만큼 하고 집에 가. 그리고 갈 때 우리 애랑 같이 좀 가거라."

나는 가방을 챙겨 교실을 빠져나왔다. 복도에서 쭈뼛거리고 있던 찬수가 나를 따라왔다. 우리는 한 마디 말도 나누지 않은 채 이곳 오복상회 앞까지 걸어왔다. 찬수는 골목 안 이층 양옥을 손가락으로 가리키고는 집으로 들어가버렸다. 그와 나의 첫번째 동행은 싱겁고 어색하게 끝이 났다. 하지만 다음 번 나와 찬수의 귀가길은 그리 순탄하지만은 않았다. 그리고 그 동행이 있던 다음날, 찬수의 아버지는 학교에서 조용히 사라져버렸다.

나는 '오복상회 길'을 빠져나와 내가 다닌 초등학교로 발걸음을 옮겼다. 이십년간 학교는 변한 것이 없었다. 더 지어진 건물도 없었고 사라진 건물도 없었다. 정문과 마주보며 서 있는 본관 앞길을 따라 운동장으로 향했다. 운동장은 기억 속의 그것보다는 훨씬 작아보였다. 일요일이라 학교는 텅 비어 있었다. 나는 운동장 스탠드로 올라가 앉았다. 낯익은 주변 풍경들 속으로 잊고 있던 기억들이 떠오르기 시작했다. 그 동안 기억에서 사라져버린 사람이었지만, 그가 이십년이 지난 지금도 이곳 M군에 살고 있다는 것은 뜻밖이었다.

아침이었지만, 아이들의 콧잔등엔 송송 땀이 돋았다. 마지막으로, 마지막으로, 마지막으로, 군민, 군민, 군민, 체육대회에서, 체육대회에서, 체육대회에서, 일치, 일치, 일치, 단결된, 단결된, 단결된, 모습으로, 모습으로, 모습으로, 우승을, 우승을, 우승을, 차지하도록, 차지하도록, 차지하도록…. 교장선생님의 훈시는 메아리가 되어 아이들을 스쳐 운동장을 지나고 학교 담장을 넘어 멀리멀리 흩어졌다. 아이들은 몸을 꼬아가며 운동화 뒤꿈치로 운동장 흙바닥을 파내고 있었다. 기나긴 훈시가 끝나자 체육대회에서 응원전을 담당하게 된 담임이 단상으로 올라갔다. '86아시안게임 성공개최 기념 및 88올림픽 성공개최 염원'이라는 긴 수식을 달고 있는 군민체육대회 응원전에 대한 설명이 있었다. 4·5·6학년 생들은 전원 방과 후에 남아 응원전 연습을 한다는 것이었다. 조회가 끝이 나고 경쾌한 행진곡에 맞춰 교실로 돌아왔을 때, 담임은 수업을 시작하기 전 나를 불렀다.

"넌 대회 당일에 백일장에 참가해야 하니깐, 응원연습에 나오지 말고 내일부터 교실에서 글쓰기연습 하고 있어."

다음날 오후부터 응원연습은 진행되었다. 아이들은 학교 앞 문 구사에서 각각 배정받은 색깔의 응원수술과 색판지들을 구입해서 등교했다. 교실 안은 아이들이 흔들어댄 수술로 온통 먼지투성이 가 되었다. 아이들이 장난을 치건 말건 담임은 아무 말도 하지 않 았다. 보통은 쉬는 시간마다 엎드려 잠을 자거나 담배를 피우러 교무실로 내려가곤 했는데, 응원전이 시작된 날부터는 책상에 앉 아 무언가를 열심히 그리고 지우고를 반복하고 있었다. 수업이 끝 나자 아이들은 수술과 색판지를 들고 초가을 마른 햇살에 달구어 진 운동장으로 나갔다. 나는 혼자 교실에서 원고지를 펴놓고 있 었다. 담임은 수업을 마치자 칠판에 '애국심과 올림픽'이라는 주 제를 써놓고 나갔다. 군민체육대회의 부속 행사인 백일장의 시제 는 당일 군수가 직접 내리기로 되어 있었는데, 초등학생부의 주 제는 거의 매년 애국에 관련된 것들이었다. 나는 교내 백일장에서 이미 써본 적이 있는 여고생 육상선수에 대한 기억을 더듬고 있었 다. 한낮인데도 아이들이 모두 운동장으로 나가버린 교실 안은 이 미 저녁이 된 듯 빠르게 어두워지고 있었다. 나는 완성된 원고를 담임의 책상에 올려두고 너무나 고요한 나머지 약간은 겁이 나기 까지 했던 본관 건물을 총총 빠져나왔다. 건물을 빠져나와도 조용 하기는 매한가지였다. 운동장 쪽은 응원연습을 하는 것이 맞는가 싶을 정도로 적막했다. 우리 학교는 본관 건물과 운동장이 일직선상에 나란히 배치되어 있어서 운동장으로 나가지 않는 한 그곳을 볼 수 없는 특이한 구조였다. 보통의 경우는 정문을 들어오면 먼저 운동장이 나타나고 운동장을 가로질러 가면 학교의 본관이 있다. 하지만 우리 학교는 본관 앞에 바로 정문이 위치하고 있었다. 나는 혼자만 연습에 빠진 것이 아이들에게 괜히 미안해서 운동장 쪽으로 가는 것이 영 내키지 않았다.

응원연습은 일주일을 지나고 있었고, 아직 군민체육대회까지는 일주일이 남아 있었다. 가을이었지만 한낮은 무더웠고 아이들의 얼굴엔 지친 기색이 역력했다. 그리고 교실 바닥에 함부로 나뒹구는 응원수술과 색판지는 아이들에게 연습이 지겨워졌다는 것을 증명하는 듯했다. 하지만 담임은 연습이 진행될수록 날카로워졌다. 아이들에게 좀체 매를 들지 않았던 담임이 색판지로 장난을 치는 아이들이나 복도나 교실바닥에 함부로 뒹구는 응원도구들을 발견했을 때는 가차 없이 지휘봉으로 엉덩이나 손바닥을 때렸다.

"이놈 새끼야. 너 이게 네놈 장난감인 줄 알아. 군인들이 전쟁터에서 총을 함부로 하면 어떻게 되는 줄 알아. 총살이야. 네놈들에겐 이게 총이랑 다름없는 거야."

심지어 담임은 다른 반까지 일일이 찾아 들어가서 아이들의 응원도구를 검사했다. 수술의 숱이 적거나 찢어진 색판지를 갖고 있는 아이들은 그 자리에서 손바닥을 맞고 당장 달려가서 다시 사오라고 호통을 쳤다. 또 응원연습에 참여하는 아이들의 말에 따르면 운동장에서는 그 엄격함이 한결 더해져서 지정된 순서에 맞는

색의 수술이나 색판지를 바꾸지 못하는 아이들은 그 자리에서 불려나가 호되게 뺨을 맞고 발길질을 당하기도 했다는 것이었다. 5학년 중에 상습적으로 순서를 틀리는 아이 하나는 여러 차례 뺨을 맞다가 코피가 터지기도 했다며 아이들은 고개를 내저었다. 담임은 내가 참가하는 백일장의 지도에는 관심도 없는 듯했다. 매일매일이 같은 주제의 반복이었다. 그날 오후에도 나는 교실에서 혼자 원고지를 펴둔 채 이미 썼던 것들을 다시 쓰고 있었다. 어차피 담임은 나의 원고를 읽지도 않을 테니 뭘 쓰든 상관이 없었다. 나는 이제 더 이상 아이들이 할 수 있는 애국에 대한 행위를 생각해낼 수 없었다. 구슬치기나 딱지치기 같은 쓸데없는 놀이를 하지 말고 산과 들에 흩어져 있는 삐라를 주워 경찰서에 갖다 주자. 꼭 두새벽에 일어나서 동네 골목을 청소하고, 거동이 불편한 노인들을 찾아가서 일을 도와드리자. 하루에 부모님 심부름을 다섯 가지 이상 하고, 동생을 잘 돌보고, 숙제를 항상 완벽하게 해서 선생님께 칭찬을 받자. 매일 아버지의 구두를 닦아드리고(비록 나는 아버지가 안 계셨지만), 아무리 재미있는 놀이 중에도 반드시 국기하강식에는 동참하자. 편식하지 말 것이며, 음력설을 쐬는 부모님을 설득해 가정의례준칙에 따라 신정을 쉴 것을 권장하자…. 나는 더 이상 아무것도 쓸 수가 없었다. 원고지를 접어 담임의 책상에 올려놓은 다음 교실을 빠져나가려는 참이었다. 그때, 교장선생님의 훈시를 메아리치게 하던 고깔 모양의 확성기가 이번에는 힘찬 음악소리를 온 교내에 흩어놓고 있었다. 나는 이제 어느 정도 응원연습에 진척이 생겼다는 것을 직감했다. 아이들은 음악에 맞춰 색색의 수술을 흔들고, 색판지를 바꿔 들어가며 제대로 된 무언가를 만들고 있을 것이라는 생각이 들자 슬며시 호기심이 발동하기 시작했다. 그렇다고 운동장으로 나가서 대놓고 구경을 할 수는 없는 노릇이었다. 나는 교실을 빠져나와 한번도 올라가본 적이 없는 옥상으로 향했다. 처음으로 올라가본 6학년 교실을 지나갈 때는 가슴이 콩닥거렸지만 주저하지 않았다. 옥상엔 파손된 의자와 책상들이 잔뜩 쌓여 있었다. 나는 운동장 쪽으로 조심스레 걸음을 옮겼다. 음악소리는 더욱 커졌고, 무척 귀에 익었다. 그 음악은 아시안게임을 중계하던 텔레비전을 통해 들었던 것이었다. 우리나라 선수의 금메달이 확정되는 순간, 그 선수의 증명사진과 간략한 경력이 화면을 채우고, 그 배경으로 지금 운동장에 퍼지는 이 음악이 흘렀다. 나는 소리를 향해 더욱 다가갔다. 그리고 나는 난간에 몸을 숨긴 채 운동장을 조심스레 훔쳐보았다. 난간 너머로 조심조심 고개를 드는 순간, '아' 하는 탄성이 나도 모르게 터져나왔다. 그러고는 난간에 몸을 숨기는 것도 잊은 채 벌떡 일어나 운동장 스탠드를 가득 메운 그 황홀하고 가슴 뭉클한 멋진 장면에 넋을 놓아 버렸다.

우리들은 대한 건아. 늠름하고 용감하다.
기른 힘과 닦은 기술 최후까지 떨쳐보세.
조국의 영광 안고 온 세계에 내닫는다.

이기자, 이기자. 이겨야 한다.

빛내자, 빛을 내자. 배달의 형제들.

힘찬 음악에 맞춰 큰 무궁화 한 송이가 활짝 피어났다. 그 무궁화는 다시 아름다운 우리 한반도로 변신했고 한반도는 맨 아래 제주도에서부터 착, 착, 착 경쾌한 소리를 내며 태극기로 바뀌었다. 태극기는 바람에 흔들리듯 물결을 쳤다. 아이들은 각자의 색판지를 들었다 내렸다를 반복하면서 태극기를 힘차게 휘날리고 있었다. 그 모든 경이로움의 맨 앞에 담임이 서 있었다. 담임은 오케스트라의 지휘자처럼 둥근 단상에 올라가 열정적인 손짓과 표정으로 모든 것을 지휘하고 있었다. 담임의 손짓에 무궁화는 피어났고, 우리나라는 하나가 되었다. 그리고 이해할 수 없는 그의 괴성에 태극기는 힘차게 바람에 휘날렸다. '이기자, 이기자. 이겨야 한다. 빛내자, 빛을 내자, 배달의 형제들.' 후렴구에 이르자 태극기는 바람에 휘날리다가 상하좌우 전 방향에서 다시 최종적인 변신을 했다. 나는 그 장면에서 그만 가슴이 뭉클해지고 눈시울이 뜨거워져 주먹까지 불끈 쥐고 있었다. '차르르르' 소리를 내며 태극기의 색판지들이 모두 뒤집어졌을 때, 그곳에는 너무나 눈부신 모습으로, 더할 수 없는 인자한 표정으로 환하게 웃고 있는 **대통령의 얼굴**이 만들어져 있었다.

옥상에서 카드섹션을 훔쳐본 다음날 아침, 나는 아이들에게 내가 본 그 황홀한 광경에 대해 이야기했다. 하지만 아이들의 반응은 나를 무안하게 만들 정도로 냉담했다. 그들은 자신들이 참여하는 카드섹션의 내용이 무엇인지 모른다는 것이었다. 내게 돌아오는 것은 피로와 무료함에 대한 짜증이 전부였다. 나는 그제야 연습에 참가하는 아이들이 지금까지는 물론이고 대회가 끝나는 날까지 자신들이 만드는 카드섹션을 볼 수 없다는 것을 깨닫게 되었다. 그것은 무척 안타까운 일이었다. 내가 아무리 설명을 해도 그 감동은 아이들에게 전해지지 않았다. 그러나 나는 그날 이후 연습이 끝나는 날까지 매일 옥상에 올라가 응원연습을 훔쳐봤다.

엄마가 다시 전화를 걸어왔을 때, 나는 학교를 빠져나오고 있었다. 갑자기 밀려드는 갈증과 피곤함에 더 이상 학교에 앉아 있기가 힘들었다. 목이라도 축일 겸 오복상회로 발걸음을 옮기던 참이었다. 나는 이번에도 엄마의 전화를 받지 않을 것이다. 주머니 속의 진동은 좀체 그치지 않았다. 엄마는 요즘 24시간 영업을 하는 해장국집에서 야간 일을 한다. 이 시간쯤 엄마는 고시원 방에 누워 있을 것이다. 나는 아직도 엄마가 고시원 방에서 지낸다는 것이 참 어색하다. 친구나 선후배가 아니라 엄마가 고시원에 머문다는 것은 분명 이상한 일이다. 엄마와 내가 Y시로 처음 이주했을 때, 우리가 살던 집은 22평짜리 연립주택이었고 자택이었다. 나는 그곳에서 중·고등학교를 다녔고, 대학에 입학했으며 군에 입대했다. 하지만 내가 제대를 하고 집으로 돌아왔을 때, 그것은 자택에서 전세로 소속을 바꿔 달고 있었다. 뿐만 아니라 도서관 매점의 임대권도 누군가에게 넘어간 뒤였다. 엄마는 그것들을 처분한 돈과 은행에서 대출 받은 돈으로 주식을 하고 있었다. 매도나 매입, 벤처나 상장 같은 생소한 말들을 엄마의 입을 통해 들을 때마다, 십오년 가까이를 별 무리 없이 살아온 그 22평짜리 연립주택이 좁고 불편하다는 생각을 했다. 엄마의 계획은 구체적이고 선명했다. 그리고 상당히 신빙성이 있게 들리는 여러 정보들을 내게 털어놓기도 했다. 하지만 엄마의 궁극적인 목적이 주식투자인 것은 아니었다. 목표는 Y시에서 개발 중인 신도시 내 대형 패션몰의 분식점을 분양받는 것이었다. 엄마의 정보와 계획은 일정부분 들어맞고 있었다. 보유하고 있던 주식을 모두 팔아서, 그 돈으로 패션몰에 투자하는 금액을 늘려 분양에 유리한 여러 가지 조건들을 따야 한다고 했다. 몇 달만 더 고생하자는 말과 함께 엄마는 전세금마저 빼버렸다. 이제 전세는 월세가 되었다. 일은 그렇게 진행되는 줄만 알았다. 하지만 뭔가 크게 잘못되었다는 것을 안 것은, 내가 Y시의 지방방송 뉴스에서 엄마를 본 후였다. 엄마의 출연은 딱 두 장면이었다. 방송이 나올 당시 엄마는 안방에 누워 있었다. 화면 속에서 엄마와 많은 사람들은 패션몰의 공사현장에 줄을 맞춰 앉아 주먹 쥔 손을 들며 구호를 외치고 있었다. 화면이 바뀌자 여러 사람들은 완공도 덜 된 건물의 출입문으로 우르르 몰려가 그것을 잡아 흔들며 괴성을 질러댔다. 그 사람들 중에 엄마가 있었다. 나는 베란다로 나가지 않고 거실에 앉아 담배 한 개비를 꺼내 물었다. 담배 연기가 좁은 거실에 가득 찼다. 문이 반쯤 열려져 있던 안방 안으로도 연기가 흘러 들어갔을 것이다. 평소 때 같으면 엄마가 고래고래 소리를 칠 일이었지만, 그날 엄마는 변명같이 들리는 몇 마디만 남기고는 어두운 방에서 꼼짝 않고 누워 있었다. 그 말은 분명 변명은 아니었다. 하지만 변명같이 들렸다.

"매점에 임대료 덜 받은 게 있어. 그거 받아서 너 지낼 만한 데 알아봐."

매점에서 받은 잔금은 200만원이 조금 안 되는 돈이었다. 그동안 매점은 달라진 것이 없었지만 처음 방문한 것처럼 낯설었고, 내 발걸음은 조심스러웠다. 돈을 받아 나온 나는 자판기에서 커피를 한잔 뽑아들고 매점 뒷담으로 걸어갔다. 그곳에는 매점 건물과 담 사이에 좁은 틈이 있는데, 매점에 불필요한 집기들을 쌓아놓거나 부피가 큰 쓰레기들을 임시로 버려두는 곳이었다. 예전 나는 보통 그곳에서 엄마 몰래 담배를 피웠다. 하루종일 햇볕이 들지 않아 바닥의 흙은 항상 축축했고, 이끼가 이곳저곳에 뭉글뭉글 돋아 있는 곳이었다. 여전히 부서진 의자나 식탁들이 이곳저곳에 쌓여 있었고, 공기는 눅눅했다. 나는 담배를 꺼내 물었다. 습기가 많은 탓인지 담배연기가 풍성하게 뿜어나왔다. 좁은 공간에 담배연기가 흩어지지 않고 아래로 가라앉았다. 연기가 겹겹이 쌓인 바닥에 유리가 깨진 채 버려져 있는 액자 하나가 눈에 들어왔다. '大道無門' 먼지가 묻은 정도로 보아 버려진 지 얼마 된 것 같지는 않았다. 나는 언젠가 저 액자가 라면을 파는 도서관 매점에 걸려 있기엔 너무나 탁하고 무거워 보인다는 생각을 한 적이 있었다. 나는 발로 액자의 부서진 모서리를 톡톡 건드려보았다. 뚜렷한 이유도 없이 눈물이 나오려고 했지만, 담배연기를 길게 뿜어내는 걸로 참을 수 있었다. 그 무렵 사람들은 가래침을 뱉듯 또 다시 생소한 말들을 내뱉고 있었다. 외환위기, 구제금융, 깡드쉬, 아이엠에프.

"어디서 지낼 거니?"

"학교 근처 고시원에…."

"고시원?"

그때까지 엄마는 고시원이 고시생들이 공부만 하는 곳으로 알고 있었다. 나는 현재 고시원이 다양한 형태로 변모해서 보증금이 필요 없는 값싼 월세로 많은 일반인들에게 이용되고 있으며, 별도의 세금도 필요 없다는 설명을 덧붙여주었다. 며칠 뒤 엄마는 우리가 처음 Y시에 왔을 때와 마찬가지로 식당으로 주방보조 일을 나갔고, 그 식당 인근 고시원에 방을 잡았다. 각자의 고시원 생활에 들어갔을 때, 우리는 한동안 연락을 하지 않았다. 나는 학교를 휴학했고, 주유소나 편의점에서 아르바이트를 했다. 가끔 '미래'라는 것에 대해 생각하기도 했지만, 그에 앞서 '현실'을 생각하다 지쳐서 이내 잠이 들고 말았다.

그런 생활을 시작한 지 일년이 넘어가고 있을 무렵 엄마는 내가 살고 있는 고시원을 찾아왔다. 나는 엄마에게 어떤 인사를 해야 할지 알 수가 없었다. 우리는 근처 식당에서 점심을 먹었다. 식탁을 마주하고 앉아서도 우리는 말이 없었다. 나는 왜 아무런 말도 떠오르지 않는지 답답했다. 우리는 밥을 먹는 둥 마는 둥 식당을 빠져나왔다. 버스 정류장으로 향하는 길에 엄마는 봉투 하나를 내게 건넸다.

"이거 학원비로 써. 요즘은 은행원보다 안정된 공무원이 더 낫다더라. 이렇게 계속 살 수도 없는 노릇이고….'

헤어지는 순간 역시 서먹하기는 매한가지였다. 별다른 인사도 없이 엄마는 버스에 올랐고, 나는 차창 너머 엄마를 향해 조금 어색하게 손을 들었다 놨다. 엄마는 '알았으니 그만 들어가라'는 듯한 입 모양과 눈짓을 지어보이며 내 앞을 지나갔다. 엄마가 잡은 버스 손잡이는 무척이나 불안정해 보였다. 추리닝 호주머니에 불룩하게 들어찬 봉투의 부피감이 고시원으로 향하는 나의 발걸음을 무겁게 했다. 봉투에는 100만원이 들어 있었다. 방으로 돌아온 나는 '잘나가는 은행원'과 '안정된 공무원'의 차이에 대해 생각했다. 그리고 엄마의 고시원 생활에 대해서도 생각했다. 엄마는 아직도 나에게 어떠한 기대를 걸고 있는 것일까. 그 기대란 것은 '안정'을 말하는 것일까. 며칠 뒤, 나는 시내 고시학원을 찾아 등록을 했다. 300명이 들어가는 강당 같은 강의실은 '안정'을 찾기 위한 사람들로 빈자리가 드물었다. '안정'을 찾으려는 사람들이 너무 많다 보니, 그것을 찾기 위한 여정은 '불안정'하기 짝이 없었다. 나는 20대의 절반을 '안정'을 찾기 위해 써버렸다. 그리고 서른이 넘은 지금까지 그 길을 찾고 있다.

나는 오복상회 길 입구에서 잠시 발걸음을 멈출 수밖에 없었다. 초라하고 지쳐 보이는 한 노인이 가게 앞 평상에 앉아 있었기 때문이었다. 그 모습은 오래 전 이 J읍에서 흔히 볼 수 있었던 늙은 광부의 그것과 흡사했다. 나는 그를 단번에 알아볼 수 있었다. 노인은 담임이었다. 나는 잠시 머뭇거리다가 천천히 오르막을 올라갔다. 담임은 땅바닥에 시선을 고정하고 꼼짝을 않고 있었다. 내가 어렴풋 기억하는 담임의 모습과는 완전히 다른 사람이었다. 그의 나이는 아무리 넉넉잡아 꼽아본다 하더라도 육십 전후가 분명할 것이다. 하지만 그의 얼굴을 뒤덮고 있는 세월의 흔적은 그 보다 이십년은 더 많아 보였다. 비록 앉아 있는 상태이긴 했지만 그의 거동 역시도 정상적인 것은 아닌 듯했다. 그날 이후 그에게는 어떤 일들이 있었던 것일까. 내가 그의 앞에 다다랐지만 시선은 땅바닥에 머물 뿐 아무런 미동도 없었다. 나는 오복상회로 들어가 탄산음료 한 캔과 담배 한 갑을 샀다. 그리고 그가 앉아 있는 반대편 평상에 걸터앉았다. 그의 등과 목은 잔뜩 구부려져 있었고, 어깨는 약하고 좁아 보였다. 그것은 체육대회에서 응원전이 끝난 후 고개를 떨어뜨리고 있던 그날의 뒷모습과 같은 것이었다.

가을 하늘은 더없이 푸르렀고, 공기도 상쾌했다. 나는 백일장에 참가하기 위해 공설운동장 본부석 뒤에 위치한 책상에 앉아 있었다. 본부석 중앙에는 많은 어른들이 검고 큰 의자에 자리했다. 군수도 있었고, 경찰서장도 있었으며, 검은 선글라스를 끼고 있는 군인들도 눈에 띄었다. 군내 최고령이라고 소개된 백한 살의 할아버지는 아들의 부축을 받아가며 본부석으로 올라와 힘겹게 자리에 앉아 있었다. 그리고 그 뒷줄에는 각 읍·면장과 우리 학교를 포함한 교장선생님들이 자리를 차지했다. 관중석 역시 군내의 각 학교 응원단과 자신의 마을을 대표하는 주민들로 빼곡히 들어차 있었다. 우리 학교 응원단은 운동장의 왼편 코너 쪽에 반원을 그리며 앉아 있었다. 그라운드에는 학교와 마을을 대표하는 선수들이 몸을 풀고 있었다. 나는 온통 육상경기로만 이루어진 대회에도, 내가 참가하는 백일장에도 도무지 관심이 없었다. 오직 점심시간이 끝나고 벌어질 응원전에 대한 기대로 가슴을 졸이고 있었다. 응원전 중에서 카드섹션은 순위가 결정되는 경쟁부문이었다. 그러므로 응원전을 알리는 방송이 있기 전까지 모든 내용은 비밀이었다. 당일 날의 연습은 있을 수가 없었다. 응원전에 참가하는 아이들은 공설운동장으로 출발하기 전 학교 스탠드에서 최종연습을 마친 참이었다. 학교에서 그 모습을 지켜본 교장선생님은 엄지손가락을 치켜들었고 담임의 노고를 치하했다. 하지만 아이들의 반응은 여전히 싸늘했다. 나는 상상하지 못한 백일장 주제에 원고지를 앞에 두고 어쩔 줄을 모르고 있었다. 어떻게 된 일인지 이번 백일장의 주제는 '가을하늘'이었다. 애국심과 올림픽에 대한 준비만을 계속해 오던 나는 글의 실마리를 찾기 위해 몸을 꼬아댔지만 아무런 생각도 할 수가 없었다. 지루한 시간이 지나고 점심시간을 알리는 방송이 울려퍼졌다. 나는 본부석에서 백일장 참가자들에게 나눠주는 도시락을 받아먹었다. 관중석에 앉은 아이들은 햇살이 그대로 내려쬐는 자리에서 대열을 흩트리지 않은 채 도시락을 먹고 있었다. 멀어서 보이지는 않았지만, 아이들의 찡그린 얼굴이 느껴졌다. 본부석에 앉아 있던 어른들은 기지개를 켜면서 다들 어디론가 몰려나갔고, 최고령 할아버지는 무척 힘들어하며 아들에게 업혀 다시 집으로 돌아가는 것 같았다. 그때, 흰색 운동복에 흰색 모자를 쓰고 목에는 호루라기를 매단 담임이 찬수를 데리고 내 앞에 나타났다.

"넌 글 다 썼니?"

나는 이번 백일장의 주제가 '애국'이 아니라 '가을하늘'인데 이게 도대체 어떻게 된 일이냐고 묻고 싶었지만 담임은 그럴 틈도 주지 않았다.

"이따가 체육대회 다 끝나면 찬수 데리고 집에 가라."

담임은 그 말만 남기고 뛰듯이 본부석을 빠져나갔다. 찬수는 신기한 듯 본부석 이곳저곳을 두리번거렸다. 난 빈 의자 하나를 가리켰다. '저거 가져와서 앉아 있어. 돌아다니지 마.'

점심시간을 마친다는 방송이 울려퍼졌다. 그리고 응원전을 시작하겠다는 장내 방송이 이어졌다. 나는 원고지를 덮었다. 우리 학교의 순서는 군내 다섯 개 초등학교 중 네번째였다. 첫번째 P초등학교의 카드섹션이 시작되었다. '붕, 붕, 붕, 아주 작은 자동차. 꼬마 자동차가 나간다.' 맙소사, 붕붕붕이라니. 나는 한심하다는 눈빛으로 옆에 앉아 있는 P초등학교의 백일장 참가자를 힐끗 쳐다봤다. 붉은 바탕에 흰색으로 '승리'라는 글자가 새겨지고, 글자는 다시 알파벳 'V'로 변신했다. 하지만 그들의 색판지가 뒤집어지는 장면은 우리 학교의 그것처럼 힘차고 일사불란하지 못했다. 다시 엉성하고 느리게 오륜기가 만들어진 후, 석가탑처럼 생긴 탑하나가 세워지는가 싶더니 그대로 밋밋하게 끝이 나버렸다. 내용의 일관성도 전혀 없을 뿐만 아니라, 조악하기 그지없는 그림들이었다. 우리 학교 앞에 벌어진 나머지 응원전 역시 마찬가지였다. 유치한 동요나 만화 주제가를 틀어놓고 장난스럽거나 아니면 상투적인 그림들로 만들어진 카드섹션은 보기에도 민망했다. 우승을 확신하며 가슴을 졸이던 순간, 드디어 대한 건아를 외치는 힘찬 음악이 장내에 울려퍼졌다. 공설운동장을 꽉 채우고도 남을 웅장하고 씩씩한 목소리가 기분 좋은 긴장감을 불러일으켰다. '시작됐다.' 나는 찬수에게 우리 학교 쪽을 손가락으로 가리켰다. '잘봐. 우리가 분명 일등일 거야.' 그리고 본부석 앞줄에 앉은 어른들의 뒷모습에 자연스레 눈이 갔다. 난 그들이 이 응원전의 심사위원이라는 것을 직감했다. 교장선생님의 뒷모습도 긴장하고 있는 듯했다.

"형, 근데 저게 뭐지?"

찬수에 물음에 난 아무런 대답도 하지 못했다. 나도 내 눈앞에서 벌어지는 저 장면이 무엇인지 알 수가 없었다. 그것은 학교 옥상에서 훔쳐보던 그 장면이 아니었다. 분명히 무궁화가 피어나는 장면인데, 그곳에는 그저 울긋불긋한 색판지들이 흩어져 있을 뿐이었다. 그 뒤에 따라와야 할 한반도의 모양도 일그러져 버리긴 매한가지였다. 옆으로 너무 벌어진 뚱뚱한 한반도는 흡사 아프리카 대륙을 닮은 것 같기도 했다. 본부석에서는 실소가 터져나왔고, 그곳에 한자리를 차지하고 있던 교장선생님의 어깨는 자꾸만 들썩이는 것 같았다. 어느 나라인지 알 수 없는 그림은 아래에서부터 흰색으로 모습을 바꾸었다. 나는 그때까지 희망을 버리지 않았다. 정말 멋진 장면은 이제부터였다. 하지만 그 기대가 여지없이 무너지는 순간까지는 불과 몇 초도 걸리지 않았다. 건곤감리의 조각이 모두 쪼개져버리고 태극의 아귀가 형편없이 어긋나 있는 태극기는 휘날리는 것이 아니라 조각조각 깨져서 바람에 흩어져버릴 것만 같았다. 교장선생님이 벌떡 일어나 응원석 쪽으로 달려갔다. 하지만 돌이키기는 이미 늦은 것이었다. 태극기는 이미 상하좌우에서 접혀지고 있었다. '이기자, 이기자, 이겨야 한다. 빛내자 빛을 내자. 배달의 형제들.' 공설운동장 안이 아주 잠시 동안 시간이 멈춘 듯 조용해졌다. 그 시간은 무척 짧은 것이었지만 예고 없는 정전처럼 불안했고, 무대에서 미끄러진 것만큼이나 당황스러운 것이었다. 그 정지의 시간을 깬 것은 어딘가에서 하나둘씩 들려오는 웃음소리였다. 그리고 '와아' 하는 수천 명의 폭소가 한꺼번에 터져나오기 시작했다. 그것은 분명 대통령의 얼굴이었다. 그러나 수백 명이 넘는 아이들이 한 장 한 장 살을 채워 만든 그것은 고사상에 올려진 돼지머리와 너무도 흡사하게 생긴 대통령이었다. 누가 봐도 그것은 돼지머리였고 또 아무리 봐도 그 얼굴은 대통령이었다. 관중석의 사람들은 코미디언 이주일이 엉덩방아를 찧은 것을 본 듯 허리를 꺾고 웃어댔다. 옆에 앉은 찬수도 깔깔거리며 웃고 있었다. 본부석에서도 몇몇 사람들의 웃음이 터지기는 했지만, 내가 주목하고 있던 어른들의 뒷모습은 무척 무거워 보였다. 그리고 비록 먼 거리였지만 응원을 지도하던 담임이 본부석 쪽을 향해 몇 번이나 고개를 돌리던 모습이 보였다. 그제야 응원석에 도착한 교장선생님은 과장된 몸짓과 삿대질로 담임을 다그치고 있었다. 나는 어쩌면 담임이 울고 있을지도 모른다는 생각을 했다. 그러나 나의 실망과 담임의 난감한 상황에는 아랑곳하지 않고 다음 학교의 응원전은 계속되었다.

'하늘엔 조각구름 떠 있고, 강물엔 유람선이 떠 있고, 언제나 누려야 할 행복이 끝없이 자유로운 곳…'

나는 백일장 원고를 제출하지도 않은 채 찬수를 데리고 본부석을 빠져나와 버렸다. 엉망이 되어버린 카드섹션의 원인이 게으르고 부주의한 아이들의 탓이라 생각했다. (하지만 체육대회가 끝난 며칠 뒤, 다른 반 아이들에게 카드섹션이 엉망이 된 원인을 전해들을 수 있었다. 그 이유는 코너 쪽에 반원을 그리며 위치한 우리 학교의 응원석과 학교 스탠드보다 간격이 넓은 공설운동장의 자리배치를 계산에 넣지 못한 탓이라는 분석이 있었다. 물론 그것도 일종의 추측에 불과할 뿐 사실 확인은 할 수 없었다.)

"형, 벌써 집에 가도 돼?"

나는 못 들은 척 앞장을 섰다. 왜 그랬을까? 갑자기 눈물이 나오려고 했다. 참아보려 했지만 걷잡을 수 없었다. 갑자기 터진 울음에 호흡이 가빠서 '이잉, 이잉' 하는 소리를 내고 있었다. 소매로 연신 얼굴을 훔쳤다. 영문을 몰라 아무 말도 못하고 뒤를 따르던 찬수도 결국엔 '으앙' 하고 울음을 터뜨리고 말았다. '꺼져, 새끼야.' 나는 돌아서서 그의 머리통을 휘갈겼다. 그렇지만 찬수를 버려두고 오지는 않았다. 찬수 역시 눈물을 훔치면서도 나를 따르는 걸음은 멈추지 않았다. 나는 찬수를 '오복상회 길' 앞까지 데려다주었다. 찬수의 얼굴은 땟물이 범벅이 되어 엉망이었다. 우리는 인사도 나누지 않은 채 딸꾹질 같은 가쁜 숨을 들이키며 헤어졌다.

나는 그만 Y시로 돌아갈 작정으로 평상에서 일어났다. 내가 음료수 한 캔을 다 비우는 동안에도 초라한 노인의 뒷모습은 미동조차 없었다. 그 모습은 군민체육대회의 다음날 교실에서 본 모습과 같은 것이었다. 그는 교실에 들어오자마자 칠판에 '자습'이라 적어 놓은 후 오전 내내 책상에서 꼼짝 않고 앉아 있었다. 가끔 몹시 답답한 듯 한숨을 내쉬기도 하고, 양손으로 머리를 쓸어올린 뒤 거칠게 마른세수를 하기도 했다. 3교시 수업을 마치는 종소리가 채 끝나기도 전 짧은 머리를 단정하게 빗어올린 두 남자가 교실의 앞문 열고 들어왔다. 그들은 소란스런 아이들에게는 시선 한번 주지 않은 채 침착하고 빠른 걸음으로 담임에게 다가갔다. 담임과 남자들은 아주 조용한 목소리로 몇 마디를 주고받았고, 담임은 엉거주춤 자리에서 일어나 남자들을 따라 교실을 나갔다. 그 후 4교시를 알리는 종소리가 울려퍼졌지만 담임은 교실로 돌아오지 않았다. 아이들은 담임의 부재에 대한 명확한 진상을 알지 못했고, 교사들은 하나같이 입을 다물고 있었다. 일주일 정도가 지난 뒤 새로운 담임이 배정되었고, 아이들은 사라진 담임에 대해 곧 잊어버렸다.

나는 담임의 구부러진 뒷모습을 지켜보면서 당시 그의 신상에 심각한 문제가 있었으리라 어렴풋한 짐작만을 해보았다. 하지만 그에게 어떤 안부도 물을 자신이 없었고, 그 역시 어떠한 대답도 해줄 수 없는 상황일 것 같았다. 그때, 담임이 천천히 고개를 돌려 자신의 뒤에 멈춰 서 있는 나를 올려다봤다. 그의 눈동자가 향하는 방향을 읽을 수가 없었다. 나는 어찌할 바를 몰라 흐릿한 시선을 피해 걸음을 옮겼다. 그리고 무관심한 척 담임의 앞을 지나치려고 했다. 하지만 그가 신고 있는 적갈색 슬리퍼 주위에 흥건히 고여 있는 액체를 발견하고는 더 이상 발걸음을 옮길 수가 없었다. 보풀이 나달나달 일어 있는 추리닝 하의 역시 그가 맥없이 흘려보낸 액체로 온통 젖어 있었다. 검게 젖어 달라붙은 하의는 앙상하게 마른 그의 허벅지를 여실히 드러내보였다. 나는 담임과 그의 집이 있는 골목 안을 번갈아가며 바라보았다. 무척 어두운 골목 안은 원근의 조절을 힘들게 했다. 잠시 후 골목 안에서 날카로운 금속성의 소리가 들리고 누군가 이쪽으로 걸어나온다고 느꼈을 때, 비로소 나는 담임의 앞에서 몇 발짝 떨어진 곳으로 움직일 수 있었다. 골목에서는 찬수가 걸어나왔다. 그는 아주 멀리서 걸어나오는 것 같기도 했고, 아주 천천히 걸어나오는 것 같기도 했다. '아, 씨!' 자신의 아버지 앞에 선 찬수는 아주 짧은 탄식을 뱉어냈다. 그리고 아무 말도 없이 담임의 겨드랑이 사이로 양팔을 집어넣어 그를 일으켜세웠다. 담임은 어떠한 거부의 몸짓도 하지 않았다. 그들 부자는 골목 안으로 들어갔다. 나는 그들의 뒷모습을 물끄러미 지켜보았다. 그것은 마치 살인자가 사체를 유기하기 위해 어두운 화면 저편으로 사라져가는 영화 속의 엔딩 장면과 같아 보였다. 자신을 응시하는 시선을 느꼈던 탓일까, 찬수는 대문 안으로 들어가기 전 골목 밖의 목격자를 향해 고개를 돌렸다. 그 순간, 나는 이 모든 상황에 대해 아무것도 모르는 듯한 태연한 동작으로 휴대폰을 꺼내 액정을 들여다보았다. 액정에는 '엄마 부재중전화4'라고 적혀 있었다. 좀체 끝을 가늠할 수 없는 골목 안에서 거칠게 닫히는 대문 소리가 들렸다. 나는 담임이 흘려놓은 액체가 있는 곳으로 걸어가 그의 흔적을 내려다보았다. 그것은 그날의 카드섹션처럼 어지럽게 흩어져 있었고, 아주 천천히 땅 속으로 스며들고 있었다.

변기에 손을 담근 날

아침부터 기분을 잡쳐버렸다. 잡쳐버린 것은 다시 챙기면 되지만 이 난감함은 어찌할 도리가 없다. 어젯밤에 안 하던 화장실 청소를 하느라 변기통 위에 올려놓은 칫솔 컵이 변기 속으로 빠져버렸다. 그냥 깨끗이 비어 있는 변기 속에 빠진 것이라면 아무도 보는 사람 없는, 혼자 사는 아파트에서 그냥 아무렇지도 않게 꺼내서 뜨거운 물로 소독하고 다시 상쾌하게 양치질을 하면 되겠지만, 금방 내가 배설해 놓은 내용물로 가득 찬, 그것도 어제 저녁 좀 과하게 마신 맥주 탓으로 상당히 묽은 상태의 배설물로 차 있는 변기에 하나밖에 없는 칫솔, 치약이 풍덩하고 경쾌한 소리를 내며 빠져버린 것이다. 양치질이야 나가는 길에 칫솔 하나 사서 회사에서 하면 되지만 배설물로 가득 찬 변기에 물을 내려야 하는데, 그 속에 담긴 칫솔과 치약은 어떻게 처리해야 하냐고? 난감하다. 눈을 질끈 감고 손을 넣었다.

걸쭉한 액체에 젖는다는 것은 언제나 불쾌하다. 가는 것이 칫솔, 좀 묵직한 것이 치약. 샤워기 물을 틀고 얼른 손을 씻어낸다. 흰색 타일이 황토색으로 물든다. 젠장, 아침부터 이게 무슨 꼴이람. 술 먹고 들어왔으면 곱게 잠이나 잘 것이지, 괜히 화장실 청소는 왜 한 거냐? 거울 속에 비친 나를 책망해 본다. 일곱 시 반. 늦다, 늦어. 대충 머리를 빗고 어제 입은 와이셔츠, 어제 입은 양복을 그대로 걸치고 급하게 달려나갔다. 계단을 뛰어 내려가며 현관문을 잠갔던가를 떠올려본다. 호주머니에 열쇠가 있나? 이런, 바지를 안 입고 나왔다. 아이씨, 짜증난다. 가슴이 조마조마하다. 누가 나오면 어떡하지? 당연히 현관문은 잠겨 있지도 않았고 나는 다시 집으로 달려 들어갔다. 미친놈. 바지를 입으며 다시 한번 거울 속에서 허둥지둥 당황하고 있는 나를 비난한다. 일곱 시 사십 분. 아침 회의시간까지 오십 분 남았다. 그러나 여유가 없다. 여덟 시까지 가서 회의준비를 해놓아야 한다. 유인물 출력도 해야 하고, 복사도 해야 하고, 책상도 정리해야 하고, 간부석에는 음료수도 뽑아둬야 한다. 젠장, 그런 잡일은 좀 나눠가면서 하면 안 되나? 짜증이 밀려오지만 그런 것들에 신경질 부릴 시간이 없다.

나는 우당탕탕 요란한 소리를 내며 일층까지 내려왔다. 아니, 저건 또 뭐야? 일톤짜리 트럭 한 대가 내 차 뒤에 이중 주차되어 있다. 저걸 또 밀어야 하나. 트럭 꽁무니로 가서 힘을 써 본다. 꿈쩍도 않는다. 순간적으로 너무 힘을 써서 그런지 갑자기 허리가 뻐근하다. 뭐야, 핸드브레이크를 걸어 놓은 것 아냐? 다시 차 앞으로 가서 차창을 넘어다본다. 핸드브레이크가 걸려 있다. 앞유리에 전화번호 메모를 찾아본다. 아무것도 없다. 황급하게 시계를 들여다봤다. 그 사이 오 분이 지나버렸다. 이건 또 뭐야? 손에 끈적끈적한 기름이 묻어 있다. 트럭 짐칸을 밀다가 묻었나 보다. 이런, 기름은 비누로 씻어도 잘 지워지지 않는데. 양손 다 엉망진창이다. 차는 포기하기로 했다. 택시를 잡으려고 큰길로 나간다. 손에 기름이 묻어 있어 영 행동이 부자연스럽다. 호주머니에 손을 넣을 수도 없고, 와이셔츠 가슴께에 있는 호주머니에 넣어둔 담배도 꺼낼 수가 없다. 사실 담배 피울 시간도 없다.

큰길에는 이미 택시를 잡기 위해 차도와 인도의 경계에 다리를 걸친 사람들이 도로의 가로수처럼 일정한 간격을 두고 심어져 있다. 내 시야에 보이는 사람들만 다섯 명이 넘어 보인다. 이대로 가다가는 회의 시작 시간에도 늦어버릴 것이다. 425번 좌석버스가 다가온다. 회사 쪽으로 가는 버스인데, 어떻게 해야 하나? 버스로 간다면 분명히 지각일 텐데, 그렇다고 오지도 않는 택시를 기다리고 서 있을 수도 없고, 나는 맘을 굳혔다. 일단 타자. 버스에 올랐다. 진부한 표현이지만 콩나물시루가 따로 없다. 확 밀려오는 사람 열기, 땀 냄새, 재잘거리는 여고생들의 소음. 얼마 전 중고차를 한 대 마련해서 만원버스의 시달림도 오랜만이지만, 역시 아침 출근길 만원버스는 가장 힘든 출근의 과정이다. 밀고 들어가는 것이

중요하다. 도무지 틈이 보일 것 같지 않지만 일단 들이밀면 틈이 만들어지는 것이 사람 사는 이치라는 것을 만원버스에서 나는 배웠다.

익숙한 솜씨로 앞 사람의 어깨를 살짝 밀면서 돌진해 들어간다. 내 다리 한쪽을 들이미는 순간, 어머, 이게 뭐야? 틈을 만들려고 살짝 민 흰색 블라우스에 시커먼 내 손자국이 선명하다. 아, 이거 죄송합니다. 정말 죄송합니다. 버스 안 사람들의 시선이 나와 여자에게로 쏠린다. 어우, 진짜. 이게 뭐예요? 정말 죄송합니다. 세탁비는 제가 변상…, 어어어. 사과를 하느라 아무것도 붙잡지 못하고 있던 내 몸이 갑자기 중심을 잃었다. 아, 이거 정말 뭐야? 무언가를 붙잡아 넘어지는 수모만은 간신히 면했다고 생각했는데 옆에서 있던 남자의 팔뚝을 붙잡아버린 것이다. 그의 양복에도 시커먼 손자국이 네다섯 줄 그려져버렸다. 정말 죄송합니다. 정말 죄송합니다.

운전수가 힐끔힐끔 룸미러로 나를 주시한다. 주변의 승객들도 슬금슬금 나를 피한다. 그 덕분에 내 주변으로 꽤 많은 공간이 생겼다. 죄송합니다. 두 분 다 제가 세탁비를 변상하겠습니다. 정말 죄송합니다. 나는 안주머니로 손을 넣었다. 이런. 내 흰색 와이셔츠에도 시커먼 흔적을 남기고야 말았다. 남자가 한심 듯 피식 웃는다. '가만, 지갑 안에 얼마가 있더라?' 순간 가슴이 뛴다. 피해자 두 사람뿐만 아니라 주변의 모든 승객들이 내가 얼마를 변상할지에 대해 기대에 찬 눈빛으로 응시하고 있다. '지갑에 얼마가 있더라?' 나는 조심스레 지갑을 열었다. 최소 만원짜리 지폐 다섯 장은 있어야 할 텐데. 난감하다. 이 일을 어쩌나? 이마와 등에 땀이 솟는다. 만원짜리 지폐 한 장뿐이다. 지금 내가 가진 것이라고는 이 지폐 한 장뿐이다. 저, 죄송합니다만, 제가 아직 아침이라 은행에서 돈을 못 찾아서요, 지금 가진 거라고는 만원짜리 한 장뿐인데, 괜찮으시면 두 분이 오천원씩 나눠서…, 그리고 이건 제 명함인데…, 저 혹시 오천원짜리 가지고 계세요? 두 피해자는 기가 찬다는 듯이 서로 한번씩 마주본다. 뒤쪽에서 여고생들이 폭소가 터진다. 남자가 주머니를 뒤적거리더니 여자에게 오천원을 내민다. 여자는 주섬주섬 오천원을 받아들더니 아무 반응도 없이 내게서 최대한 먼 쪽으로 몸을 비집고 들어가 사라져버린다. 남자는 내손에 쥐어진 만원짜리 한 장을 가지더니 그 자리에서 별로 미동을 하지 않는다. 룸미러로 나를 힐끔거리던 운전수가 가뜩이나 손둘 바 없고, 몸둘 바 모르겠는 나에게 치명타를 한방 날린다. 이봐요, 아저씨. 거, 손에 휴지라도 좀 붙이고 손잡이 잡으세요. 보아하니 폐유 같은데 그거 한번 묻으면 잘 지워지지도 않는단 말예요. 다른 손님들도 좀 생각해야지.

다시 승객들의 시선이 내가 잡은 손잡이를 향한다. 얼굴이 달아오를 대로 달아올라 터져버릴 것 같다. '회사는 다 와가나? 이 놈의 버스는 왜 이리 더딘 거야.' 나는 가방을 열고 그 안에 A4 종이 한 장을 꺼내 손잡이에 덧대었다. 정말이지, 회의만 아니라면 지각을 감수하고라도 이 버스에서 내렸을 것이다. 이 무슨 개망신인가? 여고생들의 깔깔거리는 소리에 도무지 견딜 수 없는 수치심을 느낀다. 그런데 지금 몇 시지? 여덟 시 십 분. 이런. 그래도 많이 늦은 것은 아니다. 부장 이상 간부들이야 회의실에 늦게 들어 올 것이라고 스스로 판단하고 위안을 삼는다. 그리고 김 과장이야, 내가 잘 구워삶으면 되니깐 걱정할 것 없을 것이다. 차창 밖 거리 풍경으로 보아 두 정거장만 지나면 회사 앞이다. 나는 양팔을 최대한 높이 들고 손잡이에 덧댄 종이를 질질 끌면서 뒤쪽 출입구로 향했다. 여고생들의 깔깔거리는 소리에 신경이 거슬리지만 애써 태연한 척한다. '다시 볼 사람들도 아니고, 두 정거장만 참자, 내일부터 내가 다시 버스를 타면 사람이 아니다.' 그런 다짐으로 마음을 잡는 동안 한 정거장 지나고 낯익은 건물들과 거리가 눈에 들어온다. 누군가 고맙게 벨을 눌러준다. 치익. 나는 밀려 떨어지듯 버스를 내렸다.

차창으로 구경이라도 하듯이 승객들이 나를 쳐다본다. 뒤를 의식하지 하지 않고 회사 정문을 향해 달렸다. 사실 지금 그런 시선 따위를 의식하며 부끄러워할 시간도 없다. 일단 회사에 가면 손부터 씻어야 한다. 그리고 내 컴퓨터에 저장되어 있는 삼사분기 실적 보고서를 출력하고 그 다음에 복사실에 가서 복사를 해야 한다. '가만, 오늘 회의에 참석할 인원이 몇 명이더라?' 달리느라 숨이 차서 그런지 몇 명이 참석하는지 정확하게 파악되지가 않는다. 몇 명이더라? 위에서부터 차례대로 꼽아보자. 김 상무, 최 이사, 강 이사, 김 부장, 김 과장, 우리 팀장, 이 대리, 남 대리, 그리고 이 주임, 황 주임. 열 명이구나. 어느새 엘리베이터 앞이다. 다행히 엘리베이터는 금세 문을 열어주었다. 육층을 황급히 눌렀다. 이게 뭐야? 내려가는 거잖아. 지하 삼층 주차장까지 내려간다. 피가 아래로 쏠린다. 오늘 왜 이러나? 지하 삼층 문이 열리자 김 부장이 떡하니 서 있다. 괜히 몸이 움찔한다. 안녕하세요? 어, 김 대리, 오늘 실적보고 회의 있지? 좀 늦었네. 거짓말이 술술 나와버린다. 아, 예, 저 차가 갑자기 고장이 나서요. 버스를 타고 오느라고. 그런 인사 속에서 엘리베이터는 벌써 지상으로 올라가고 있었다. 띵, 띵, 띵, 층층마다 문을 한번씩 열어댄다. 피가 위로 솟는 것 같다. 띵. 육층이다. 문이 열리자 김 부장이 먼저 내리고 또 그 뒤에 장대같이 버티고 있던 사람들이 차례로 내려선다.

내가 내리자 엘리베이터는 스르르 문을 닫는다. 갑자기 김 부장이 나를 돌아본다. 자네 손이 그게 뭔가? 손 좀 씻고 다니게. 옷에도 뭘 그렇게 묻히고 다녀? 순간 엘리베이터에서 내린 사람들이 전부 내 손을 주목한다. 또 거짓말이 술술 나와버린다. 고장 난 차 좀 고친다구요. 여기서 이것저것 설명할 시간이 없다. 일단 자리로 가서 컴퓨터를 부팅해 놓고 화장실로 달려갔다. 물도 묻히지 않은 손에 물비누를 발랐다. 양손을 문지를 때마다 시커먼 기름때가 세면대에 뚝뚝 떨어진다. 물을 틀어 헹구어냈다. 손에 기름이 밴 건지, 비누거품을 헹구어낸 자리에 물방울이 또로록 맺힌다. 그래도 이 정도면 남들에게 피해는 주지 않겠다는 생각을 하며 종이 타월을 몇 장 뽑아 손을 닦으며 사무실로 달려왔다. 미스 김의 인사도 받는 둥 마는 둥 모니터에 내 문서를 클릭한다. 삼사분기 실적 보고서 파일을 다시 클릭하자 둥둥둥 하는 음악소리와 함께 한글파일이 모니터를 가득 메운다. 도구상자에서 프린터기 그림을 클릭하고 다시 인쇄 창에서 인쇄버튼을 눌렀다. 프린터기는 미스 김 책상에 있다. 미스 김, 지금 인쇄물 나오고 있어? 아뇨. 참 간단한 대답이다. 종이 없는 거 아냐? 종이 좀 채워줘. 지금 사무실에 종이 남은 거 없는데요. 오늘 물품신청 해야 하는데. 왜, 하필 오늘인가? 왜, 하필 오늘 종이가 다 떨어지냐고.

짜증을 떨칠 시간도 없다. 옆 방 총무팀에 가서 좀 빌려와야겠다. 사무실을 나서려는 찰나 남 대리가 급하게 사무실로 들어온다. 지금 뭐하는 거야? 다들 기다리고 있는데, 상무님까지 다 내려오셨어. 뭐? 상무님이 벌써 내려오셨단 말이야? 그래. 상무, 이사, 부장, 자네만 빼고 다 왔어. 아직 준비 안 된 거야? 나는 매달리듯이 말했다. 지금 복사만 하면 돼. 잠시만 기다려달라고 말씀 좀 해줘. 금방 갈게. 나는 총무팀으로 달려갔다. 지금 급해서 그런데 종이 다섯 장만 빌려주세요. 총무팀 직원이 아무 말도 않고 대충 몇 장을 집어서 건넨다. 고맙습니다. 나는 다시 사무실로 달려와서 미스 김 책상에 올려져 있는 프린터기에 종이를 채워넣었다. 종이가 들어가자마자 비잉 하고 출력이 시작된다. 비잉, 비잉, 비잉. 다섯 장 모두가 아래로 난 구멍으로 토해진다. 나는 다시 그 토해진 출력물을 들고 복사실로 달려갔다. 다행히 복사실에 아무도 없다. 출력물을 톡톡 간추려 급지구에 세워놓는다. 차분하게 하자. 급하게 하면 이 고물 복사기가 내 서류들을 씹어먹어 버릴 거야. 침착하자. 수량을 열 장으로 설정하고 복사버튼을 눌렀다. 재빠르게 종이가 빨려 들어간다. 씹히는 종이 없이 깔끔하게 빨려 들어가는 모습이 경쾌하기까지 하다. 복사기 속에서 불빛이 좌우로 번뜩인다. 첫 복사물이 배지구로 튀어나온다.

이게 또 뭐야? 글자가 없다. 뭔가 희미하게 윤곽은 보이는데 글자가 없다. 메뉴버튼에 빨간 불이 급하게 반짝거린다. 토너 부족. 죽고 싶다. 정신이 이상해졌는지 웃음까지 실실 나온다. 복사기 관리하는 부서가 어디였더라? 장비관리과인가? 오층 장비관리과로 달려간다. 나쁜 놈들, 장비 관리하는 게 일인 놈들이 복사기에 토너가 있는지 없는지도 모르고 꼬박꼬박 월급을 받아가고 있다는 게 말이나 되냐고. 하필 오늘 토너가 떨어질 건 또 뭐람. 우당탕탕 오층 장비관리과로 뛰어 들어갔다. 사무실 안에 직원들이 들이닥치듯이 들어온 나를 멀뚱하게 올려다본다. 복사기에 토너가 없어요. 지금 바로 회의 들어가야 하는데 복사를 못해서 못 들어가고 있어요. 빨리 토너 좀 갈아주세요. 숨이 턱까지 차오른 내 말을 제대로 못 알아들었는지 서로서로 눈치만 볼 뿐 아무도 대꾸가 없다.

이거 보세요. 지금 회의…. 직책이 주임 정도 되어 보이는 남자가 내 말을 막고 나선다. 토너는 우리가 사서 직접 갈아 끼우는 게 아니고요, 신청하면 복사기 회사에서 가지고 와서 갈아 끼워주는 건데, 우리도 지금 신청하려고 하는데요. 맥이 확 풀린다. 회사 안에 다른 복사기 없습니까? 다급한 내 질문에 아까 그 남자가 뭔가 해결책을 제시해 준다. 다른 복사기는 없고요, 저번에 복사기 회사에서 토너 갈아주러 와서 그쪽에 기사가 그러던데, 토너통을 좀 흔들어서 다시 끼우면 그런 대로 임시방편으로는 쓸 수 있다고 하더라고요. 나는 말이 끝나기도 전에 복사실로 다시 뛰어 올라갔다. 복사기에 대해서 잘 알지는 못하지만 일단 복사기의 몸통을 열었다. 저번에 종이가 끼어서 열어본 적이 있는데 그때 보니 둥그런 통에 검은 가루가 들어 있는 것을 보며 이것이 토너구나 하고 생각한 적이 있었다. '흔들면 된다는 거지.' 막상 열어놓고 보니 복사기 내부는 생각보다 복잡했다. 배속에 장기가 붙어 있듯이 토너통은 종이가 지나가는 길 위에 우뚝하게 박혀 있었다. 과연 토너통에는 약간의 검은 가루가 남아있는 것이 보였다. '어떻게 빼는 거지?' 일단 통을 돌려보았다. 흔들리기는 하는데 꿈적도 하지 않는다. '그냥 당겨서 빼는 건가?' 약간의 힘을 주어 당겨본다. 역시 전혀 빠지지가 않는다. 손목에 힘을 더 주어서 좌우로 흔들어보았다.

왠지 손으로 느끼는 흔들림이 좀 심해진 것 같다. 더 힘을 주어 흔들었다. 퍽. 힘을 너무 준 탓일까, 토너통이 밖으로 튕겨나왔고 순간 내 주위는 검고 미세한 가루들이 흩날리고 있었다. 통이 날아간 복사실 바닥은 검은 가루들로 엉망이 되었고 내 와이셔츠랑 내 손에도 온통 시커먼 가루가 묻어버렸다. 쏟아진 가루는 생각보다 꽤 많았다. 이렇게 가루가 많은데 복사 할 때는 왜 그렇게 희미하게 나온 것일까? 그런 생각도 잠시, 엉망이 되어버린 나를 비롯한 복사실 내부를 보며 난감함에 정신을 차릴 수가 없었다.

이게 다 뭐야? 등 뒤에서 익숙한 호통소리가 들린다. 김 과장이다. 아, 과장님, 복사만 하면 되는데, 이게 저, 복사기에 토너가 없어서…. 과장이 말을 끊었다. 화가 많이 난 모양이다. 좀처럼 그런 사람이 아닌데. 됐네, 회의는 오후로 연기됐어. 상무님이 기다리시다가 약속이 있다고 회의를 연기하셨네. 자료는 좀 이따가 남 대리를 주게. 남 대리가 회의 주제할 거야. 자네는 나 좀 보자고, 일단 화장실 가서 얼굴 좀 씻고 오게. 꼴이 그게 뭔가? 과장이 휙 돌아 나가버린다. 얼굴 꼴은 내가 볼 수 없으니 어떤지 모르겠고, 손꼴은 정말 엉망이다. 연탄을 가루 내어 주물럭거린 것 같다. 열려진 복사기 몸통을 닫고 나뒹군 토너통은 주워서 복사기 옆에 가지런히 놓아두었다. 바닥에 쏟아진 검은 가루들은 지금 어떻게 처리할 수가 없고 화장실에서 더러워진 나를 좀 정비한 후에 봉걸레를 가져와서 치우기로 하고 일단 복사실을 나왔다. 복도에 사람들이 깜짝 놀라 나를 바라본다. 뒤통수에서는 쿡쿡 웃는 소리도 들리고, 여직원들의 수군거림도 들린다. 오늘 집을 나서면서부터 나는 계속 수군거림의 대상이다.

화장실에 들어가자 몰래 담배를 피우던 후배 직원들이 '엇' 하면서 깜짝 놀란다. 김 대리님, 이게 무슨 일이세요? 나는 고개를 절레절레 흔들며 엉뚱한 대답을 했다. 여기 금연구역인 거 몰라? 거울에 내 모습이 들어온다. 엇. 나도 놀랐다. 갱도에서 금방 나온 광부라고 하면 딱 어울릴까? 아까처럼 물을 묻히지 않고 물비누를 손에 문질러댄다. 검은 땟물이 뚝뚝 떨어진다. 일단 손부터 씻고 얼굴을 씻었다. 와이셔츠에는 검은 가루가 점점이 골고루 박혀 방법이 없다. 이 근처에 와이셔츠 파는 곳 없나? 나는 거울로 후배 직원들을 비춰보며 가망성이라고는 조금도 없는 질문을 던졌다. 아마, 없겠죠. 나는 종이 타월을 몇 장 쓱쓱 뽑아서 손과 얼굴을 닦았다. 세수를 하고 난 얼굴이 멀끔하다. 화장실을 나와 사무실로 가는 복도에서 아까와는 달리 아무도 나를 이상한 듯 쳐다보거나 내 뒤통수에 대고 수군거리지 않는다. 사무실로 들어서니 남 대리가 과장 책상 쪽으로 눈짓을 준다. 쭈뼛쭈뼛 과장 책상 앞에 가서 섰다. 자네 도대체 뭐하는 사람인가? 예상했던 질문이다. 과장은 언제나 부하직원들을 야단칠 때 뭐하는 사람인가를 묻는다. 그렇다고 이런 질문에 '영업하는 사람입니다'라고 대답할 사람은 없다. 그저 이렇게 반문하기만 하면 된다. 예? 저요? 과장은 오늘 아침 내가 복사지와 한바탕 전쟁을 치르던 삼십여 분의 시간 동안 자신이 상사들에게 겪은 고초를 큰소리로 그리고 상세하게 설명해 주었다. 그리고 나이와 경력에 비해 자신은 얼마나 비참한 삶을 살아가고 있는가에 대한 설명도 빼놓지 않았다. 부하직원을 잘못 둔 탓이라는 자책도 이어졌다. 나는 연신 고개를 조아렸지만 사실 머릿속으로는 딴 생각을 하고 있었다. 그리고 적당한 기회를 봐서 과장이 말이 잠시 끊길 때쯤 죄송하다는 말을 녹음기처럼 뱉어냈다. 부동자세로 서 있기가 지루해지고 힘들어질 때쯤 과장은 만사 귀찮다는 듯한 손짓으로 나를 보내주었다.

어이, 김 대리. 과장이 뭔가를 잊은 듯 나를 불러세운다. 나는, '또 뭔가요?' 하는 표정으로 고개를 돌렸다. 자네 손 좀 깨끗하게 하고 다니게, 손이 그게 뭔가? 영업 사원은 입성이 좋아야 한다는 거 모르나? 손톱 밑에 때가 꼬질꼬질 끼어서, 와이셔츠 꼴은 그게 또 뭔가? 나는 이제껏 참아왔던 변명을 지금 순간에는 쏟아놔야 한다는 생각을 했다. 아, 이건 저, 오늘 아침에⋯. 과장은 다시 손사래를 치며 일어서 버린다. 됐네, 깨끗하게 하고 다니라는 말이야. 나는 변명을 포기하고 대충 고개만 주억거리고 말았다. 과장은 사무실을 나서며 지금까지 나에게 하던 엄하고 차가운 목소리와는 다른 소리로 남 대리에게 몇 마디 남긴다. 남 대리는 김 대리한테 보고서 받아서 오후에 회의 준비 차질 없이 해둬. 남 대리의 대답이 경쾌하고 얄밉다. 예, 걱정 마십시오.

나는 남 대리에게 보고서 원본을 건네주고 담배와 라이터를 챙겨들고 사무실을 나왔다. '커피나 한잔 할까?' 복도 구석에 자판기 앞으로 가서 담배 하나를 꺼내 들고 호주머니에 손을 넣었다. 동전이 없다. 오늘은 왜 이렇게 없는 게 많은 하루일까. 담배에 불을 붙이려는 찰나, 저기요? 여기 금연인데요. 상냥한 듯하지만 단호한 여직원의 목소리가 신경을 건드린다. 아, 여기 금연이지? 미안합니다. 나는 입에 물려 있던 담배를 뽑아 손에 들고 계단 출입구로 들어갔다. 옥상까지 힘겹게 올라가 담배에 불을 붙였다. 하늘이 무척 흐리다. 비가 올 것 같다. 우산도 없고, 차도 안 가져왔는데 저녁 퇴근길이 걱정이다. 일단 담배 하나 피우고 내려가서 은행에 가야겠다. 돈을 찾아야 점심을 먹을 것이고, 저녁 퇴근길에는 택시를 타고 가야겠다. 버스는 절대로 타지 말아야지. 담배를 비벼 끄고 계단으로 통하는 철제문을 열고 들어선 순간 여직원들의 수다가 들린다. 아까, 커피 뽑으려고 자판기 앞에 갔는데 영업부 김 대리 알지? 그 사람 거기서 담배를 피우려고 하는 거야. 그래서 내가 한마디 해줬잖아. 금연이라고. 그랬더니 자기가 물고 있던 담배를 쑥 빼더라. 근데 그때 그 사람 손을 봤는데 손톱 밑에 때가 새카맣더라고, 밥맛이 뚝 떨어지더라. 정말이야? 어우, 재수 없어. 나는 살금살금 옥상 문을 열고 옥상으로 다시 들어왔다. 옥상에서 내려가면 손부터 다시 씻어야겠다. 나는 담배를 한 대 더 태운 뒤 조심스레 문을 열어 그 여직원들이 없는 것을 확인하고 계단을 내려왔다. 아무리 떠올려봐도 그 여직원의 얼굴이 기억이 나지 않는다. 나는 다시 화장실로 가서 손을 씻었다. 그런데 아무리 씻어도 손톱에 낀 때는 지워지지가 않았다. 완전히 물이 든 것인지 몇 번을 헹구어내도 때는 그대로였다. 오늘 내 손이 겪은 수난이 너무도 억울하다.

나는 화장실을 나와 엘리베이터를 타고 일층으로 나가서 맞은편 건물 은행으로 향했다. 은행에 다녀와서 커피를 한잔 뽑아 들고 사무실로 들어갔다. 결재 받을 서류들을 준비해 두고 결재되어 돌아온 서류들은 철해서 묶어두었다. 대리점 몇 군데 전화해서 재고 파악하고 주문 들어온 물건 목록은 팩스로 공장에 보내주었다.

대충 오전일이 마무리되는 것 같았다. 점심 먹으러 갑시다. 팀장이 나서서 점심시간을 알린다. 모두들 자리에서 일어나 빠르게 사무실을 빠져나간다. 나는 다시 화장실로 가서 손을 씻고 식당으로 향했다. 나를 포함한 일행 모두 구내식당에서 정식을 타 먹었다. 그런데 왜 하필 오늘 이런 반찬이 나온 것일까? 제육볶음과 상추쌈. 모두들 힐끔힐끔 내 손을 훔쳐보는 것 같다.

손톱 밑에 까맣게 낀 때, 내 용변과 폐유와 복사기 토너가루가 합성되어 만들어진 새로운 합성물로 비누와 물에도 세척되지 않는다. 어쩌란 말인가? 어쩌라고 자꾸 훔쳐본단 말인가? 아무리 씻어내려고 해도 물들어 지워지지 않는 것을, 그럼 나는 점심도 먹으면 안 된단 말인가? 내 손은 분명히 청결하다. 보기가 좋지 않을 뿐이지. 나는 분명 이들보다 오늘 손을 더 많이 씻었다. '남 대리, 오늘 출근하고 손 한번도 안 씻었지? 오늘 오줌은 몇 번을 눴냐? 미스 김, 아까 사무실에서 몰래 구두 벗고 발바닥 긁는 거, 내가 다 봤어. 황 대리 너는, 아까 콧구멍도 후볐지? 그리고 어떻게 했어? 손가락으로 돌돌 말아서 사무실 바닥에 그냥 날려버렸지? 내가 다 봤어. 그런 짓들을 하고 당신네들 식당에 들어오면서 손 씻었어? 나는 씻었다고, 그런데 왜 다들 내 손만 힐끔거리는 거야. 내 손은 분명 당신네들 보다 청결하다고'라고 항변하고 싶었지만 까만 내 손톱이 부끄러워 그럴 수가 없었다.

점심식사를 마치고 모두들 커피를 한 잔씩 손에 들고 사무실로 올라왔다. 사무실에 들어서자마자 남 대리는 오후 회의준비를 시작했다. 남 대리의 회의준비는 일사천리로 진행되었다. 도무지 막힘이라고는 없었다. 오전에 물품 주문해서 가득 채워진 프린터기의 복사용지 덕분에 남 대리는 헐레벌떡 총무팀으로 종이를 구걸하러 달려가지도 않았고, 어느 틈엔가 새것으로 교체해 놓은 토너 덕에 남 대리는 손끝하나 더럽히지 않고 복사물을 차곡차곡 정리해 왔다. 남 대리는 완벽하게 준비된 회의 자료를 가지고 과장에게 회의의 소집을 보고했고, 김 상무 이하 간부들은 속속 회의실로 찾아드는 듯했다. 남 대리는 황 대리와 회의실로 바쁜 걸음을 옮겼고 나는 미스 김과 함께 사무실을 지키다가 몇 번을 꾸벅꾸벅 졸았다. 달콤한 졸음에 젖어들 때마다 외근 나간 주임들이 사무실 전화통을 울려댔는데 나는 상당히 짜증 섞인 음성으로 '대충해, 알아서 해, 그냥 해'를 반복해 가며 말한 것 같다. 두 시간여 긴 회의가 끝나고 회의에 참석한 이들이 하나둘 사무실로 돌아왔다. 나는 과장의 시선을 피하느라 물끄러미 모니터만 응시하고 있었다. 마지막으로 황 대리까지 사무실에 돌아오자, 과장이 일어서서 적어도 내게는 반갑지 않은 통보를 해온다. 오늘 우리 팀 회식한다. 모두들 수고 많았어. 말이 끝나기 무섭게 과장은 내가 올려놓은 결재 서류들을 챙겨들고 사무실을 나가버렸다. 남 대리의 표정에 힘이 실려 있다. 성취감을 만끽하는 저 표정. 얄밉다. 솔직히 회의에 쓰인 보고서는 전부 내가 작성한 것들이다. 아침에 그 망할 놈의 트럭이 내 차를 막고 있지만 않았어도, 복사기에 토너만 채워져 있었어도, 저 거만한 표정은 내 차지가 되었을 것이다. 나는 다시 담배와 라이터를 챙겨 옥상으로 향했다. 아까 계단에서 나를 흉보던 여직원이 누구였던가를 생각해 보면서….

퇴근 때까지 사무실은 너무도 조용했다. 과장은 어디를 간 건지 돌아오지 않았고 남 대리와 황 대리는 컴퓨터로 바둑을 두는 것 같았다. 나는 꾸벅꾸벅 졸기도 하고 담배를 피우러 혼자 옥상을 몇 번 왔다 갔다 하기도 하면서 시간을 때우고 있었다. 이윽고 퇴근시간, 과장은 사우나를 다녀왔는지 벌겋게 퉁퉁 부어서 돌아왔다. 과장이 사무실에 들어오자 모두들 기지개를 펴며 일어섰다. 모두들 각자의 가방을 챙겨들고 사무실을 나섰다. 우리 팀 회식은 언제나 회사 뒤편 골목에 위치한 삼겹살 집에서 1차를 거친 후, 몇 블록 떨어진 맥주집에서 2차, 그리고 그 맥주집 이층에 위치한 노래방에서 마무리를 한다. 삼겹살 집에서의 분위기는 매우 좋았다. 과장은 오늘 있었던 회의의 결과에 대해 남 대리를 입이 마르도록 칭찬을 해댔고, 남 대리는 우쭐해서 연거푸 몇 잔을 받아 마시고 또 잔을 돌리곤 했다.

나는 혼자 홀짝홀짝 술을 마시기도 하고, 옆에 앉은 미스 김과 쓸데없는 이야기를 주고받으며, 과장과 남 대리가 주도하는 분위기에서 일부러 빠져 있으려 노력했다. 자리에 함께한 모두의 혀가 슬슬 꼬여갈 때쯤, 과장이 나를 걸고 넘어졌다. 김 대리, 자네, 손은 씻었나? 손톱이 그게 뭔가? 새카맣게 때가 끼어가지고, 와이셔츠가 그게 뭐냐고? 영업 사원에 기본이 뭐냐? 걸고넘어진 것은 나였지만 과장의 질문은 남 대리를 향하고 있었다. 남 대리는 큰 소리로 대답했다. 깨끗한 입성입죠. 과장은 '옳거니' 하며 장단을 맞추었다. 그런데 말이야, 우리 김 대리, 오늘 나를 너무 실망시키는 것 아냐? 과장의 말에 나는 연거푸 소주를 몇 잔 들이켰다. 갑자기 속이 뒤집히는 것 같았다. 과장님, 사실 그 보고서 제가 작성한 겁니다. 제가 작성한 거라고요. 술이 취하는 걸까? 분명히 이렇게 말한 것 같은데, 아무도 나의 말을 들어주는 것 같지가 않다. 그 보고서는 내가 작성한 거라고요. 복사기에 토너만 가득 차 있었어도, 프린터기에 용지만 있었더라도, 아니 그 망할 놈의 트럭이 내 차를 막고 있지만 않았더라도, 아니, 아니, 변기통에 칫솔만 빠지지 않았더라도…. 분명히 나는 큰소리로 이렇게 말한 것 같은데 아무도 내 항변을 듣고 있는 것 같지가 않았다. 모두들 남 대리의 말에 웃고 대꾸하는 것 같았다.

얄밉다, 이 새끼. 나는 자리에서 벌떡 일어났다. 이 새끼, 남 대리. 말해봐, 그 보고서 누가 작성한 거냐고? 나는 이렇게 말하고 테이블을 뛰어 넘어가서 남 대리의 멱살을 쥐고 얼굴을 몇 번 때린 것 같다. 그런데 술에 취해서 그런지 나는 물 속에 팔을 휘두른 것처럼 흐느적거렸다는 생각을 했다. 이렇게 때려서는 남 대리 녀석을 그리 혼내 준 것 같지가 않다는 생각이 들어 나는 손에 잡히는 무언가로 남 대리를 내리쳤다. 그 후, 나는 내가 감당할 수 없는 수많은 손에 의해 제압되어 버렸다. 꼼짝을 할 수가 없었다. 남 대리가 얼굴을 감싸고 쓰러져 있는 것도 보이고, 미스 김이 급하게 어디론가 달려가는 것도 보인다. 주위가 무척 시끄러운 것 같은데, 윙윙하는 소리 말고는 아무것도 들리지 않는다. 나를 누르는 힘이 좀 약해진 것을 느낀다. 내 손에 걸쭉한 무언가가 묻어 있다는 생각이 든다. 이번엔 또 뭐지? 똥인가, 폐유인가, 토너 찌꺼기인가? 이건 대체 뭐지? 피인가? 남 대리가 황 대리의 등에 업혀 식당 밖으로 실려 나가는 것이 보인다. 개새끼, 술이 많이 취했나 보네. 근데 도대체 내 손에 묻어 있는 이게 뭐지? 이게 뭘까?

누군가 나를 깨운다. 잠시 잠이 들었나 보다. 희미하게 눈을 떴을 때 경찰관 두 명이 나를 일으켜세우고 있었다. 그리고 내 손에 수갑이 채워져 있었다. 그런데 내 손이 붉게 물들어 있었다. 이게 뭐야? 내 손에 이게 뭡니까? 경찰관들은 아무 말도 하지 않고 나를 끌고 밖으로 나와 순찰차에 나를 태웠다. 이거 핍니까? 내 옆에 앉은 경찰관에게 내 손을 들어보이며 물었다. 그럼 그게 고추장이겠소? 경찰관이 피식 웃는다. 오늘 내 손에 너무 많은 것이 묻는구나. 까맣게 기름때가 끼었던 손톱 밑이 붉게 물들어 있었다.

운명은 어떻게 극복되는가
- 김동혁 소설집에 부쳐

박덕규
(소설가, 문학평론가)

1. '언터처블'에서 '안녕 언터처블!'로

　나이 서른 넘어 대머리에 시달리게 된 사내 '나'가 있다. 대머리, 즉 남성형 탈모는 부모 모두로부터 유전자를 물려받은 상태에서도 실제 탈모로 대머리가 될 확률이 50%라는데, '나'가 바로 그런 후손이 된 것. 그 나이의 미혼 남성이 탈모라면, 어떤 여자가 연애대상으로 대해 줄 것인가! '나'는 집안에서도 잘 아는 진숙이라는 여성과 교제하는 모양인데, 사실 진숙도 살이 많이 찐 터라 '나'로서도 썩 내켜하는 것 같지 않다. 그 진숙마저 "세상에서 대머리가 제일 싫다"고 선언한 상황이니, '나'의 심정을 알 만하다. '나'는 모발이식 수술을 위해 그동안 700만원을 모았다. 그걸 안 아버지는 "까짓 머리 좀 까졌다고 남자 구실 못한다면 세상 불알 찬 놈들 삼분지 일은 다 굶어죽어야 하는 거 아닌감."이라고 호통을 친다. 심사가 불편해진 '나'는 그 700만원을 들고 불쑥 영국 여행길에 오른 처지다.

소설은 '나'가 영국 여행에서 인도 출신의 한 여인과 만나는 상황에서 시작된다. 영국 여왕 엘리자베스 2세의 91회 생일인 2017년 4월, 템스 강변의 회전 관람차 '런던 아이' 안에서다. '나'는 여인이 눈물을 흘리며 허밍처럼 부르는 노래에 이끌려 다가간다. 그 노래가 한국의 유명 가수 배인숙이 부른 '누구라도 그러하듯이'라고 하자, 여인이 프랑스의 남자가수 알랭 바리에의 'Un Poete(시인)'라는 원곡을 밝히면서 둘은 가까워진다. 이름이 '파르마 간디'인 여인은, 인도 초대 총리인 '자와할랄 네루'와 인도 최초의 여성 총리가 된 그 딸 '인디라 간디'를 배출한 알라하바드 출신이다. 대학원에서 국제언어학을 전공하고 있고, 한국어에 대한 이해도 상당히 높은 편. 여인이 '나'의 '대머리 상황'을 이해하는 동안 '나'는 여인이 '런던 아이' 안에서 운 이유를 알게 된다. 여인은 인도의 언터처블, 바로 '불가촉천민'으로서 영국 여왕에 비해 자신의 운명이 비루하기 그지없었던 것이겠다.

젊은 남자에게 대머리는 개인으로서는 피하지 못하는 유전적 운명이다. 이에 비해 인도의 불가촉천민은 수천 년을 이은 인류사의 운명에 해당한다. 대머리와 불가촉천민, 그 무엇이 더 운명적인 것인가는 알 수 없지만, 둘 모두 '언터처블'의 대상일 수 있다는 점에서 서로 닮았다. 여기서 중요한 것은, 대머리라는 운명을 치명적인 것으로 생각해 온 '나'가 이전에는 단 한번도 생각해 보지 못한 '언터처블'에 대해 새롭게 인식했다는 데 있다. 700만원을 던지고 택한 여행이 '나'의 이 인식 축적의 매개가 된 셈. '여행의 가치는 새로운 것을 보는 데 있지 않고 새로운 것을 인식하는 데 있다'고 하지 않던가. 아니면, '타국을 볼수록 고국을 사랑하는 게 여행의 과정'이라 했던가. '나'는 자신이 처한 상태에서 도피하듯 택한 여행에서 '남'을 통해 진정한 '나'를 다시 만난 것이다.

"언젠가 간디는 스스로 물레를 돌려 만든 누더기 옷을 입고 이곳 런던을 방문한 적이 있어요. 인도를 대표해 국제회의에 참석하기 위해서였죠. 물론 회의 결과는 참담했어요. 회의를 마친 후 당시 영국 국왕이던 조지6세는 간디를 버킹엄 궁전으로 초대했어요. 간디는 흔쾌히 초대에 응했지만 문제는 옷이었죠. 사람들이 새 옷을 가져와 갈아입어 달라고 말했지만 간디는 들은 척도 하지 않았죠. 결국 앙상하게 마른 상체를 드러낸 채 그는 궁전으로 들어갔어요. 아마 영국 역사상 그런 옷차림을 하고 버킹엄에 들어간 이는 간디 한 사람뿐일 거예요. 난 간디가 제국주의를 향한 시위를 목적으로 고집을 피운 것은 아니라고 봐요. 운명 이상의 것을 바라지 않는 삶, 아픈 운명을 돌보며 다독이는 삶의 현명함, 그런 그의 믿음이 조국을 해방시킬 것이라고 그는 믿고 있었을 거예요. 어젯밤 당신과 이야기를 나누는 내내 그런 생각을 했어요. 간디는 결코 동포들을 답답하게 생각하지 않았을 겁니다. 그런 의미에서…, 당신의 머리는 아름다워요. 진심으로."

여인은 인도 건국의 아버지 마하트마 간디의 고집스런 행동에서 인도가 처한 운명을 이겨낼 수 있다는 믿음을 읽어낸다. 바로 그처럼 인도의 간디와 같은 '나'의 '대머리'라는 운명 또한 그것을 이겨내는 믿음의 과정으로 이해된 듯하다. "당신의 머리는 아름다워요"라는 여인의 진심어린 말은 '나'에게 운명을 벗어날 수 있다는 믿음을 자리하게 한다. 그 사이 '나'에게 치명적인 것으로 자리했던 '대머리'라는 운명은 '언터처블'에서 '안녕 언터처블!'로 탈바꿈하고 있다.

어쩌면 이 세상 모든 사람은 이 소설 「언터처블 내 인생」의 인물 '나'처럼 자기 힘으로는 도무지 벗어나기 힘든 어떤 운명 아래 놓인 존재인지도 모른다. 그 운명은, '불가촉천민'처럼 누대에 걸친 민족사의 인습에 놓인 것이기도 하고, '대머리'처럼 유전적인 우연 아래의 것이기도 하다. 더 문제가 되는 건 그 어느 쪽이든 그 안에 있는 동안에는 그것으로부터 벗어날 수 없다는 사실이다. 「언터처블 내 인생」에서 '파르마 간디'는 외국 유학으로, '나'는 여행으로 그 운명에서 한시적으로나마 벗어난 상태에 놓였다. '파르마 간디'는 영국 여왕과 자신을 비교하면서 그 운명에 대해 깊은 성찰을 진행하는 중이고, '나'는 그 '파르마 간디'의 신분과 그것에 대한 고민을 알고 전에 없는 인식을 열었다. '나'는 예기치 않은 여행으로써 자신과 닮은꼴이자 전혀 다른 맥락의 '운명'을 보았고 그로부터 위로와 믿음을 찾았으며 나아가 대머리라는 '언터처블'을 벗어나 '안녕 언터처블!'로 전화(轉化)가 할 수 있는 자리에 설 수 있게 되었다.

2. 더 깊은 운명론적 세계로부터

김동혁에게 첫 소설집이 되는 「언터처블 내 인생」은 실제 '언터처블'인 인도 여인을 내세워 그 닮은꼴의 운명인 '대머리' 사내 '나'가 자신에게 덮씌워진 '언터처블' 운명에서 스스로 '안녕 언터처블!'로 전화하는 과정을 그려냈다. 이 소설은 인간은 모두 나름의 운명을 타고 났으며 그것에서 벗어날 수 없다는 운명론 또는 운명결정론과 연계된 것으로 보인데, 이는 얼마간 2020년대의 시대적 흐름에서는 다소 낯설어 보이기도 한다. 그러나 돌이켜보면, 운명론적 세계관이라고 할까 하는 이런 주제는 문학 전통에서 매우 유서 깊고 근원적이라 할 만하다. '신탁(oracle, 神託)'이라는 이름 아래 '아버지를 죽이고 어머니를 취하게 될 것'이라는 운명을 지고 태어난 한 왕이 끝내 운명의 회로에 휩싸여버린 '오이디푸

스 신화'가 그러하고, 타고난 운명에 대결하다 패배한 인물을 담은 김동리의 많은 소설들이 그러하다.

　근대소설은 당대 현실의 모순된 상황을 그 삶에서 실패한 캐릭터로 구조화하는 장르인바 그중에서 운명론은 이를 보다 본질적인 인간관계로 환원하는 특징을 투영한다. 김동혁의 소설이 바로 그렇다. 그 인물들은 현실의 삶은 물론이고 그 이전 단계에서부터 인물 자신이 감히 저항할 수 없는 환경에 놓인 것으로 설정돼 있다. 이점 「언터처블 내 인생」에 이어 「아화(阿火)」에 오면 더욱 자명하다. 「아화」에서 스물아홉에 소설가가 되기는 했으나 최근 10년 동안 절필상태에 있는 사내 '나(김유민)'는 어느날 아버지의 여자 '최정숙'의 부음을 듣고 그 빈소를 찾게 된다. 이로부터 드러나는 스토리야말로 참으로 운명론적 세계관에 값한다 할 수 있다.

　20여 년 전, 생모에 대해 아는 바 없이 성장해 중학생이 된 '나' 앞에 아버지가 데리고 와 3년을 집에서 함께 지낸 인물이 최정숙이다. 좌절한 화가 출신인 아버지가 최정숙을 집에 들인 지 1년 만에 급사한 터라 '나'는 최정숙의 보호 아래 학교에 다니며 2년을 함께 살았다. 최정숙은 생계를 위해 다방을 경영했고, 늘 밤늦게 술에 취해 귀가했다. '나'는 최정숙의 방에 몰래 들어가 체취를 맡는 중독에 빠진다. 때로 이불이 개켜 있지 않을 때는 그 속에 들어가 수음을 즐기기까지 한다. 늦게 귀가한 최정숙이 몸을 씻는 동작을 훔쳐보던 어느 밤, '나'는 최정숙의 방으로 들어가 '사건'을 일으킨다. 그 이후 알 수 없는 화재로 집이 전소되었고, '나'는 학교 기숙사에서 지내면서 고교를 마쳤고, 최정숙은 자신이 경영하는 다방에서 홀로 살았다.

　성인이 된 '나'는 소설 습작에 매달리던 어느 날 팔공산 부인사에 걸려 있는 선덕여왕 어진을 보고는 아버지가 죽기 전날 밤 마지막으로 남긴 그림을 떠올리게 된다. 이어, 아버지의 그림 속에서 선덕여왕을 연모하다 화신(火神)이 된 청년의 사연과 자신이 최정숙에게 행한 사건을 연계해 구성한 소설로 신춘문예에 당선한다. 그 이후 기억 속에서 해결되지 않은 '불'의 의미를 찾기 위해 집을 떠난 지 10년 만에 최정숙의 다방을 찾아간다. 내심 최정숙이 자신의 어머니일지도 모른다는 생각도 했지만, 최정숙으로부터 아무런 답도 찾지 못하고 만다. 이 일은 그대로 '나'의 절필 이유가 되기도 한다.

최정숙은 다방의 쪽방에서 살았고 그곳에서 죽었다. 죽기 전 다방 종업원에게 '나'에게 부음을 전하라는 부탁을 한 거였다. '나'가 그곳을 찾았을 때는 최정숙의 주검이 다른 곳으로 옮겨진 뒤였다. 다만 예의 아버지의 그림이 그때껏 다방 벽에 걸려 있었고 최정숙이 그 그림을 평생 의식하며 살았다는 사실을 알게 된다. 최정숙이 묵었던 쪽방을 구경한 '나'는 과거 최정숙의 방에서 있었던 '사건'을 떠올리는 한편, 결국 최정숙이 자신을 빈소로 오게 한 원인을 알지 못하고 그곳을 떠난다. '나'는 아화의 길을 정신없이 걸으며 헤매다가 어느 노파의 집에서 하룻밤을 쉬면서 몸을 녹이다 길을 나선다.

이 소설 「아화」의 '나'는 생모를 모른 채 자라 영원히 그 부재의 공백과 '모성 결핍'에서 벗어나지 못한 인물이다. 미처 성장하기도 전에 아버지가 급사하고 아버지의 여자와 '확실한 호칭 관계'도 설정하지 못하고 동숙하면서 결국 운명적인 상황에 빠져버렸으며, 그 집마저 불에 타버리고 사라지는 사건을 맞는다. 이는 '나'의 생애가 어쩌면 이승의 단계에서는 도무지 풀지 못할 운명에 엮인 것이라는 짐작을 하게 한다. 게다가 아버지가 죽기 전날 '나'에게 그려서 준 유일한 그림이 10년 전 부인사의 선덕여왕 어진 형상과 닮았다는 사실을 깨닫고 아화를 찾아간 것, 그 그림을 아버지의 여자이자 '나'의 '패륜' 대상인 최정숙이 죽을 때까지 벽에 걸어둔 것 등의 관계도 그 운명의 깊이가 예사롭지 않음을 짐작케 한다. '선덕여왕-아버지의 그림과 죽음-최정숙의 임종'으로 이어지는 이러한 연계성은 소설 제목으로 제시된 경주 지역의 지명 '아화(阿火)'와 관련해 운명론적 고리를 이룬 것으로도 보인다.

그러나 무엇보다 이 소설은 '나'로서는 어쩌지 못한 그 운명과 화해하고 이제 새로운 세상을 나아감을 지향함으로써 진정한 의미를 지닌다.

노인이 벽에 붙여놓은 버스 시간표를 손가락으로 훑으며 말했다. 나는 몇 번이나 인사를 하고 대문을 나섰다. 추수가 끝난 논에 둥그렇게 말아놓은 짚단이 군데군데 던져져 있었다. 농로를 따라 걸어오다 고개를 돌려 노파의 집이 있는 작은 마을을 바라보았다. 대여섯 채가 됨직한 집들이 오봉산 자락에서 내려오는 짙은 안개에 싸여가고 있었다. 아침밥을 짓기 위해 불을 지피는 냄새가 안개에 묻어 축축이 퍼져왔다. 나는 몇 번이나 뭉클한 것을 속으로 집어삼키며 걸었다. 그것은 겹겹이 쌓아놓은 투명한 막 속에 고스란히 담겨 있던 기억의 어느 한 장면이었다. 물론 아무런 소리도 들리지는 않았지만 아버지는 고기를 잡았고 최마담은 불을 지폈고 나는 웃고 있었다.

'나'가 진정으로 바란 것은 무엇이었을까. 아니, 자신은 도무지 어쩌지 못하는 운명에 휩싸인 많은 인간들이 진정으로 꿈꾸는 세계는 무엇일까. 그것은 "겹겹이 쌓아놓은 투명한 막 속에" 담겨 있어 끄집어 내보이기 어렵지만 어쩌면 매우 소박한 것으로 설명할 수 있을지 모른다. 그것은 이렇다. "아버지는 고기를 잡았고 최마담은 불을 지폈고 나는 웃고 있었다." 너무 단순하다고? 그럴지도 모르겠다. 그러나 우리는 단순해지지 않고는 복잡한 것들을 풀 수가 없지 않은가 싶다.

3. 역사에서 현실로, 현실에서 지역으로

이 소설집에는 단편소설 여덟 편이 수록돼 있다. 이중에서 운명론적 세계관이라는 관점에 주목할 수 있는 소설로 「언터처블 내 인생」, 「아화」 외에 「감은사」, 「부스」, 「급발진」 등을 들 수 있다. 「감은사」에서 40대 초반의 사진작가인 '나'는 감포에 있는 감은사지로 촬영을 나가 있다. 그곳에서 멸치젓갈 공장을 하는 한 노인이 탑돌이를 하는 모습을 보게 된다. 이튿날 감은사를 소재로 대화를 나누며 아침식사를 함께 하던 노인은 '나'가 촬영한 감은사 삼층석탑을 경주박물관에 전시 중인 사리함에 한번 비춰주라고 주문한다. 그 사리함은 원래 감은사 삼층석탑에 보존되어 오다 사라호 태풍 때 탑이 무너지면서 옥개석 안에서 발견된 것이라 했다.

경주박물관을 구경한 나는 원래 예정한 일정대로 어머니가 기숙하고 있는 영천의 요양원에 간다. 영천은 어머니의 친정이 있던 곳으로, 영천댐이 들어서면서 수몰지구가 되었다. 요양원에 모실 때 이미 어머니는 '나'를 알아보지 못했고 대신 '나'로서는 전혀 들은 바 없는 '문수'라는 이름의 아들을 되뇌곤 했다. '나'는 여전히 자신을 알아보지 못하는 어머니가 뜻밖에 요양원의 남자 환자와 어울리면서 사교춤을 배우며 즐기고 지낸다는 사실을 알게 된다. 그 춤추는 장면을 폴라로이드 카메라로 촬영하던 '나'는 어머니를 대동하고 어머니의 옛집이 수몰된 영천댐을 배경에 두고 사진을 찍는다.

이 소설 「감은사」에서 '나'는 두 대상을 사진에 담는다. 하나는 사진작가라는 직업으로 감은사의 삼층석탑을 촬영한 것이고, 또 하나는 안동댐을 배경으로 치매 환자인 어머니를 촬영한 것이다. 감은사는 삼국통일을 이룬 신라의 문무왕이 동해의 감포 앞바다에 능으로 묻히자 그 아들인 신문왕이 용왕이 된 그 몸이 드나들 수 있게 지은 절로 알려졌다. 그 절터에 삼층석탑만 남아 있었는데 1959년 사라호 태풍 때 파괴된 것으로 전해진다. 이 소설은 그 석탑의 옥개석에서 발굴한 사리함을 경주박물관에서 전시하고 있다는 실제의 역사적 사실을 전제로 작중에서 '나'가 찍은 탑 사진을 "전시관 통유리 속 사천왕의 얼굴"에 비춤으로써 새벽에 찍은 "감은사의 삼층석탑"을 어른거리게 하는 장면을 묘사하고 있다. 이 장면은 다시 종반부에서 '나'가 영천댐을 배경으로 어머니 모습을 사진 찍는 일로 오버랩된다.

저는 손에 쥐고 있던 폴라로이드 사진을 당신에게 쥐어주었습니다. 그 속에는 무표정한 한 늙은이가 이제는 정말 아무것도 모르겠다는 표정으로 우두커니 서 있습니다.

"이상하제? 어디서 이래 밋젓 냄새가 나겠노? 벌써 김장철이 다 됐나?"

치매 어머니는 여전히 '나'를 알아보지 못하지만, '밋젓 냄새'로써 그 몸이 기억하는 아득한 세월을 표현해 낸다. 이는 어머니로서는 자신에게 각인된 수몰된 옛집에 대한 되뇌임이요, '아들 문수'에 대한 속죄의 몸짓이라 하겠다. 이러한 의미의 중첩은 이 소설에서 '나'가 촬영한 감은사 사진과 경주박물관의 감은사 삼층석탑 사리함이 어우러지는 교감의 순간과 동궤에 놓인다.

「언터처블 내 인생」에서 '대머리'와 '불가촉천민'이라는 운명적 인물들, 「아화」에서 모성의 부재와 결핍에서 성장하면서 심각한 내적 갈등에 시달려온 주인공 등이 작가가 가진 운명론적 세계관의 산물임을 확인했다. 이에 비해 「감은사」는 '감은사 터'와 '수몰지구' 등 역사 속에서 실종된 지역을 복원해 내면서 우리가 사는 지금의 상황이 오래 진행된 그 역사의 연장선에 있다는 일종의 역사주의적 세계관에 좀 더 가까이 가 있다고 할 수 있다. 그러나 이 역시 폭넓게는 현재의 우리 상황이 고대로부터 지속적으로 주어진 것이라는 운명론적 세계관과도 불가분의 관계에 놓여 있는 셈이다.

이들에 비해 「부스」나 「급발진」의 시공간적 배경은 운명이나 역사라는 차원에서 보다 현실 문제에 치중해 배치된다. 「부스」에서 아내의 사업 실패로 빚과 두 아이를 떠안게 된 40세 사내인 '나'는 현재 주유소 야간 근무로 생계를 유지하고 있다. 한 평 남짓한 부스 안에서 밤을 보내야 하는 '나'에게 더 큰 걱정거리는 단칸방에서 잠을 자고 있을 어린 두 딸이다. 사라진 아내에 대한 증오심과 '나'의 실패가 원인이 돼 자살한 아버지에 대한 자책감은 차라리 내색도 못하는 상황이다.

어느 날 밤 '나'는 주유소 세차장에 버려진 개 한 마리를 줍게 된다. 어찌할 방도를 찾지 못하던 차에 주유소 단골인 '꿀꿀이차'를 몰고 온 청각장애 사내가 그 개를 거두어간다. 며칠 후 '꿀꿀이차' 주인인 '꿀꿀이아저씨'가 나타나 그 청각장애 아들이 '꿀꿀이차'와 개를 데리고 사라져버려 실종신고를 했다고 밝힌다. 발견하면 알려달라는 부탁을 받고 고개를 끄덕여준 '나'는 사실은 청각장애 아들이 돌아오지 않을 것임을 알고 있다.

어쩌면 그것은 그의 마지막 모습일지도 모른다. 오늘 저녁, 꿀꿀이아저씨로부터 그의 가출 소식을 들었을 때, 나는 그가 자신의 차를 세차하고 세차장 바닥을 말끔히 정리하는 모습을 떠올렸다. 그는 참으로 정성들여 차를 닦았고, 나일론 빗자루 소리가 경쾌할 정도로 세차장 바닥을 문질러 씻어주었다. 그는 의식을 치르듯 진지한 표정으로 청소를 했다. 그리고 편안하고 예의바른 모습으로 이곳을 떠났다. 나는 그가 개 한 마리를 데리고 소리 없는 세상을 돌아다니는 모습을 상상했다. 마치 아무 소리도 들리지 않는 황야를 묵묵히 떠도는 유목민 같은 모습으로.

도시빈민 상태인 '나'는 이미 짐 지워진 운명을 박차고 나갈 아무런 힘도 없는 상태다. '꿀꿀이차'의 청각장애 아들의 가출은 작중 현실에서 매우 뜻밖의 사건에 해당하지만, 그것은 출구 없는 '나'에게 하나의 가능성으로 다가온다. '나'에게 그려지는 청각장애 사내의 "아무 소리도 들리지 않는 황야를 묵묵히 떠도는 유목민" 같은 모습은 곧 '나'의 미래로 제시된 것으로 보인다.

「급발진」의 주인공은 한적한 시골마을에서 급발진 사고를 내 6개월이나 입원한 '나'다. 그 사이 자동차 제조사에서 정비공장에 맡겨둔 '나'의 차를 가져가버렸다. '나'는 자동차회사에 항의하려 하지만, 대기업인 회사 측에서는 전화를 받지 않거나 방문을 거절하는 등으로 철저히 '나'를 외면한다. 자동차 결함을 인정받기는 요원한 일이 되어가자 분노가 치밀어오른 '나'는 사고 차와 같은 연식의 중고차를 구입해 자동차회사 정문에서 불태우는 시위를 결행하려 한다. 그런데 회사 앞에 다수의 무리들이 피켓을 들고 항의 중인 것을 목격하는데 알고 보니 그들이 모두 회사의 부당함으로 가족이 죽는 등의 피해를 입은 사람들이다.

"아들이 죽었어요. 이 회사 하청업체에서 일하다…. 여기 있는 사람들 다 저랑 비슷한 처지예요."

　"…."

　나는 망연해져서 여인이 저만치 담벼락에 기대 세워둔 피켓을 돌아보았다. 그곳에는 한 청년의 흑백 영정사진 아래로 검고 붉은색의 조악한 글씨들이 가득 들어차 있었다. 그 옆에도, 그 옆에도, 사진 속 얼굴들만 다를 뿐 모두 비슷한 구도의 피켓이었다. 어째서 나는 이 피켓 속 영정사진조차 아직 보지 못했단 말인가. 무언가 사내들 앞에서 무릎을 꿇고 저도 모르게 눈물을 터트린 그날과는 다른 또 다른 수치심과 망연함에 여인의 얼굴을 똑바로 쳐다볼 수가 없었다.

　'무엇이 그토록… 무엇이 그토록 나를 눈멀게 했단 말인가.' 나는 그렇게 속으로 흐느끼고 있었다. 여인이 어느새 축축해진 목소리로 말했다.

　"어쩌겠어요. 같이 죽을 수도 없고 그렇다고 저놈 회사에 불을 지를 수도 없는 노릇이고. 이렇게라도 견디면서 계속 두드려보는 수밖에."

　급발진 사고를 낸 '나'는 그 사고의 원인이 자동차에 있다고 확신하고 그 회사를 상대로 끝내 보복하기 위해 정문 앞에 나섰다. 그런데 그런 행동이란 실은 하찮기 이를 데 없다. '나'가 당한 피해 정도는 그동안 있어온 일에 비하면 말 그대로 '조족지혈'인 것. '나'를 에워싼 운명은 쉽게 극복될 수도 없을 뿐더러 그것은 '나'만의 것이 아니었던 것이다. 이 문명사회를 이끄는 '거대한 힘'은 '나'에게뿐 아니라 아주 많은 다수에게도 '거대한 운명'으로 작용하고 있었다. 그들 희생당한 유족들 앞에 '나'가 느낀 수치심은 바로 그 깨달음에서 비롯된 것이다. 이 소설이 힘주어 말하는 것은 '나'의 운명은 곧 '우리'의 운명이니, '나' 혼자가 아니라 '함께' '계속 두드리는 것'으로써 그것을 극복해야 한다는 사실이다.

한편, 김동혁의 소설은 작중의 배경에서 대구, 영천, 경주라는 실제 지역공간을 다룬다는 점도 특별하다. 주요 인물들이 이 지명과 관련한 지역에서 살았거나 해서 그곳을 찾아가거나 다녀가는 행로를 드러낸다. 가령, 「아화」는 제목 그 자체가 경주시에 속하는 '아화'라는 지명을 뜻하며 실제 무대는 '경주시 서면 아화리'다. 그곳에 '아화역'이라는 간이역도 남아 있다. 「감은사」의 공간 배경인 '감은사' 역시 경주의 유적지로 최근 들어 복원사업으로 옛 모습의 일단을 되찾은 장소다. 작중 '나'의 어머니가 투병 중인 곳은 옛 친정집을 수몰해 완공한 영천댐 근처의 요양원으로 설정돼 있는바, 이중 영천댐 역시 실재하는 공간이다. 「아화」와 「감은사」 모두에 등장하는 경주박물관은 한국 대표 박물관이다. 그 밖에 지명이 제시되어 있지는 않지만 「언터처블 내 인생」의 국내 공간은 대구, 「부스」 역시 대구 인근, 「급발진」은 경주 아래 울산쯤으로 이해된다. 김동혁의 소설은 이처럼, '나'와 더불어 '우리' 모두가 지금 여기 눈앞에 있으나 그것이 역사로부터, 현실의 조건으로부터 운명처럼 엮인 존재로서 각자의 지역에 튼튼히 뿌리내려 살아 있는 실체가 됨을 알려준다.

김동혁 소설집
언터처블 내 인생

초판 1쇄 발행 2023년 2월 1일

지은이 김동혁

펴낸이 임현경   **책임편집** 홍민석   **디자인** 김선민

펴낸곳 곰곰나루
출판등록 제2019-000052호 (2019년 9월 24일)
주소 서울특별시 양천구 목동서로 221 굿모닝탑 201동 605호 (목동)
전화 02-2649-0609
팩스 02-798-1131
전자우편 merdian6304@naver.com
유튜브채널 곰곰나루

ISBN 979-11-92621-05-0 (03810)

책값 16,000원